城北地带

苏童 著

浙江人民出版社

自序

我的写作忽疏忽密，持续有些年头了。谈创作，有时有气无力，有时声如洪钟，也谈了好些年头了。但给自己的书写自序，上一次似乎还要追溯到二十年前。我不知道我后来为什么这样抗拒写自序，就像不知道自己当初为什么那样热衷，我也不清楚自序的用途，究竟是为了对读者多说一些话，还是为了对自己多说一些话。

一般来说，我不习惯在自己的作品结尾标注完成时间，但我在头脑一片空茫之际，罕见地自我考古，找出二十多年前出版的小说集《少年血》，我意外地发现那本书的自序后面标记了一个清晰的时间：1992.12.28。自序提及我当时刚刚写完了一篇名叫《游泳池》的短篇，而篇末时间提醒我那是一个冬天的夜晚，快要庆祝 1993

年的元旦了。我想不起关于《游泳池》的写作细节了，能想起来的竟然是那些年我栖身的阁楼，低矮的天花板，狭窄的楼梯，有三处地方必须注意撞头，我习惯了在阁楼里低头缩肩的姿势。那些寒冷的冬夜，北风摇撼着老朽的木窗以及白铁匠邻居们存放在户外的铁皮，铁皮会发出风铃般的脆响。有时候风会从窗缝钻进来，在我的书桌上盘旋，很好奇地掀起稿纸的一角，我抹平稿纸，继续写。我想起我当时使用的一盏铁皮罩台灯，铁皮罩是铅灰色的，长方形的，但灯光很温暖，投射的面积很大，那时候没有任何取暖设备，但我写作的时候，手大部分时间泡在那温暖的光影里，并不冷。说这些我有些惭愧，感慨多，并非一件体面之事，但我想把如此这般的感慨体面地修饰一下：写作这件事，其实可以说得简单些，当时光流逝，写作就是我和岁月的故事，或者就是我和灯光的故事。

前不久听一位做投资的朋友概括他们考察项目的经验，说种种考察最终不外乎考察两点：一是你去哪里，二是你怎么去。会心一笑之间，忽然觉得这经验挪移到写作，一样的简洁可靠，创作其实也是一样的。你要去哪里？我们习惯说，让作品到远方去，甚至比远方更远；让作品到高处去，甚至比天空更高。这都很好，没有毛病。我们唯一的难题是怎么去，这样的旅程没有任何交通工具，甚至没有确定的路线图，只有依靠一字一句行走、探索，这样漫长的旅程看不到尽头，因此，我和很多人一样，选择将写作持续一生。

里尔克曾经给年轻的诗人们写信告诫："以深深的谦虚与耐性去期待一个新的豁然开朗的时刻，这才是艺术的生活，无论是理解或创造，都一样。"这封信至今并不过时，我想我们很多人都收到了这封信，我们很多人愿意手持这封信写作、生活，无论那个豁然开朗的时刻是否会来到，深深的谦虚与耐性都是写作者必须保持的品格，当然，那也是去远方必需的路条。

苏童

一

三只大烟囱是城北的象征。

城北的天空聚合了所有的工业油烟，炭黑和水泥的微粒在七月的热风里点点滴滴地坠落，香椿树街人家的窗台便蒙上黑白相杂的粉尘，如果疏于清扫，粉尘在几天内可以积存半寸之厚，孩子们往往误以为是一层面粉。而化工厂烟囱是一种美丽的橘红色，苯酐的刺鼻的气味环绕着烟囱的圆柱袅袅扩散。从化工厂门口走过的人们偶尔会仰视化工厂的烟囱，即使他们了解苯酐、樟脑或洗衣粉的生产过程，有时也难免产生一种稚气的幻觉，他们认为那是一只奇异的芬芳刺鼻的烟囱，它配制了所有空气的成分。

雨季刚刚逝去，阳光穿透了稀薄的云层，烤热屋顶上的青瓦和一条又窄又长的碎石路面，冼铁匠家的两条黄狗已经聪颖地退踞门洞里侧，注视着路面上像水银般漂浮的灼热的白光。七月在南方已经是炎热的季节，白天骄阳曝晒下的街道往往行人寥寥，唯有白铁铺里发出令人烦躁的敲击铁皮的声音，而苍蝇在垃圾箱和厕所那里盘旋的噪声对午睡的人们来说，已经是微乎其微的催眠之音了。

现在是午后一点半钟的时刻，李家的双猫牌闹钟准时闹了起来，李修业短暂的睡眠也就突然中断。他从床上跳起来匆匆地套上那条灰色维尼纶长裤，一只手习惯性地去摸口袋里的自行车钥匙，没有摸到。可能忘了锁车了。李修业这样想着把饭盒装在包里，准备去门洞那里推自行车，但是自行车没有了。挂在车龙头上的草帽被谁摘下扔在地上，李修业就这样踩着他的草帽骂起来，我的自行车呢，× 他娘的，谁把我的自行车偷走了？

达生不在家，他的一件白汗背心和一条蓝色田径裤浸泡在水盆里。李修业走到门外，朝街的两侧张望，没有儿子的人影，他又朝斜对面的沈家喊了几声，达生，达生。沈家好像没有人，达生好像不在沈家。李修业就又骂起来，× 他娘的，揍不死的东西，他敢把我的自行车骑出去？

那天李修业是向街西的老年借的自行车，是一辆年久失修的破旧的车子。老年说，不知道你车技怎么样？这车子只有我会骑，没有刹把和铃铛，骑起来龙头要朝左面歪一点。李修业只是急着赶时间去城西的铸铁厂上班，朝左面歪，我记住了，他匆匆地跨上车朝后面挥挥手说，老年，明天上午到我家来下棋，杀你个屁滚尿流。

有人看见李修业那天满面怒容地骑车经过铁路桥，嘴里咕哝着好像在骂人，当时还没有人知道是达生把父亲的自行车偷偷骑走了，但熟知李修业脾性的人对他的脏话和火气总是不以为怪。

从铁路桥到北门大桥大概有五百米远，这段距离李修业疾驶而过。他算了算赶路的时间，假如一直保持高速也许不致迟到，因此李修业的那辆破自行车几乎是疯狂地鸣叫着爬上了北门大桥的桥坡。李修业下坡的时候，听见风灌满了他的耳朵。除此之外，他也听见了那辆运载水泥的卡车按响了喇叭。他想抓刹车掣，但它像垂断的铁丝般形同虚设，李修业觉得自己在一道白光中朝卡车奔驰而去，像火车或者飞鸟的俯冲。他最后看见的是儿子达生嬉笑的鬼脸，看见儿子的屁股在自行车的横杠上左右扭动，他似乎看见儿子正费劲而快乐地骑着他急需的自行车。

揍不死的东西。

卡车司机后来回忆起人车相撞的瞬间，那个不幸的男人的咒骂语义不明，令人百思不得其解。

父亲死于北门大桥那年达生十三岁，达生记得出事的那天他和叙德在护城河边的煤渣道上练习双手撒把的车技。附近是一个被装卸工遗弃的驳岸码头，从码头上抬头西望可以看见河上的北门大桥。

他记得那天听见桥那边传来过一阵嘈杂之声，但是他和叙德都没在意，他们以为又是卖西瓜和卖菜的摊贩在为摊位而争执不休。

轮到叙德练习的时候，达生突然想起时间的问题，他让叙德看看他的手表，叙德头也不回地说，一点钟。达生说，怎么老是一点钟？他走过去拉住叙德的手，猛然发现叙德的手表已经停摆了。什么撒尿破手表？达生一气之下就把叙德从车上拉了下来，推着车子猛跑了几步，说，你把我坑苦了，今天回去肯定是一顿皮带和鞋底加肉馒头，要撑死我啦。

达生后来看见父亲的破草帽丢在北门大桥的桥坡上，他看见水泥地上的一摊血污，七月午后的阳光迅速地炙烤着血污，远远望去它更像被人无意打翻的红色油漆。

从少年时代开始，达生从母亲滕凤那里得到过无数次的提醒，是你害死了你父亲，是你把这个家的家景弄到了现在这步田地。滕凤以前温软懦弱的性格在丧夫之后已经变得面目全非，在一些阴郁的令人伤情的天气里，滕凤用扫帚柄追打着儿子，嘴里哭诉着她的悲苦，眼里淌着滂沱热泪。达生一般来说只是用双手护住他的脑袋，他逃到街上就确保没事了，有时候他也用一种鄙夷的口气回敬倚门而泣的母亲，你这个神经病。你是个疯子。

达生觉得母亲的逻辑是荒谬的，父亲受害于那辆装载水泥的卡车，她应该去找那辆卡车算账。拉不出屎怪茅坑，他有时候想到这句粗俗的民谚，一个人就捂着嘴嗤笑一声。他知道自己对父亲之死无动于衷的态度也使母亲悲愤不已，但达生的想法就是如此客观而简洁的，人都化为一堆骨灰了，为什么还在喋喋不休地引证父亲免于一死的假设？假设达生不偷骑那辆自行车，假设老年的那辆自行车刹车不坏，假设叙德的手表没有停摆，达生在一点半以前从护城河边赶回家？假设毕竟只是假设，假设有什么屁用？达生常常无情地打断母亲和邻居女人们的那种冗长凄然的话题，他心里的另一半想法是秘而不宣的，父亲一去，再也没有人来以拳头或者工具教训他了。

散植于城北民居墙下或天井的那种植物被称作夜繁花，粉红色或鹅黄的铃状小花，深绿的纤巧的叶片。夜繁花的奇妙之处在于它的一开一合恰恰与主人的生活习性背道而驰，黄昏太阳落山以后那些红花黄花一齐绽放，到了次日早晨阳光初现，夜繁花就匆匆收拢，像伞一样等待着再次开放。

香椿树街上其实没有一棵香椿树，这条诗意匮乏的城北小街唯一盛产的花卉就是夜繁花，而人们通常把这种花的花名理解成夜饭花，夜饭花的名字或许更贴近香椿树街嘈杂庸碌的现实。

那么就叫它夜饭花吧，问题是夜饭花只在夏季生长，也只在夏季的黄昏开放，就像香椿树街的孩子们，他们只在吃饭的时间坐在桌前狼吞虎咽，大多数时间母亲是找不到她的孩子的。

东风中学位于城北化工厂的东邻，有三座砖木结构的二层小楼，还有一个长满车前草和枸杞藤的操场，早晨高音喇叭的早操乐曲和凌乱的朗读诗词的声音代表着城北地区的书香之气。香椿树街的适龄少男少女都是这所学校的在册学生，东风中学的少年在城市别的区域遇到挑衅者，习惯于先自报家门，因为学校的名字有时会给对方一份威慑。几年来东风中学一直是“杀人放火，无所畏惧”的象征。

勒令某人退学或开除某人学籍的白色海报张贴在学校大门的侧墙上，海报上的名字总是在“吐故纳新”，像雨后春笋般地不断涌现。这种调侃是那些稍通文墨的具有幽默感的家长的感叹，他们对学校往往怀有深刻的怨言和不满。而学校教师们对城北地带先天不足的环境的针砭，恰恰与家长们针锋相对。姓齐的历史教师有一天发现本地史志对香椿树街有过令人震惊的记载，史志称此处为北大狱，是明清两朝关押囚犯的地方，历史教师向他的同事宣布了他的发现。教师们在惊愕之余，居然有恍然大悟的会意一笑，都说，怪不得，原来是有历史有传统的。

等到学校围墙下的向日葵籽实初成，等到松软潮湿的嫩葵籽被一些男孩挖空，随意抛撒在教室走廊上，七月流火已经燃去一半，学校也快要放假了。

等到学校快要放假了，达生突然想起他已经旷课了一个多月。他的课本早就不知去处，但有半包金鹿牌香烟好像忘在课桌洞里了。

达生就从叙德那间闷热的小屋里跑出来了，那时达生正好在牌桌上输掉了八支香烟。

你到哪里去？叙德在后面拉他的短裤，输了想溜？

到学校去一趟，达生边走边说。

去学校上课？叙德尖声地笑起来，他对小拐和红旗他们说，听见没有？他说他要去学校上课。

狗 × 的才去学校上课，我去拿香烟。达生边走边说。

街上的碎石路面在烈日下蒸腾着一股热气。沿街人家的屋檐把它切割成两种颜色，阳光直射的一半是灰色的，另一半是暗色的。达生就在街道暗的一侧走。一只手挖着耳孔，另一只手不耐烦地敲打着身旁的墙壁，这是达生最具特征的走路姿势。从来没有人怀疑他患有中耳炎或者耳垢过多，那只是一种姿势而已，就像几年前被枪决的曹明走路喜欢拍女孩屁股一样，就像斧头帮的几个人总是高唱着样板戏招摇过街。

达生走到校门口就看见了那张白色海报，自己的名字被人写得龙飞凤舞地贴在墙上，使他觉得陌生而滑稽，他歪着头欣赏了一会儿。什么狗屁书法，不过是花架子，达生自言自语地批评了那个书写海报的人，然后他从地上捡起一截粉笔头，在自己的名字周围画了一些宣传画上常见的那种红色光芒。

达生经过传达室的时候，发现窗后的老头狐疑地跟出来，在后面观望着他。达生回过头对老头恶声恶气地说，看什么？派出所的小张，找你们校长谈谈。

本来是吓唬老头的一个玩笑，但达生无意中提醒了自己，他想，为什么不再去吓唬一下那个白脸女校长呢？尽管他毫不在乎被开除的结果，但他对学校的这种侵犯多少有些愤怒。达生于是用力敲着教师办公楼的长长的墙壁走到尽头，径直闯进了校长办公室。使他吃惊的是白脸女校长的桌后，坐着工宣队的老孙，老孙正在朝一块红横幅上贴字。达生看见红横幅从桌上拖到地上，地上的几个字分别是“动”“员”“大”“会”。

大白脸呢？达生跳过地上的横幅，站到办公桌前说。

谁是大白脸？老孙目光凛凛地注视着达生，似乎竭力克制着怒火，说，有什么事跟我说，陈老师调走了。

你做校长了？哟，你怎么做校长了？达生觉得老孙做校长很新鲜很有趣，就嘿嘿地笑起来，工宣队领导了学校为什么还要开除我？达生仍然嬉笑着诘问老孙，我家就是工人出身，工宣队为什么还要开除工人阶级的子女？

老孙很鄙夷地冷笑了一声，他拒绝回答达生的问题，只是伸出手来，推着达生往门边走，你给我出去，无法无天了，竟然敢闹工宣队！老孙把达生推到门外，但达生侧过身子，又溜进了办公室，达生的目光紧盯着桌子上的什么东西。

你还想干什么？老孙厉声喊道，旷课四十天，天天在外面赌博，小偷小摸，不开除你开除谁？

不干什么，其实我不在乎开除。达生的手伸到桌上抓过老孙的那包飞马牌香烟，抖了抖烟盒说，我跟你老孙还是好说话的，我不闹了，不过你要把这盒烟送给我，别小气了，哪天我送一盒牡丹牌的给你。

达生不等老孙做出反应，就把烟盒放进了裤子口袋。他跑到走廊上，听见老孙在办公室里高声说，无法无天了，这帮杂种真是无法无天了。达生回报以一声尖厉的呼哨。他突然想想此行的目的只达到一半，这样告别学校未免太脓包了。于是达生一边跑一边喊，孙麻子，你小心点，孙麻子，你给我小心点。

从前的寿康堂药铺的老板，自六十年代开始，一直在捡拾城北街道上的废纸，人们现在把他称为拾废纸的老康。拾废纸的老康有一天撕下了东风中学门口的白色海报，让老康惊喜的是撕下了一张，下面还有一张，层层叠叠的被开除的学生名单使老康小有收获。老康一边撕纸一边念着那些耳熟能详的名字，李达生、沈叙德、张红旗……老康一边念着一边随手把它们扔进他的破筐里。

老康把东风中学门口的废纸卖到收购站去，得了八分钱，老康很高兴。他不知道被他出卖的那些少年的名字后来在城北地带犹如惊雷闪电般令人炫目，成为城北的另一种象征。

二

滕凤是一个耍蛇人的女儿。

滕凤十六岁那年，跟着父亲从苏北的穷乡僻壤来到这个多水的城市卖艺谋生，扁担挑着两床棉被和装满毒蛇的竹篓，那段漂泊流离的时光现在想来已经恍如隔世。但滕凤仍然清晰地记得露宿异乡的那些夜晚，她和父亲睡在一起，和六条毒蛇睡在一起。她和父亲只是偶然地经过这条香椿树街，父亲发现了铁路桥的一个桥孔是天然的躲风避雨的好去处，比家里的茅房还顶事呢。父女俩几乎是狂喜地占据了桥孔。滕凤记得最初几夜她常常被头顶上夜行火车的汽笛声惊醒，父亲在黑暗中说，你要是害怕就钻过来挨着我睡。十六岁时的事情滕凤是不敢多想的，她只记得那些夜晚的恐怖和茫然。

当铁路上复归寂然后，竹篓里的蛇却醒来了，六条蛇绞扭着在狭小的空间里游动，滑腻的蛇皮摩擦的声音更加令人狂乱不安。

在香椿树街耍蛇卖艺，第一个看客好像就是李修业。李修业穿着一身沾满油污的工装，叉着双腿站在父女俩面前，他不停地往嘴里塞着油条和烧饼，耍呀，耍起来呀。李修业的鼓突的眼睛因为耍蛇人的来临而炯炯发亮，他低下头朝蛇篓里望望，用一种怀疑的语气问，真的是七步蛇？有眼镜蛇吗？不会是青蛇冒充的吧？滕凤的父亲就笑着说，你不相信？不相信就把手放进去试试。

李修业没有敢用手去试蛇毒，他后来非常大方地掏出一张贰元的纸币塞在滕凤的手里，滕凤的手被他顺势捏了一下。她注意到那个尖嘴猴腮的男人脖子上有一片黑红色的胎记，就像蛇血一样，而且他的工装裤的裤洞没有扣子，露出里面线裤肮脏的线头。滕凤捂着嘴扑哧一笑，脸就莫名地染上绯红色。滕凤决然没想到那个丑陋的男人在一个月后成了她的丈夫。

追本溯源，耍蛇的父亲是造成滕凤所有不幸的祸首，父亲把滕凤也当作他的一条蛇，耍过了就随手扔在这个陌生的街市上。当李修业在他家腾出半间屋子给耍蛇人父女提供了栖身之处后，香椿树街的左邻右舍对两个男人的交易已经有所察觉，十六岁的滕凤却懵懂不知。直到李修业那天清晨把她抱到里屋的床上，她下意识地向父亲高声呼救，没有听到任何回应。耍蛇的父亲带着他的蛇篓和另一床棉被不告而别，他把滕凤丢给香椿树街的光棍汉李修业了。

他把你许配给我了。李修业像猛虎叼羊一样把滕凤叼到他粗短的双腿之间，他恶声恶气地警告滕凤，不准你鬼喊鬼叫的，你爹收下了我的彩礼钱，二百块钱，我在厂里干了八年的血汗钱，你懂了吗？你从今往后就是我家里的女人了，天天要干这件事，鬼喊鬼叫的干什么？

滕凤后来失魂落魄地从李修业身下爬出来，走到父亲的床铺前，看见地上扔着两只穿烂的草鞋，空气中仍然残存了一丝清苦微腥的气味，那是蛇或者耍蛇的父亲身上特有的气味。滕凤抱着两只烂草鞋哭着，啜泣着，想想自己在父亲眼里还不如一条蛇，滕凤就突然打开门，把两只烂草鞋掷到外面的香椿树街上。畜生，滕凤对着草鞋的落点一声声骂着，畜生，畜生。

香椿树街上晨雾弥漫，提篮买菜的妇女们和密集的低矮的屋顶在雾气里若隐若现，卖豆浆的人敲着小铜铃从街东往街西而去。那是十三年前的晨雾和街景了，是耍蛇人的女儿滕凤对香椿树街生活最初的记忆。

十三年前的春天和深秋之际，香椿树街的新妇滕凤两次离家出逃，两次都以失败告终。人们看见李修业衣衫不整地出现在石桥桥头，他手里拖拽着的不是重物，而是新妇滕凤瘦小的挣扎着的身体。李修业就那样揪着滕凤的发辫把她拖下石桥，往家里匆匆走去。他的脸色铁青，眼睛里仇恨的光焰使围观者不寒而栗，逃，逃，再敢逃我挑断你的腿筋。李修业边走边重复着他的恐吓，杂货店的老板娘隔着柜台朝李修业拼命地摆手，打不得，修业你听我的劝，打死她也收不了她的心。杂货店的老板娘冲出柜台，跟在李修业的身后，她诚恳地传授了一条经验，修业你趁早给她下个种吧，等到宝宝生下来，你看她还逃不逃，那时候你让她走她也不走了。

滕凤朝那个饶舌的老女人脸上啐了一口，但是后来的事实被杂货店老板娘不幸言中了。第二年，滕凤在一只红漆木盆里生下了达生。她看看新生的健壮的婴儿，看看床下手足无措的男人，唇边掠过凄艳的一笑，你应该去向杂货店老板娘报喜，滕凤对李修业轻声地说，你应该多送三颗红蛋给那个老妖婆。

滕凤在香椿树街的十三年只是弹指一挥间，十三年后滕凤挎着尼龙包去炭黑厂上班，她头发上的白绒花去时雪白，回来却沾满了炭黑，因此滕凤几乎天天更换那朵孀寡女人特有的白绒花。滕凤现在是香椿树街十一名寡妇中的一员，而且她与邻居应酬谈话已经不见苏北地方的口音了。有人还叫她修业家里的，有人习惯直呼滕凤，有人却喜欢叫她达生他娘了。

我是被修业打怕了，滕凤有时候向叙德的母亲素梅含泪诉说她的诸种不幸。说到男人，滕凤美丽的眼睛便变得木然无光，那个禽兽不如的东西，你不知道他多么吓人，整天脑子里就想着那件下流的脏事，我要是不肯做他就动拳头。滕凤解开她的衣裳，脖子以下的许多地方果然都是瘀伤。滕凤掩上衣襟眼泪像水一样地流下来，那畜生把我当石臼那样弄，就没把我当过活人待。滕凤说，我是让他打怕了，有时候碰到下雨打雷的天气，我就想天公为什么不可怜我，雷闪劈死了这个下流东西，我就可以把他从身上搬走了，我就可以喘口气了。

你常常咒他不得好死？素梅饶有兴趣地打量着面前仇怨交加的女邻居，她说，你真舍得咒他死？

对，我咒过他死。滕凤说。

这场推心置腹的谈话，当然发生在两个女人亲如姐妹的和平时期。那时候滕凤和素梅留着相似的齐耳短发，两个人的衣裳也是由一块花布裁了缝制的。她们抬着一盆脏被单结伴到河埠石阶上漂洗，话题就像肥皂沫子般源源不断。素梅对她与沈庭方的床笫生活也毫不讳言，与滕凤不同的是素梅对她男人的一切都很满意。素梅和滕凤开过一个很不正经的玩笑，她向滕凤悄悄耳语说，修业要换了沈庭方，你肯定就会喜欢那事了。

几年以后，两个女邻居因为几颗鸡蛋冷眼相向，各自都很后悔在河埠石阶上的那些掏心话。滕凤尤其不能原谅的是素梅耸人听闻的谣言，谣言给李修业的死因平添了几分鬼怪之气。素梅以知情者的口吻告诉另外几个女邻居，车祸是一个假托，李修业是给自家女人咒死的。素梅的手指指向滕凤家虚掩的门，她以前自己讲的，她会用蛇毒咒人。素梅的眼睛和旁听的妇女们一样惊恐地睁大着，她说，不骗你们，她以前亲口告诉我的，她会用蛇毒咒死活人，是她耍蛇的父亲教的。

鸡蛋风波在滕凤和素梅的嘴里有两种解释。滕凤说她好几次看见素梅在李家的鸡窝里掏了鸡蛋往家里拿，第一次她忍着，第二次滕凤走到沈家门口暗示素梅的手摸错了鸡窝门，素梅当时脸上就挂不住了，她说，滕凤你还不老，怎么眼睛就犯花了？到了第三次事情就闹大了，两个女人在鸡窝旁边扭起来了，滕凤那天从门后迅速地蹿至鸡窝旁边，捉住了素梅抓着鸡蛋的手，给你脸你不要脸，邻里邻居的非要让我撕破了脸说话。滕凤高亢而愤怒的声音惊动了周围好多人，人们看见两个女人的衣服上都沾满黄白相间的蛋汁。而素梅的手里仍然坚定地抓着几片破碎的蛋壳，说，瞎了你的 × 眼，我看你是穷疯了，你家母鸡会生蛋，我家母鸡就不会生蛋？我要是真的吃了你家的鸡蛋，当场就让蛋黄噎死、撑死、呛死。

素梅的男人沈庭方那天出来劝架，劝了几句就被素梅踢了一脚，女人家的事你男人别插嘴。沈庭方朝天翻翻眼珠子做了个鬼脸，女人家的事就像地上的鸡屎一样又多又臭，谁想来插嘴？沈庭方满脸不屑地在人堆里做起了扩胸运动，你们别围着看，别围着劝，越看越劝她们吵得越凶，他说，女人家的事叫个什么事？昨天两个人还好得合穿一条裤子，今天为了颗鸡蛋就翻起脸来了。

沈庭方不偏不倚的评点也代表了香椿树街的公众看法，类似的邻里风波往往在不偏不倚的舆论裁决中结束，没有绝对的胜方和负方，公正之绳本身也是模糊而溃烂的，就像街上随意拉起的晾衣绳，或者就像化工厂从香椿树街凌空高架的那根输油管道，人们每天从此经过却易于忽略它们的存在。

香椿树街典型风格的另一种含义在于人们的记忆常常在细小入微处大放异彩，不管是制造风波的人还是观赏者。多少年过去后，他们对某场街肆风波记忆犹新，某种感情也像一瓮被遗置床底的黄酒般静静地发酵变色。多少年过去后，素梅仍然在后悔当初把鸡窝和李家鸡窝垒在一起，白白受了滕凤的一顿污辱和冤枉气。她只能一次次提醒香椿树街的别的妇女，别去跟滕凤啰唆，她冤枉我偷鸡蛋是小事，让她用蛇毒咒死就倒霉了。与此同时，在香椿树街的另一侧，在李家潮湿的堆满了腌菜坛的堂屋里，滕凤用自己瘦弱的身子挡住了儿子达生的去路。不准到叙德家去。跟你说过多少遍了，沈家一家五口没一个好东西。滕凤的声音充满了恨铁不成钢的悲凉意味，她说，我一天到晚忙得腰酸背痛，你就不能帮我干点家务事？叙德跟他娘一样尖酸刻薄，你怎么让他弄得鬼迷心窍了？

三

但是达生和叙德仍然是一对形影不离的好朋友。

七月里他们到三十里以外的双塔镇，寻找一个绰号叫和尚的武师，但是双塔镇上并没有这个人，双塔镇只有两座年久失修的木质古塔。两个城市少年怀着怅然的心情登上塔端，发现此处的天空高于香椿树街的天空，此地的天空也蓝于香椿树街的天空。叙德先忘了受骗后的不快，叙德的双脚轮流敲踢着木塔顶端的栏板，他把双手卷成喇叭状对着塔下陌生的小镇喊，李达生，李达生是个鼻涕虫。达生也不甘示弱地如法炮制，他尖着嗓子喊，沈叙德是堆臭狗屎。

被喊声惊飞的是双塔镇的鸟群，香椿树街远在三十里外的地方，站在小镇的木塔上眺望北部的城市，看见的只是横亘天地的水稻田和银色的水光粼粼的河汊沟渠。城市只是意味着视线尽头的天空颜色发生了变化，那里的天空沉淀了一片烟雾的灰黑色。

达生难忘那次无功而返的夜途，从双塔镇通往城市的黄泥路变得黑暗而漫长。他们看着浓重的夜色一点点地堆积在自行车的轮子前面，他们想象了各自的母亲在家门口守望和咒骂的情景。叙德对达生说，你娘肯定在大街上扯着嗓子喊你啦。达生说，我才不管她呢。叙德嬉笑着又说，你不管她她管你，她把你管得像只小猫一样乖。达生说，你放屁，我要让她管住了还叫达生吗？

问题是路上的一颗尖石子突然刺破了达生自行车的轮胎，轮胎像两只铁环，在夜间公路上绝望而刺耳地鸣叫起来。达生下了车，说，真他妈倒霉，这下子回不了家啦。叙德说，就这么骑吧，车胎没气照样骑。达生在黑暗中抚摩着他从亡父那里继承的自行车，摇了摇头说，不行，这么骑回家车子就散架了，我宁可推着车走回家。达生借着月光看见叙德的两条长腿撑着他的车子，叙德迟疑了一分钟突然说，那我怎么办？我瞌睡得厉害就想赶回家睡觉去。达生没有说话，一时不知道怎么回答。叙德又说，我要是先走你一个人赶路不会害怕吧？达生冷笑了一声说，废话，我害怕？我一个人钻坟堆都不害怕，还害怕赶夜路？你想先走就走吧，别跟我废话了。

叙德骑着车先走了，达生听见他的口哨声渐渐远去，最后消失在路边水稻田的蛙鸣声中，达生突然感到很失望。我操你个不仗义的沈叙德，他在心里暗暗地骂了一句。他想假如是叙德的自行车坏了，他一定会留下来陪叙德一起走回家的。

达生难忘那个七月之夜星月兼程的回家之路。黎明时分，他闻见空气中那股油脂和工业香料的气味突然浓重起来。他看见城北地带的工厂和民居在乳白色的晨曦里勾勒出杂乱的轮廓，烟囱和青瓦反射出相似的幽光。达生在石桥北端的路面上，踩到了熟悉的废纸、西瓜皮和柏油渣，他扛着自行车一路小跑地翻过石桥。在石桥上，他看见家里临河的窗口，窗口还亮着昏黄的灯光，那也是河水映现的唯一一盏灯光。

达生扶着车在石桥上站了一会儿，他觉得他很累了，但他不想去找那些散播有关和尚武师谣言的人算账，他确实很累了。除此之外，达生的眼睛有点泛潮，但达生对自己说那不过是一滴夜露而已。

没什么，那不过是一滴夜露而已。

四

那个瘦高挑的少年是打鱼弄里的红旗。

红旗听说达生他们去双塔镇的计划已经迟了，红旗从小拐家出来，趿着拖鞋快步跑到达生家。他看见达生的母亲滕凤在自来水管下反复地清洗一棵腌菜，滕凤用一种厌烦的目光望着他。干什么？干什么？达生出去了。

我知道他出去了，红旗说，他们什么时候走的？

刚走。滕凤抓住腌菜在水盆上甩打了一下。

是去双塔镇吗？红旗撑着门框对里面说。

鬼知道，他爱去哪儿去哪儿。滕凤又用力甩打了一下她的腌菜，说，我管不了他，他死了我也不管他。

是跟叙德一起去的吗？红旗突然有点怀疑滕凤的说法。他把脑袋探进去，朝屋里张望了一下，真走了，他妈的，也不喊我一声。红旗骂骂咧咧地嘀咕着，又高声问滕凤，他们都骑车了吗？

你说什么？滕凤皱着眉头，她开始对红旗无休止的问题装聋作哑，而且她走到门边来，一只湿漉漉的手抓住木板门，做出一种关门逐客的姿势。

红旗对着那扇徐徐掩合的门做了一个鬼脸，但细瘦的两条腿也无法在门槛上站立了，红旗讪讪地跳下来。穿过狭窄的香椿树街中腹，趴到叙德家临街的窗户上朝里望了望，他看见室内的一台噪声很大的电扇隆隆运转着，把老式大床上的蚊帐吹得飘飘荡荡。叙德的母亲素梅正在坦荡地午睡，红旗注意到素梅穿着一件男式的汗背心和花短裤，她的乳房从柔软薄透的布料中凸现出来，看上去硕大无朋，红旗无声地笑了笑。他把目光移向床边那只黑漆斑驳的五斗橱。橱上有一张叙德父母的彩色结婚照，照片上的青年男女有着相似的粉红色的双颊和嘴唇，与旁边玻璃花瓶里的一束鲜艳的塑料花相映成趣。

叙德——

红旗知道叙德也出门了，但不知为什么，他仍然朝窗内喊了一声。他看见素梅在床上翻了个身，乱蓬蓬的脑袋从竹枕上抬起了几寸。谁呀？素梅懒懒地问了一声，但红旗与此同时离开了那扇窗户。

红旗猫着腰走了几步，然后就直起身子，若无其事地朝街面走了。

下午三点多钟的时候，是香椿树街少年们无所事事的夏日午后，一条白晃晃的碎石路面，懒懒地躺在红旗的海绵拖鞋下，偶尔间杂着几片西瓜皮、冰棒纸和狗粪。走路的人有时会淋到几滴水珠，那是从横跨街面的晾衣竿上滴落下来的，香椿树街的妇女们习惯于把一切衣物都晒在晾衣竿上。这条路走了许多年，走来走去总是索然寡味，走路的人对街景因此视而不见。红旗的心空空荡荡，他知道现在追赶达生和叙德是不现实的。他想象两个朋友已经骑着车在公路上飞驰，想象他们将见到双塔镇的那个著名武师，心中便有一种难言的妒意。两个狗 × 的东西，红旗想有关双塔镇武师的消息，还是他最先透露给他们的，但他们竟然瞒着自己去找了，他们是故意瞒着自己的。红旗这样想着，脸就阴沉下来，他想等他们回来他会骂个狗血喷头。大家在一起玩就要玩出个规矩，没有规矩干脆就别在一起玩了。

红旗阴沉着脸重新返回小拐家。小拐的家里充溢着一股皮革的气味，很难闻的令人恶心的一股气味。小拐正在吃西瓜，他的一根木拐扔在床上，一般说来小拐在家是不用那东西的。红旗无声地走进去坐到床上，把木拐竖起来，撑住两条胳膊，红旗伏在木拐上，看小拐吃西瓜。

吃西瓜。小拐朝桌上的几片西瓜努努嘴。

隔壁的厨房里，随之响起小拐的大姐锦红的声音，小拐，给爹留两片西瓜。

别理她，你吃你的。小拐说。

本来不想吃，她这么说我倒非要吃了。红旗站起来抓过一片西瓜，而且吃瓜的时候发出了很响的声音。红旗一边吃瓜一边吸紧鼻子分辨小拐家里那股奇怪的皮革味。他说，你们家里什么味？有点像皮革厂的味。

小拐白皙的圆脸上浮现出一丝神秘的笑意。他指了指床底下说，把床下那只纸包打开，你看看就知道了。

红旗蹲下去，在一堆积满灰尘的杂物中拖出一只纸包，解掉绳子打开纸包，里面卷着一张毛茸茸的狗皮，狗皮还未鞣制，似乎也没有晒透，摸在手上有一种潮湿黏滞的手感。

从哪儿弄的狗皮？红旗不无惊诧地问。

你猜吧？小拐反问了一句，又兀自尖声笑起来。他说，我把冼铁匠家的黄狗勒死了，干掉了一条，还剩下一条，什么时候把两张狗皮都弄来，卖给皮革贩子，起码可以换回十块钱。

什么时候干的？我怎么不知道？

上个星期。这事很容易，一根肉骨头，一根细铁丝，狗都来不及叫一声。小拐嘻嘻地笑着，他蹲下来，小心地把狗皮重新包好，塞在床底下，狗肉很好吃，很香，我忘了让你来尝几块了。小拐突然想起什么，他注视着红旗的表情说，千万别把这事传出去，否则冼铁匠那老头会来跟我拼命的。

废话，我怎么会把你的事传出去？红旗说，杀条狗算什么？就是杀人也没什么了不起的。红旗的脸色却突然变阴沉了，他说，怪不得这几天我看不见冼铁匠的狗了。其实红旗的心里也开始在怒骂小拐，× 你个小拐子，我做什么都事先告诉你，你连杀条狗都瞒着我。达生、叙德还有小拐，说起来是一班朋友，真玩起来都是狗屁。红旗想以后不要跟这班不懂规矩的人玩了，以后要玩不如到石灰街跟大刀帮的人一起玩。

红旗突然对小拐、小拐的狗皮以及他的家产生一种强烈的鄙视，他扔掉西瓜皮，在小拐家的毛巾架上，挑最干净的一块擦了擦嘴，然后一语不发地走出小拐家。

怎么走啦，不去河里游泳吗？小拐在后面喊。

我一个人去游。红旗一边走一边朝门口的一丛夜饭花横扫一脚，他看见那些深红色的闭合的小花和花下的叶子一齐疯狂摇晃起来，脚上沾了些水珠，但并没有任何细长的花穗和圆形叶子掉落下来。

河就沿着香椿树街的北侧古旧地流淌着，冬天是一种冰凉的蓝绿色，春夏两季总是莫名地发黑发黄。河是京杭运河的一个支流，在化工厂尚未建造的年代里，河水清纯秀丽。香椿树街的人们打开临河的木窗，可以看见那些柳条形的打鱼船，看见船上的打鱼人和黑色的鱼鹰。现在河里当然已经没有鱼了，有运煤和水泥的驳船队驶过河道，有油污、垃圾和死鼠漂浮在水面上，鱼却从水下消失了，那些来自浙东或苏北的打鱼船也就从人们的窗口前消失不见了。

旧时代的风景正在缓慢地一点一点地消失，但它们也在香椿树街留下了诸多遗痕，就像街东头这条不到二十米长的狭窄的街弄，从前它是河上打鱼人家上岸的必经之路，人们称之为打鱼人家弄，现在少了个简短的地标，但仍然叫打鱼弄。

红旗家就在打鱼弄里，打鱼弄里一共三户人家，一户是红旗家，一户住着红旗的伯父一家，另一户靠着河道的是香椿树街最漂亮的女孩子美琪的家。后来人们都听说红旗是在那个邻家女孩身上出的事。

红旗往石阶上走准备下河的时候，看见美琪坐在她家门口剪螺蛳。美琪穿了一条翠绿色的裙子和白小褂，她的胸口总是挂着一把钥匙，当她弯下腰在盆里挑拣螺蛳时，那把钥匙就悬荡到她裙子的褶皱里。咯嚓，咯嚓，美琪快疾麻利地剪着螺蛳，有一个被剪除的尖壳就径直飞到了红旗身上。

红旗很夸张地叫疼，一只手去揉摸他的腰部。他看见美琪的眼睛朝他的手边瞄了一眼，然后就飞快地躲开了。红旗想那是因为他穿着游泳裤，虽然游泳裤是尼龙彩条的那种，令别的游泳者羡慕，但女孩子通常是不会朝它多看一眼的。

又在剪螺蛳，你们家怎么天天吃螺蛳？

没有呀，你什么时候还见过我剪螺蛳？美琪很认真地否定了邻家男孩的搭话，她说，太阳还没下去你就下河，不怕晒黑了皮肤？

不怕，晒黑了皮肤你就不嫁我了吗？

又胡说八道了。美琪再次纠正了红旗说话的方式，她低下头抓起一颗螺蛳说，真奇怪，这么脏的河水，你们还喜欢在河里游泳。

不游泳干什么呢？红旗已经走到了水里，他回过头反问美琪，这么热的天，这么无聊，不游泳干什么呢？

美琪没再说话，好像端着那盆螺蛳进去了。红旗弯腰把河水往身上泼了泼，他在想美琪的那双又黑又大的眼睛和那把挂在胸前的钥匙，美琪很小的时候就挂上了那把钥匙在打鱼弄里跑来跑去的，他想美琪现在都上中学了，怎么还挂着那把可笑的钥匙。

太阳正在对岸水泥厂的烟囱后面下坠，河上闪动着类似鱼鳞的细碎晶莹的光，那种美丽的色泽是光线造成的假象。当你的身体全部浸入夏日温度宜人的河水中，你会发现河水是混浊肮脏的，不仅是讨厌的塑料袋和废纸像蚊蝇一样追逐游泳者，河水本身也散发出一种由工业油料和污泥混合的怪味。

但是香椿树街的许多少年仍然在夏季下河游泳。

水泥厂的小码头那里聚集了许多游泳者，有的坐在装运石料的货船上，有的泡在水里。红旗远远地看见一个黝黑的穿红色游泳裤的青年爬到吊机的顶上，表演了一个大胆的燕式跳水动作。他认出来那是石灰街上的大喜，他不知道大喜为什么跑到香椿树街来游泳，或许他是从石灰街那儿的河道游过来的？不管怎么说，在城北地带的各个角落，你都会看见石灰街的人，看见那些在胳膊上刺有青龙图案的大刀帮的人。

红旗以一种无师自通的自由泳姿势朝对岸游去。偶然回首间，他看见美琪家临河的那排木窗，花布窗帘半掩半启，美琪正倚在窗前编扎她的头发，红旗不敢肯定她是否在看自己，因为他回过头时，女孩子的目光正移向水泥厂码头人群密集的地方。

红旗游到那里，他终于听清萦绕在码头上的嘈杂声是有关一场群斗的争论，游泳者们针对三天前在城西凤凰弄发生的流血事件孰优孰劣各执一词，争论不休。凤凰弄之战动用了匕首、斧头和大刀等多种器械，手持大刀的当然是石灰街的大刀帮。人们知道凤凰弄之战的起因缘于一个美貌风骚的女孩橘子，凤凰弄的四海占了橘子的便宜，橘子的男友宝丰就领着大刀帮的人“踏鸟窝”去了，就这么简单。问题是游泳者们对双方胜败争论不休，凤凰弄的四海被乱刀砍死了，而大刀帮有三个人分别断了小臂、瞎了眼睛、碎了脑壳。剩下的人全部被警方塞进了一辆卡车。据说两帮人杀红了眼睛，在疾驶的卡车上仍然扭成了一团，押车的警察只好朝天鸣枪，许多城西的人都听见了那天的枪声。那么到底是谁在这场大规模群斗中占了上风呢？争论的双方谁也说服不了谁。

四海的脑袋只剩下一层皮耷拉在脖子上。石灰街的大喜嬉笑着在自己的脖子上比画了一下，他以一种权威的口吻说，你们懂什么？石灰街的人出去从来不吃亏的，三个伤换一条命，占大便宜啦。

红旗泡在河水里，身子猛地打了个激灵，但他还是怀着一种渴望的心情游到大喜的身边。他看见大喜的两块坚硬匀称的胸大肌，看见他左臂上的那条青龙凝结着几滴水珠，在游泳的人群里显得凛悍英武，红旗的心中感到一种莫名的失落。

突然有人问大喜，大刀帮的人都蹲进去了，你怎么没有进去？

我里面有人，关了一夜就放出来了。大喜对此做了轻描淡写的解释。

红旗想起了石灰街上的大姨妈家，他的两个表兄猫头和东风也是大刀帮的人，于是红旗就问大喜，猫头和东风也进去了吗？

猫头？大喜鼻孔里嗤笑一声，不屑地说，他是孬种，见血就尿裤子的东西。

那么东风呢？东风打架一贯是很野的。

东风的脑壳打碎了，头上包满纱布，只露出一双眼睛。大喜仍然嬉笑着说，东风还算个人物，不过等他出了医院也要进去的，四海脖子上的第三刀就是他砍的。

红旗舒了口气，似乎有关东风的故事使他避免了在众人面前的尴尬，因为他是常常向人谈起他在石灰街的两位姨表兄弟的。

河上的天空已经从艳丽的火烧色变蓝变黑，水泥厂与远处化工厂的下班钟声早就响过了，聚集在小码头下的游泳者正在陆续离去，河道上除了偶尔驶过的驳船和拖轮，人迹寥寥。红旗独自在水上漂着，夏日黄昏的天空离他很近，一些纠结不清的心事像水上的浮叶那样漂着，若有若无或者漫无目的。红旗回忆起昨天这个时候，他还和达生、叙德和小拐一齐由东向西游着。他们是香椿树街的唯一一个小帮派，他们应该是朝夕相处形影相随的，但现在达生和叙德背着他去双塔镇，而不成器的小拐现在大概正和他爹和姐姐在门口吃晚饭了。红旗这样想着，对他的朋友以及整条香椿树街都滋生了一种深刻的绝望。

美琪仍然倚着临河的那排木窗，她正在剥一颗枇杷的皮。红旗游过她家窗前的时候，双腿把水花打得很高，是故意的。他喜欢和这个漂亮的邻家女孩说话，女孩羞赧的微笑和又黑又大的眼睛似乎成了夏季唯一令人愉悦的事情。不知道是从什么时候开始的，红旗用街上流行的方式和美琪打情骂俏，美琪总是半羞半恼。她刚上中学，红旗不知道她是否领略其中的风情，事实上他对此也是一知半解，但他喜欢看女孩子躲躲闪闪的眼神和双颊飞红的模样，他不知道为什么喜欢。

又在吃枇杷，枇杷吃多了会中毒的。

瞎说。美琪拉长了声音，脸躲到花布窗帘后面，躲开水花的溅击。她朝窗外扔出一颗果核说，河里没人游泳了，你该上来了。

你也不是我女人，怎么管起我来了？

谁要管你？美琪扑哧笑了一声，脸仍然半藏在窗帘后面，你家里人都回来了，你大姐也来了。

他们回来关我什么事？红旗仍然在美琪的窗下踩着水，他突然想起什么，问，怎么你一个人在家？你妈妈呢？

她去我外婆家送药了。美琪说，你才管得宽呢，我一个人在家关你什么事？

红旗笑着摸到了浸在水下的石阶，他懂得男人应该和女孩嬉笑但不该和她们认真。红旗站起来朝岸上走去，从打鱼弄口吹来一阵风，红旗抱着身子打了个哆嗦。他说，冷死我了，冷死我了，人就湿漉漉地跑过了美琪家的门口。美琪家的门口堆着那些被剪下的螺蛳头，有几只苍蝇正在上面飞来飞去。红旗说，这么懒呀？知道剪就不知道扫，招苍蝇来炒菜吗？紧接着他看见美琪的绿裙子闪了闪。美琪拿了扫帚出现在门口，她红着脸对他笑了笑，说，我忘了扫了。红旗抱着身子往前走了两步突然站住了，他莫名地觉得女孩的羞赧很美丽很温暖，他的一颗浮躁空虚的心因此变得柔软湿润起来。红旗捋了捋头发上的水珠，回过头看看美琪。美琪正弯着腰扫那堆螺蛳头，她胸前的那把钥匙左右晃动着，闪烁着黄澄澄的一点光亮。

红旗的心中升起一种模糊的欲望，他往上提了提那条湿透了的漂亮的泳裤，突然反身到美琪家门口，望着女孩清扫那堆垃圾。

你怎么啦？美琪狐疑地望着红旗，女孩先是看到了红旗的两条腿，左腿在门外，右腿已经在门内。女孩的目光惊慌地爬过那具湿漉漉的瘦长的身体，最后落在红旗的脸上，你站在这里干什么？你怎么不回家？

我不回家，我讨厌我大姐，她一来就是没完没了的废话，一会儿让我读书，一会儿让我当兵。红旗的手习惯性地撑着美琪家的门框，说，把你家的肥皂给我用用。

美琪放下手里的东西找肥皂，红旗听见她焦急地摇晃着肥皂盒说，这块用完了，我给你找一块新的。红旗跟着她走进屋说，别找了，就用那块吧。但美琪好像没听见，美琪踮起脚尖伸手在一只红木橱顶上摸索着。红旗跟在她身后说，我来吧，他的腿碰到了美琪绿裙的下摆，柔软的微痒一击。他闻到了美琪头发上的那种甜甜的香气，这时候红旗心里模糊的欲望突然清晰而热切起来，有一种奇异滚烫的浆汁急遽流遍四肢。红旗的喉咙里含糊地咕噜了一声，两只手便猛烈地搂住了邻家女孩的身体。

美琪尖叫了一声，一块被切割过的光荣牌肥皂应声落地。但红旗没再让美琪叫出第二声来，为了制止美琪的叫声，红旗慌不择物地在女孩嘴里塞满了东西，包括半块肥皂、一把钥匙和女孩穿的绿裙的一角。

夜里小拐一家都在门口纳凉。小拐的父亲王德基躺在竹榻上，左手一杯白酒，右手一只半导体收音机，收音机正在播放王筱堂的扬州评话，白酒辛辣的酒气则使闷热的空气更加闷热。小拐一家就在故乡的方言和酒味里，来往于屋内屋外，这是他们一如既往的夏夜生活。

锦红先看见了红旗瘦高的身影，锦红说，他又来了？今天他来三趟了。

小拐对他姐姐说，他来找我，关你屁事。

红旗越走越近，小拐发现红旗穿着长袖的衬衫和长裤，在这个闷热的夜晚不免显得奇怪。小拐就冲着红旗嘻嘻地笑，他说，穿这么整齐，去钓女孩子呀？

红旗的脸在路灯光下显得很难看，苍白、呆滞，一副失魂落魄的样子。他在小拐面前站住，踢了下小拐坐的凳子，小拐，别坐这儿了，陪我出去一趟。

去哪儿？去市中心？去看夜市电影？小拐问。

看电影？锦红在旁边先喊起来，这么热的天，人挤人的，你们发疯啦？

小拐瞪了锦红一眼，又要你多嘴。我们热了关你屁事？小拐说着就去摸他的木拐。他看了红旗一眼，有点疑惑地问，是去看电影吗？你没别的事吧？

没别的事，就去看电影好了。红旗说。

小拐跟着红旗走了几步路，他听见父亲关掉半导体收音机，很响亮地咳嗽了一声。小拐就停下来了，他回过头，试探地望了望父亲，王德基没说话，小拐的那条完好的左腿就又往前跨了一步，但这时候王德基猛地吼了一声，滚回来，拖了条瘸腿去找死吗？

去看电影，又不干什么。小拐说。

看什么狗屁电影，我让你坐那儿，别给我出去惹事。

惹什么事？我说了是看电影去，会惹什么事？小拐说。

让你回来你就回来！王德基从竹榻上挺起身子，手一挥，那只玻璃酒杯就在小拐的脚边砰地炸碎了。锦红吓得尖叫了一声，冲过来拉小拐。锦红说，你看你非要惹他发脾气，这么热的天本来就不该出去。

小拐极其尴尬地站在那里，他甩掉了姐姐的手，侧过脸望了望红旗。红旗的脸色在路灯下更显苍白了，他唇边的那种讥讽的冷笑使小拐无地自容。小拐刚想解释什么，红旗挥了挥手说，小拐，算了，你别出去，你就在家里待着吧。

红旗匆匆走过夜色中的香椿树街，其实他自己也不知道到底想去哪里，脑子里紊乱而空虚。唯一清楚的是他知道自己惹了祸，是什么样的祸端无法确定。红旗是从美琪惊恐痛苦的黑眼睛和裙子上的那片血污感受了某种罪恶的。他记得女孩的那两只馒头似的冰凉的乳房，那么小巧，那么楚楚可怜。他记得女孩的双腿疯狂地蹬踢着，渐渐像折断的树枝一样安静了，那种安静酷似死亡。他依稀看见女孩被塞满东西的嘴，她没有哭叫，她无法哭叫，但他想起她的整个身体是一直在哭泣的。哭泣。大声哭泣。美琪的母亲郑医生现在回家了。现在红旗看见了自己的罪恶，红旗第一次品尝了罪恶的滋味。

街上飘溢着化工厂的刺鼻的怪味，还有两侧人家熏蚊虫的蚊香的青烟。红旗走过叙德家门口，看见叙德的父亲和别人在路灯下弈棋。沈庭方是个温和老好人，他用一枚棋子拍击着大腿，抬起头跟红旗打招呼说，红旗去哪儿玩？

红旗摇了摇头，他问沈庭方，叙德他们回来了吗？

沈庭方说，我还想问你呢，到现在不回来，说是去双塔镇，你怎么没去？

红旗又摇了摇头，他在棋摊边站了几秒钟，转过脸正好看见对门达生的母亲出来。达生的母亲把一盆水哗地泼到阴沟里，她的动作和表情都是怒气冲冲的。红旗不知道那个寡妇为什么一年四季都这样怒气冲冲的。达生和叙德在一起，不知道他们是否找到了双塔镇的武师和尚。达生不在家，假如达生在家或许可以和他商量一下，平心而论朋友中间就数达生最重义气。但是不管谁帮他都没有用了，这不是打一架可以解决的事，红旗知道他惹的祸与香椿树街通常的风格是完全不同的。

一条熟悉的热烘烘的碎石路很快就走到头了，前面就是北门大桥，桥顶上有纳凉的人和卖西瓜的摊子。红旗本来是想上桥的，过了桥可以往城市的纵深处走，但红旗想这样走来走去的有什么用呢？红旗想起桥下的洞孔，从前他曾经和达生他们躲在那里，一边抽烟一边看河上来往的船队。红旗想不如钻到桥洞里，一个人安静地待一会儿，能待多久就待多久，能过夜就在那儿过夜吧。

桥洞里很凉，黏在衬衫上的汗很快被河上的风吹干了，红旗独自坐在拱形的桥孔里抱臂沉思。桥上卡车驶过时，震动着桥孔里的几颗年代不详的烟蒂。红旗想那些烟蒂或许就是多年前他们扔在这里的，红旗的一只脚就下意识地伸过去，把它们拨到河里去。河里有夜行的驳船驶过，汽笛声非常尖厉，而船桅上的灯盏倒映在河水中，橙黄、深蓝或者红色，像流星拖曳而过，看上去非常美丽。

后来红旗就在桥洞里睡着了。红旗以为自己会坐到天亮的，但河上的夜景很快使他厌倦了，眼睛困倦了就睡着了。红旗入睡前，依稀看见被他强暴的邻家女孩，她的又黑又大的眼睛，她的嘴里塞满了东西，半块肥皂、一把钥匙和一角翠绿色裙裾。

香椿树街的人们到了第三天才知道打鱼弄里发生的事情，类似的男女之乱在城北的街区屡见不鲜，但是人们没有想到事件的缔造者是红旗和美琪，红旗十八岁，美琪十三岁或者十四岁，说到底他们还是孩子。

就有许多妇女舍近求远地跑到打鱼桥的石阶上去洗衣裳，令人失望的是美琪家的门窗都紧闭着，有人知道郑医生带着女儿住到美琪的外婆那儿去了。红旗家的门倒是开着，红旗的父亲和伯父坐在八仙桌边一口一口地喝茶，不做任何交谈，红旗的母亲看不见，她无疑是躺在床上哭泣。洗衣的妇女们端着木盆从打鱼弄里慢慢地走过，没有人敢冒昧地闯到红旗家去饶舌，因为红旗的哥哥红海像一座黑塔似的把守着家门，红海用一种敌意的目光扫视着每一个经过打鱼弄的人。

人们知道警察是从北门大桥的桥洞里把红旗带走的。

五

现在达生和叙德他们站在北门大桥上，红旗出事以后的这些天，他们每天聚在这里帮瓜贩卖西瓜，作为一种交换的条件，瓜贩给他们香烟抽，还会挑一颗好瓜给他们解渴。从桥下朝桥顶上望，可以看见达生他们的身影正在被暮色一点一点地染黑，高个的是达生，矮个的是小拐，不高不矮的是叙德，小拐在桥顶上的吆喝声听来是刺耳而滑稽的，买西瓜咪——不买西瓜——渴死你们——我们不负责。

河上飘来的是污水和化肥船上的腥臭味，八月的晚风丝丝缕缕地吹过桥头，仍然是温热而黏湿的。城北地带的夏夜总是这样令人百无聊赖，有人穿着短裤趿着拖鞋走过这里，买西瓜或者什么也不干。叙德的母亲素梅扛着两把折叠椅走走停停，她看见了叙德，她对儿子喊，你大舅送了两把椅子，帮我拿回家去。但叙德装作听不见的样子，只顾用一柄古巴刀剖着西瓜。素梅又喊了一次，叙德就抬起头朝母亲吼了一嗓，你瞎嚷什么，我没空，两把破椅子有什么稀罕的？你自己搬回家去。

素梅嘴里诅咒着儿子朝香椿树街走，碰到一个熟人自告奋勇地帮她拿了一把椅子，素梅就对那人说，街上现在是什么风气？我家叙德以前很孝顺很听话的，现在也学坏了，这帮孩子迟早都要走红旗那条路，到草篮街去。

草篮街在城市的另一侧，草篮街上有一所本地最著名的监狱。多年来香椿树街有不少人陆续走进草篮街的监狱，假如把打鱼弄的红旗加上去，那批人有十五六名之多，或许是二十个人，谁知道呢？人们记得最清楚的还是红旗的案子，因为红旗的案子与以往城北的血案、命案或偷盗案风格迥异。

少年红旗的汗渍或许还留在下面的桥孔里，但他的同伴们已经无法搜寻他傲慢的气息。事实上达生对红旗的事情一直是嗤之以鼻的，他始终觉得红旗突发的情欲带有某种虚假或欺骗的成分。他哪里会钓女孩？达生说，我猜他只是想练练这个本事，这下好了，练到草篮街去就玩到头了。叙德在一旁短促地笑了一声说，红旗不吃亏，好坏人家也放了一次，你嘴狠，可是你放过吗？达生没有回答叙德的问题，达生把一块西瓜皮放在手上掂了掂，手一甩，西瓜皮在河面上打出一串晶莹的水漂。达生的目光顺着水漂的方向望过去，望见的是一条黑蓝色的护城河，河上的驳船队已经远去，水里橙黄色的灯影来自河边民居和河滨小路的路灯杆，远处是另外一座桥，人们习惯称它为火车站桥，从那座桥往西四百米就是火车站了。达生隐隐听见了火车站里货车停靠的汽笛声。火车的汽笛声总是那么凄厉而令人心颤，就像人最恐惧时的那种狂叫声。达生觉得他的耳朵里突然灌满了那种人与火车的狂叫声，而且他似乎清晰地听见了女孩美琪的声音，那么凄厉却又那么单薄。与此同时达生看见了两滴虚幻的眼泪，它们颤动着像两粒珍珠从美琪乌黑的大眼睛里滴落。达生摇了摇脑袋，他脸上的窘迫表情消失了，美琪家只有她们母女俩，够可怜的。达生踢着桥上的水泥栏杆，突然回过头，声色俱厉地说，欺负人家美琪算什么英雄？想放就去找七仙女，去找张家三姐妹，去找安娜呀。叙德有点惊愕地看着达生，你跟我来这一套干什么？叙德说，又不是我搞了美琪，你应该去草篮街问红旗。而小拐则在一边快乐地嬉笑起来，他凑到达生面前问，安娜，安娜是谁？是不是联合诊所那个混血儿女护士？达生搡了小拐一下，他说，你知道个什么？你知道个屁。

本来这场无头无绪的舌战已经停止了，天已黑透了，三路公共汽车的末班车吱吱嘎嘎地停在北门大桥的另一侧，三个少年帮瓜贩把卖剩的西瓜装进箩筐里。但他们突然看见郑月清拉着她女儿美琪的手从汽车站走过来，美琪藏在她母亲高大的身影里，迟迟疑疑地走着，可以看清美琪穿着一件雪白的镶荷叶边的连衣裙。母女俩经过桥顶的时候，三个少年都屏住了呼吸，他们想看见美琪的脸，但美琪似乎用母亲的身躯遮挡着所有好奇的目光，除了郑月清那张严峻忧郁的脸，他们只看见美琪脚上的浅绿色凉鞋迟迟疑疑地跨过满地的瓜皮，跨过他们的视线。

离家避风头的郑月清母女俩又回到香椿树街来了。当她们走到桥下的时候，小拐突然冲着母女俩的背影吆喝起来，买西瓜咪——回来买西瓜咪。她们明显没有留心小拐的吆喝声，即使她们听见了也不一定会回头。叙德也说了一句话，用某种老练的腔调对美琪做了评价，他说，美琪走路外八字了。而沉默的达生看见的是一阵突如其来的风。风从护城河上吹来，吹动了女孩美琪的白裙，白裙像一只飞鸟般地朝左侧和右侧飞，但白裙飞不起来。达生看见美琪用手压着她的裙子朝桥下走，美琪好像握着一只死去的鸟儿似的朝前走，女孩的整个背影突然变得如此凄楚如此美丽。达生觉得他的心被什么东西弹击了一下，咚，又弹击一下，咚，是什么东西这么柔软而纤弱？达生摇了摇头，他不知道，直到很多年以后，达生仍然无从解释那个夏夜在北门大桥上的心跳。

凭着打鱼弄里的几点灯光，郑月清发现门前的夜饭花没有开放，包紧了花蕊的夜饭花是丑陋的，就像一丛累赘的植物肉刺。天都黑透了，为什么夜饭花没有开放？或许那和她家的背运和晦气有关。郑月清这么想着用力关上了门，上了保险锁，又插上一道门闩。郑月清以前不是那种特别注意门窗的女人，但现在她很自然地这么做了。

外面似乎有人在走动，是一种迟滞而徘徊的脚步声。郑月清警觉地贴着门分析那脚步声，她大声地对着门问，谁？谁在外面？紧接着她听见了红旗的母亲孙玉珠的声音，孙玉珠咳嗽了一声，是我，月清你还没睡吧？

郑月清没有说话，她几乎能猜到孙玉珠夜里来访的意图。

孙玉珠在门外说，月清，给我开开门，我端了碗藕粉丸子来，你们刚回来，肯定饿了。

我们不饿，郑月清用一种干涩的声音说，端回去自己吃吧。

孙玉珠沉默了一会儿，紧接着她就啜泣起来，她的一只手不是在敲门，而是在抓划着邻居家的门。月清，我知道你在怪我，孙玉珠啜泣着说，你该怪我，谁让我生了那么个禽兽不如的儿子？可是红旗已经被捕走了，我五天五夜没合眼了，孩子们出了这种事，我们做母亲的怎么也该坐在一起好好谈谈。

我也五天五夜没合眼了，你是舍不得儿子坐牢，我却要时时留心美琪寻短见。门里的郑月清的声音也是呜咽着的了，她说，美琪才十四岁，你让她怎么再出去见人？她父亲在外地，不敢告诉他家里出了这种事，你让我以后怎么跟她父亲交代？

我知道你的苦，你开门让我进来吧，我们做了多年邻居，没红过一次脸，一直跟一家人似的。你就开门让我进来吧，或者就让我看看美琪，让我替红旗向她赔个不是。孙玉珠说着放声大哭起来，孙玉珠说，月清，我在外面给你跪下了，你要是不开门，我就跪上一夜，反正我也是活该，谁让我生了那么个讨债鬼的儿子。

郑月清终于把门打开了，在灯光暗淡的门洞里，两个女人泪眼对泪眼，互相窥问着对方的心事。郑月清听见里屋响起咯嗒一声，是美琪把台灯关掉了，郑月清想这种场合女儿本来也该躲在黑暗中的。

两个女人对坐在临河的窗前，时断时续地试探着对方。窗外的河水已经看不清颜色，偶尔有运油桶的船咿呀呀地驶过，水中仅有的几点星光和灯影便碎掉了。蚊子飞蛾迎着昏黄的电灯飞过来，飞进郑月清家的窗口。两个女人因此用蒲扇朝身体各处敲打着，但是蚊蛾和闷热不是烦恼，现在孙玉珠的烦恼在于她没有勇气掏出那只纸包，更没有适宜的时机说出那句话。于是孙玉珠的眼泪再次涌出来，她突然抓住郑月清的一只手，狂乱地揉搓着，孙玉珠说，月清，你发发善心救红旗一命吧，你要是答应了，我们全家今生来世都为你们做牛马。

郑月清的表情漠然，她一点一点把手抽出来。别这样，她说，我不懂你的意思，你想让我怎么样呢？

红旗的案子还没判下来，我去法院问过了，红旗这样的起码要判十五年。十五年，恐怕他出来时我已经入土了。孙玉珠撩起她的短袖衫擦着眼睛，一边泣声说，法院的人说了，要想轻判就要你们改口。别的街坊邻居也都这么说，两个孩子年龄都小，做出那种事或许是瞎玩玩的祸。眼看着红旗这辈子就要毁掉了，月清，你就发发善心让美琪改个口吧，改个口就把我家红旗救了。

改个口，你说得也太轻巧了。郑月清的声音变得愤怒而嘶哑，她冷笑了一声说，救了你儿子就把我女儿往井里推了，你当我是吃屎的？你这番话我听懂了，你是不是想说美琪是自轻自贱了？是不是想说美琪是心甘情愿的？郑月清突然怒不可遏地从椅子上站起来，发疯般地冲进里屋，把美琪从床上拖起来，拖到孙玉珠面前，对女儿喊着，你当着她的面再说一遍，捂着你的心再说一遍，那天的事是不是你愿意的？

美琪光着脚站在孙玉珠面前，浑身簌簌颤抖，脸上的神色仍然是惊恐过度的苍白，美琪捂着嘴不让自己哭出来，只是拼命地摇头。但郑月清一定要她开口说，一次一次地搡着女儿瘦小的身体，说，你给我说呀，郑月清跺着脚喊道，是不是你愿意的？你要是不说实话我就打死你。

不。美琪哇的一声大哭起来，她用力挣脱母亲的手臂跑进里屋撞上门。郑月清还想去拉女儿的门，但被孙玉珠死死抱住了。孙玉珠一迭声地说，你别逼美琪了，我没有那个意思。你别打她，要打就打我吧。孙玉珠说着自己朝脸颊上扇了一记耳光，是我该打，谁让我生了那么个天杀的儿子。

郑月清觉得一阵眩晕，知道是高血压的病又犯了，她扶着墙走到桌前找到了药瓶。服药的时候，她听见孙玉珠在身后窸窸窣窣地掏着什么东西，猛地回头便看见了孙玉珠讪讪的笑容。孙玉珠说，月清你快躺下歇歇吧，我要走了，再不走惹你气坏了身子，我就更没脸活了。

朝向打鱼弄的门重新锁好、插上，夜复归宁静和闷热。郑月清听见河对岸的水泥厂粉碎机轧石的噪声，那种声音只有在夜深人静时才听得清晰，现在也不知道是几点了。郑月清抚额坐在桌前，想起那只三五牌台钟需要上弦了。她伸手去抓钟，这时候她才发现钟下压着的那只信封，一叠十元纸币露出一半。郑月清明白过来了，她说，瞎了她的狗眼。但她还是把信封里的钱抖到桌上数了数，一共是五百元。瞎了她的狗眼，郑月清在昏黄的灯下低声骂道，五百元想让我把女儿卖了？

寿康堂现在已经被更名为健民药店，药店里卖着中药、西药、农药、鼠药和免费的避孕工具。除了老鼠药有大批的顾客，店里的三个女店员很少有机会去那只巨大的红木药柜前抓药。在漫长的夏日午后，三个女店员伏在柜台上昏昏欲睡，偶尔抬头看看通过店铺的行人。行人打着黑洋伞匆匆而过，但拾废纸的老康仍然顶着骄阳坐在药店的台阶上，一年四季老康都喜欢坐在这里整理箩筐里的废纸。女店员们都知道老康从前是药店的主人，店里的红木药柜是老康当年请浙江木匠精心打制的，女店员们知道药柜刚刚装好三百个黄铜拉手，老康就被赶出药店了。老康曾经到处申辩说他从未卖过假药，他给朝鲜战场的志愿军提供的是货真价实的阿司匹林。但是老康是否卖假药的问题现在早被人淡忘了，红木药柜上或许已经积聚着二十年的灰尘，而从前的寿康堂老板也已经拾了二十年的废纸，老康的佝偻的背影和破箩筐也成为香椿树街人熟识的风景了。

老康整理着筐里的废纸，废纸主要由墙上的标语、法院布告、爱国卫生宣传画以及地上的冰棒纸、旧报纸组成。老康需要把旧报纸拣出来，因为它们在收购站的价格明显高出别的废纸。但是旧报纸往往很少，而且都是油腻腻的包过卤菜熟食的。老康通常在搜拣报纸的同时，把报纸的主要标题读一遍，他说，金日成走了，西哈努克又来了。他说，美国鬼子又在扩军了。

老康看见一个穿绿裙子的女孩挨着墙壁朝药店走来，他知道那是打鱼弄里郑医生的女儿，但他叫不出女孩的名字。他对女孩说，你长大了就像胡蝶一样漂亮。但女孩没有搭理这个肮脏的言行古怪的老头，她皱着眉快步绕过台阶上的老康和箩筐，闪进药店里去。她不知道胡蝶是谁，现在的孩子什么也不知道，老康摇摇头失望地自言自语着。他听见女孩在药店柜台前要买安眠药，女店员们问，美琪你买安眠药干什么？安眠药不可以乱吃的。名叫美琪的女孩说，是我妈妈让我来买的，她晚上睡不好觉。老康在外面又摇了摇头，自言自语地说，这种药最好别碰，睡不着觉也别吃它，我开过药铺，可我什么药都不吃。

打鱼弄里的女孩美琪最后买到了八粒安眠药，女店员们只肯卖八粒药片给她。老康看见美琪神色仓皇地跑下药店台阶，她从书包里掏出铅笔盒，然后把八粒药片都放进铅笔盒内了。

香椿树街的妇女们发现孙玉珠在北门大桥上来去匆匆，曾经白净丰腴的脸苍黄憔悴，以前逢人就笑的嘴角上长了一个热疮。人们知道孙玉珠的变化都缘于儿子红旗的案子，因此她绷着脸对熟人视而不见时，熟人们也见怪不怪了。孙玉珠拎着一只自制的人造革手提包，包里鼓鼓囊囊的，猜不透是什么东西。经过菜摊的时候，孙玉珠顺便买了些茄子西红柿之类的蔬菜。菜贩们便发现这个女人很难伺候，她柔声细气地杀价，付钱之前总是要抓一把菜往她的黑包里塞。

孙玉珠在桥上碰到了素梅，素梅扔下篮子，把她往僻静处拉。孙玉珠以为素梅有要紧事告诉她，但素梅一开口说的话跟别人也是一样的。

素梅说，听说美琪那回是自愿的？

孙玉珠淡然一笑，孩子间这种事说不清楚，也不好乱说的，美琪还是个小姑娘，以后要做人的，要嫁人的，我家红旗受点罪也是活该，坏了美琪的名声就不大好了。

素梅又问，红旗的案子结了吗？

一时半会儿也结不下来，红旗才十七岁，法院的人说了不满十八岁就不好判，可能会送到少教所去劳动几年。孙玉珠说着把手伸到手提包深处，掏出一本户口簿来，指着红旗的那一页说，你看，红旗是哪一年生的？满打满算他刚过十七岁，这回倒是国家的法律救了那小畜生。

素梅在心里计算着红旗的年龄，她想朝户口簿上多看几眼，但孙玉珠已经把它放回包里。孙玉珠没有聊天的心情，提着黑包急匆匆地下了桥。

素梅从菜市回家的路上心里一直布满疑云，她记得红旗跟叙德都是大炼钢铁那年生的，当时她和孙玉珠都挺着大肚子在城墙下运煤，而且她记得红旗要比叙德大几天，那么叙德既然过了十八岁生日，红旗怎刚满十七呢？素梅回到家，把她的疑问跟沈庭方说了。沈庭方说，那还不简单，北门派出所孙所长跟她是堂兄妹，户口簿上的出生年月改一下，别人也看不出来。素梅说，户口簿又不是孩子的作业本，还能随便改？沈庭方就有点鄙夷或不耐烦地说，外面的怪事多着呢，也轮不到你管，你就管好你的宝贝儿子吧，说不定哪一天他也撞到草篮街去了。

草篮街是五路公共汽车的终点站，假如从城北的香椿树街过来，一般先坐三路，到珍珠市再换五路，跳下五路车沿着一堵长长的水泥高墙走上四五百米，就可以看见监狱的第一道大门了，门口有对称的两个岗亭。岗亭里有人，岗亭外也有人，守护的士兵手里持着步枪，这种情形完全符合三个香椿树街少年预先的想象。

从香椿树街过来并不遥远，但达生他们是第一次来看草篮街，一条干净的人迹寥寥的街道，因为水泥墙上的铁丝网和墙后的瞭望塔而透出几分肃杀之气，墙后隐隐传来几声狗吠，还有机器嗡嗡的运转声。这个地方对于达生他们本来是神秘遥远的，现在却有所不同，他们的朋友红旗关在这里，水泥墙后的那个世界也就显得平庸而熟悉起来。三个少年在草篮街上走走停停，他们观察着街道另一侧的民居，要寻找一个制高点望一望监狱里的风景。这个建议是达生提出来的，达生说，假如我爬高瞭望到监狱里面，说不定会看见红旗，红旗现在在干什么？说不定正在放风。叙德说，傻 ×，你看不见他的，让你看见了就不叫监狱了。达生说，怎么看不见？你不敢爬我敢爬，什么都看不见就白来草篮街一趟了。

草篮街的民居都很矮，即使爬到最高的屋顶上，也会一无所获。

是小拐发现了那棵高大的梧桐，梧桐长在一户人家的天井里。小拐说，达生你爬那棵树试试，先翻那户人家的围墙上到房顶，再从房顶爬到树上，大概可以看见监狱里面了。

达生就按照小拐的建议开始了他的登攀，达生对他的同伴说，要是有人来找麻烦，就说我上去掏鸟窝的。叙德说，要是岗亭上的人朝你放一枪怎么办？达生愣了愣说，怎么会呢？你他妈的别来咒我。要是我真的中了子弹，你们把我抬到东门张大山家里，张大山用一把镊子就可以把子弹夹出来。叙德在一边笑着说，傻 ×，又是听化工厂老温吹牛吹的，真要吃了子弹，我们就要把你往火葬场抬了。叙德朝小拐眨了眨眼睛，小拐便嘻嘻地笑了。小拐说，还啰唆什么？达生你上哟，我们在下面帮你望风。

达生很灵巧地翻上了墙头，爬到屋顶上。他拉住了那棵梧桐树的侧干，轻轻地蹬着瓦檐，骑坐到梧桐树丫上，这时他回头朝监狱的高墙望了一眼，距墙上铁丝网还有一截高度。下面的小拐喊，你再往上面爬，还要往上爬。达生有点犹豫，他试了试头顶上的树干，它的硬度似乎承受不住他的身体重量。达生坐在树上喘着粗气，他听见下面的叙德在说，你别坐在那儿呀，要上就再往上爬，要下就快点下来。达生喘着气说，上，我当然要爬上去。他无法忍受叙德声音里轻视和嘲弄的成分，达生忽然直起身子，果断地抓住了那根至关重要的树干。

应该说达生对叙德的恶作剧猝不及防，达生听见树下响起人声模拟的枪响，砰的一声尖厉而清脆的枪响，他在高空中吓了一跳。当他意识到那不过是叙德嘴里发出的声音，双手已经无可挽回地离开了树干。

达生从梧桐树上坠落时，看见的是一片白光，那是由草篮街的碎石路、水泥高墙以及午后阳光交织起来的一片白光。

六

达生看着他悬在空中的那条腿，那条腿上了石膏和夹板固定在床架上。医生说一点都不能动，动了骨头就可能长歪，要重新去医院接骨。医生曾经板着脸提醒他，你现在的日子不好过，比蹲监狱的滋味好不了多少。

屋里的闹钟嘀嘀嗒嗒地响着，夏季的最后时光也将这样嘀嘀嗒嗒地流逝，一只黄狸猫伏在窗台上抓挠它自己的皮毛。厨房里突然响起锅盖落地的一声脆响，然后便是滕凤的怨艾，撞到鬼了，连只锅盖也在跟我作怪。那是滕凤在炉子上熬猪骨汤，食骨补骨，这也是香椿树街居民沿用多年的滋补理论。

达生冲着那条伤腿骂了一句粗话，他想医生的话一点也不错，这么躺在家里比红旗蹲监狱确实好不了多少。最让他焦虑的是排泄问题，他不能忍受母亲往他身下塞便盆的动作，更不适应在她面前暴露的地方。你出去，等会儿再进来，他对母亲恶声恶气地说。滕凤没有理会儿子，但她自然地转过身去擦窗户了，滕凤说，养你十六年，跟着受了十六年的罪，你要是摔出个三长两短了，看我会不会掉一滴泪？一滴泪也不会掉。

滕凤不知道达生从树上摔坏的原因，达生绝不让母亲探听到草篮街之行的任何细节，一方面他唯恐母亲去叙德家纠缠，另一方面他把那天的祸端视为一个耻辱。小拐来看望达生的时候，滕凤差点就从小拐嘴里套出了事情原委。达生情急之下就把嘴里的一口肉骨汤吐到小拐脸上，对他母亲叫道，这么咸的汤，你要腌死我呀？小拐还算知趣，马上岔开了话题，但小拐紧接着又口出凶言，惹怒了滕凤。小拐嬉笑着对达生说，你的腿要是也瘸了就好啦，我们一个左拐一个右拐，以后就是城北双拐。滕凤的脸立刻沉下来，闭上你的臭嘴，滕凤厉声骂道，要找你的搭档回家找去，我们家没做什么伤风败俗的事，轮得到别人还轮不到达生。滕凤立刻拿了把扫帚在小拐脚边扫地，小拐把脚挪了几次，脸上的笑意终于凝固了，因为他发现滕凤又在逐客了。小拐慌忙把嘴凑到达生耳边说，没事干就玩玩你自己的家伙，试试看很好玩的。小拐说完就嬉笑着走了，达生冲他骂了一句，脸上却莫名地有点发热。

你看看你交的是些什么朋友？滕凤目送着小拐的背影，扔下手里的扫帚说，没一个像样的朋友，哪天你非要陪着他们上刑场不可。

达生厌烦地瞟了母亲一眼，然后他的目光久久地滞留在那条悬空的伤腿上，有一只苍蝇在纱布上飞飞停停，达生挥手赶那只苍蝇，却赶不走它。一只苍蝇，你却拿它无可奈何，达生忽然真正地感受到了受伤的滋味。操他妈的，这种日子比死还难受。达生下意识地朝南墙上亡父的照片望了望，已故的父亲留下一张灰暗的黑白遗照，他的表情已经成为永恒，没有一丝笑意，只有眼睛里隐隐的怒火在死后仍然燃烧着。

母亲出门去买菜了。达生听见一阵熟悉的口哨声，口哨声在幽暗的室内穿行，由远而近，达生知道是叙德来了。他的身子倏地挺直了，迎候着他朋友，只有在这个瞬间，达生才意识到自己一直在等待叙德。叙德出现在门边，面含微笑，穿着白汗衫和白色西装短裤，他的瘦高的个头几乎顶到了门楣。达生觉得叙德又长高了，其实是一种错觉，但达生不知道自己为什么常有这种错觉。

下棋。叙德从短裤口袋里掏出一盒象棋，他走到达生的床边说，下棋吗？

不下。达生摇了摇头。

为什么不下棋？不下棋干什么？

什么也不想干。达生的目光木然地瞪着那条伤腿。

叙德收起了象棋，他发现桌上放着达生喝剩的半碗肉骨汤，便端起来喝了。红海这两天在街上拉人，叙德响亮地吮着一根肉骨说，红海明天在城墙下跟人摆场子，是东门瓦匠街的一帮人，他来拉我了，还要让我来拉你，他不知道你的腿摔坏了。

你去不去？达生问。

不去，红海比红旗还要蠢，跟他玩准吃大亏。

假如我的腿没摔坏，我肯定去，都是一条街上的人，怎么能不去？我想去也去不了，叙德抓过床架上的毛巾抹着嘴说，明天我要去洗瓶厂上班了。

洗瓶厂？达生噗地笑出了声，你去洗瓶厂干什么，跟那帮老妇女坐在一起洗瓶子？

我不洗瓶子，就管装卸。叙德的那种窘迫的神情稍纵即逝，你知道什么？叙德说，现在洗瓶厂进去了许多小女孩，不都是老妇女。即使全是老妇女又有什么？反正是挣工资，干什么都一样。

洗瓶厂的女人最野了，你小心让她们夹碎了。达生说。

我还怕她们？叙德笑着在屋内转了一圈，突然有点心神不定起来，我走了，我要到孙麻子家里去一趟，拿个证明。

别走，陪我聊一会儿。达生想去抓他的手，但没抓住。

不，我要到孙麻子家去拿证明。叙德已经跑到了门外，回过头对达生说，你妈就要回来了。

达生失望地听见外面的门被叙德拉上了，操他妈的，洗瓶厂？他说他要去洗瓶厂了。达生的心里一半是对叙德的嘲笑，另一半却是言语不清的凄凉。洗瓶厂那种地方他也要去？没出息的坯子，达生对自己说，要是让我去洗瓶厂，还不如去草篮街蹲监狱。他怀着一种怅然的心情想象叙德在洗瓶厂的场景，依稀看见一堆码放整齐的玻璃瓶，在太阳下闪烁着刺眼的光，叙德提着白色短裤在玻璃瓶的光芒间仓皇绕行，达生似乎看见那群妇女追上来扒叙德的短裤，叙德的短裤快要掉下来了，叙德的短裤掉下来了。达生这时候无声地笑了笑，不知道为什么他常常猜测叙德他们下身的生长状况，他常常想突袭他们的短裤，最后却又忍住了这种无聊的念头。因为他非常害怕他们以牙还牙，来剥他的短裤，他绝对不让任何人看见自己的私处。

只有达生自己知道，他的男人标志生长缓慢，与街头拍烟壳的男孩们并无二致，那是达生近年来最秘密的一件心事。

拾废纸的老康看见打鱼弄的女孩又到药店来了。

美琪抓着一只铅笔盒子站在药店的台阶上，她朝柜台里的女店员张望着，似乎拿不定主意是否要进去。老康看见美琪的脸慢慢转过来，美琪对着他腼腆地一笑，双颊上浮出一个好看的酒窝。老康的喉咙里含糊地感叹了一声，他觉得打鱼弄的女孩真的酷似三十年前银幕上的女明星胡蝶，她们的美丽也散发出类似的纸片般的光泽。

你替我去药店买几粒药片好吗？美琪打开铅笔盒，拿出暗绿色的贰角纸币，她用一种求援的目光望着老康，买安眠药，两毛钱八粒。

我不买药，我从来不买药，老康狐疑地审视着女孩，说，你为什么不自己进去买呢？

她们老是盘问我。美琪朝药店里瞟了一眼，然后她有点慌张地把钱塞到老康手中，美琪撩起裙子蹲在老康的纸筐前，说，我求求你了，替我买几粒药片，我睡不着觉，吃了安眠药就能睡着了。

老康从女孩的眼神里发现了一些疑点，不，我不替你买药。老康坚决地摇着头说，你也就十三四岁，怎么会睡不好觉？我像你这么大时，在广记药铺当学徒，每天都睡不醒，每天都让老板拎着耳朵从床上拖起来。老康说着说着就看见一个高大的穿白色衣服的妇女从对面糖果铺里冲过来，他认出她是在联合诊所打针的郑医生。直到这时，老康才突然想起，郑医生是从前米行黄家的媳妇，而身边这个买安眠药的女孩便是米行黄家的孙女了。

郑月清几乎是扑过来抓住了美琪的手臂，你人还没长成，倒先学会寻死觅活的办法了。郑月清跺着脚说了一句，声音就哽住了。药店里的女店员跑过来时，看见母女俩的脸都是煞白的。美琪被她母亲紧紧地搅着，身子在颤抖，手却在徒劳地掰她母亲的双臂。女店员们说，你们母女俩是怎么啦？郑月清满脸是泪，什么也没说，突然就把手里的什么东西砸在药店台阶上。

是一只药瓶，瓶子砸碎后，许多白色的药片散落在女店员们脚下。她们惊愕莫名地看着郑月清母女匆匆穿过街道，终于醒悟到什么。有人捡起一粒药片看，果然就是美琪这几天买的安眠药。

一个女店员说，我那天就觉着奇怪，女孩子家怎么来买安眠药？早知道就不卖给她了。

另一个女店员说，美琪才十四岁吧，小小年纪竟然也有寻死的念头。她怎么懂安眠药的？

还有一个女店员就叹着气说，现在的孩子，有什么事不懂？我邻居家的一个女孩，十二岁就怀上身孕了。拾废纸的老康始终怔在那里，手里仍然捏着美琪给他的贰角纸币。老康的思绪习惯性地回溯到从前的日子，美琪的祖父黄老板掸着长袍上的米糠走进寿康堂，黄老板倚着柜台说，康先生，给我几粒睡觉的药。老康枯皱的脸上便掠过温情的微笑，他指着匆匆而去的母女俩背影说，她祖父那时候倒真有失眠症，黄老板被米店的老鼠害得天天睡不好觉，老鼠多了要捉，捉光了害怕再来，睡不好觉就到寿康堂来买安眠药。老康说着摊开手上的纸币，那时候兵荒马乱的，西药都是奇货，想死的人就上吊、跳河或者撞火车，谁会买了安眠药去寻死？

三个女店员挤上来看老康手掌上的钱，她们对于老康的怀旧充耳未闻，只是关心着那两毛钱的命运。这钱是美琪买药的钱吧，一个女店员责问老康，你还捏着它干什么？还不追上去还给人家？

老康就茫然地眺望着香椿树街的远处，打鱼弄母女的身影已经消失不见了，暮色已经把碎石路上的光影慢慢洗尽，街上的人迹又繁盛起来。老康看见北门大桥陡急的水泥桥坡，一辆卡车正在艰难地穿越菜摊、自行车以及人群组成的屏障，护城河的另一侧有工人爬在城墙的断垣残壁上，他们好像要把一只高音喇叭架到城墙上去。他们已经爬得很高了，三个灰蓝色的人影快要与更远处的北龙塔平行了，他们为什么要把高音喇叭弄到城墙上去？时光一跳就是三十年，三十年过去后，老康眼中的城北地带竟然有点陌生。但有些事物还是没有变化，譬如黄昏五六点钟，落日照样在北龙塔后面慢慢下沉，在夏秋交接的季节，北龙塔尖也仍旧在刺破那个血胎似的落日。

化工厂的大门就在香椿树街的中心腹地，当北风沿街呼啸的时候，化工厂难闻刺鼻的气味全部灌进街北居民的口鼻中，那往往是家家户户紧闭门窗的冬季，街北的居民因此很少怨声载道。但街南的人们恰恰轮到在炎夏之季忍受化工厂的气味，那股气味随夜晚的微风钻进每户人家的窗纱，忽浓忽淡，就像一锅煎药在他们的枕边煮沸了，常常有人在睡梦中被鼻孔里的怪味呛醒。

在香椿树街上，常常有人扬言要纵火烧了化工厂，但谁都知道那不过是一种怨恨的发泄。事实上这条街的粗野无序和街头风波都在别人想象的范围中，工厂隔壁的几户人家每隔半年到厂里来闹一次，譬如说他们的井水被污染了，没法饮用了。厂里的人觉得那不是谎言，就接了自来水管通到他们的院子里，问题也就轻易地解决了。其实这条街的骚乱也是很容易解决的。

街上的男孩喜欢逾墙到化工厂的废料堆里寻找铅丝或碎铁，用来制作火药枪或者只是卖到废品收购站去。而女孩们偷偷溜进化工厂的浴室去洗澡时，往往会惊异于浴室前方的一片美丽的花圃。花圃里不植夜饭花，栽满了月季、玫瑰和芍药，所有的花朵都是鲜艳而硕大的。女孩们小心地触摸它们的花瓣，花瓣似乎有点油腻，花蕊里藏着一种肥胖的蚂蚁。那真是令人惊异的景观，在化工厂浓厚的工业油烟里，居然开放了如此美丽的花，粉红色的、鹅黄色的、洁白如雪的花。就有大胆的女孩子摘下那些花，半偷半抢地把花带回家。

七

王德基的女儿锦红在水果店买了三只削价出售的梨子，锦红用手把梨子的溃烂部分抠掉，一边咬着梨子一边扭着腰肢赶回家去做晚饭。锦红已经是织锦厂的挡车女工了，锦红已经挣工资了，细心的人可以发现王德基家的锦红不再穿打过补丁的衣裳，现在锦红穿着桃红色的绣花衬衣和蓝色长裤，以前的那股贫穷和邋遢的气息便荡然无存了。

锦红看见一个人正怒气冲冲地坐在她家门口，是街西的冼铁匠，更加令人惊愕的是冼铁匠的手里紧紧地握着一根铁棍。锦红看见冼铁匠往地上连续吐了几口痰，一边用铁棍在她家门槛上咚咚地敲着。

锦红就尖叫起来，冼铁匠你要干什么？干什么？

冼铁匠几乎是一声怒吼，还我的狗！

什么狗？没头没脑的。锦红这时候心里已经清楚是小拐做的事败露了，但她仍然做出一种莫名惊诧的表情，把嘴里的梨核吐掉说，是你的狗没了？跑丢了吧？你拿根铁棍到我家来干什么？要杀人？告诉你，杀人可是要偿命的。

我不跟你们女孩子家啰唆，你家小拐呢？

不知道。锦红找出钥匙打开家门，她把门开一半，把装着梨子的尼龙袋挂在门后，人仍然站在外面，鄙夷地打量着冼铁匠。她说，你拿了根铁棍在这里等小拐？你想把他一棍打死？小拐马上就回家了，我倒要守在这里，看你有没有这个胆量？我看你这把年纪白活了，跟一个残废孩子耍什么威风？

小拐残废？冼铁匠哧地冷笑了一声道，他偷东西做贼跑得比谁都快，我养了五年的狗，就让那小杂种弄死吃肚子里了，我饶不了他，我怎么饶得了他？

你别血口喷人，你说小拐弄死了你的狗有什么证据？

我不跟你们女孩子家啰唆，等小拐回来，他要是躲着不敢回来，我找你爹论这个理。冼铁匠的一双血红的眼睛瞪着锦红，仍然充满怒意。他说，你还要证据？那张狗皮挂在城东收购站里，收购站的人告诉我，卖狗皮的是个小拐子，是你们家的小拐子！

锦红家的门口渐渐围拢了一堆人，有人好言安慰着悲愤交加的冼铁匠，也有人怀着某种邻里积怨对王德基一家人的品质含沙射影。锦红已经闪进了门里，她好像在水池边沙沙地淘米。突然有一盆水从半开的门洞里泼出来，泼在门口人群的脚下。众人都原地跳了一下，侧脸朝王家门内看，看见锦红的脸带着恶毒的微笑一闪而过。

外面的人群里便响起一个妇女的声音：这家人怎么回事？一个个坏得流脓。

杀狗的小拐大概是躲起来了，丢了狗的冼铁匠便不屈不挠地站在他家门口等着。冼铁匠没等到小拐，却等到了王德基。两个相熟多年的男人面对这件事，似乎都撕不开面子。王德基一直阴沉着脸听冼铁匠说，对冼铁匠的愤怒不置一词，但最后王德基伸手夺过了冼铁匠的铁棍。王德基咬着牙说，我操出来的儿子我会教训他，老冼你那条狗不会白丢的，我就用这条铁棍把他条好腿卸下来，卸下来给你送去赔罪，得了吗？

那几天小拐一直躲在达生家里。在达生的那群朋友中，小拐是唯一未被滕凤痛恨过的人，因为滕凤觉得小拐可怜，没有亲娘，又拐着腿。那几天滕凤做饭时，就多抓两把米，她当着小拐的面数落王德基，你爹跟达生他爹一样，都是铁石心肠的人。小拐只顾吃饭，狼狈的四面楚歌的境遇并没有损害他的食欲。滕凤只好再给他添一碗饭，滕凤忧心忡忡地凝视着饭桌上的两个少年，想起一些混沌的往事，嘴里便又滑出一句口头禅，世上男人没有一个好东西。

小拐把达生那间小屋的门上了锁，还顶了门闩，看来他时刻提防着不测。但当他顶上门回头看着床上的达生时，脸上又重新出现了小拐式的嬉皮笑脸的表情。小拐说，给你猜个谜语，两个馒头一般大，两颗樱桃一样红，是什么？

又是这一套。达生不屑地拒绝说出谜底，他脑子里仍然被王德基的那句话所困扰，你爹说要把你左腿卸下来给冼铁匠？达生问小拐，他是在吓唬人吧？

不是吓唬人，他什么事都敢干。小拐摇着头说，我爹手毒，他连自己的性命都不在乎，还在乎我吗？我怀疑我爹杀过人。我怀疑我妈妈不是病死的，是让我爹弄死的。

你又鬼话连篇了，达生扑哧笑了起来，他说，街上人都知道你妈是生你难产死的，说你是王家的灾星。

他们知道个屁。小拐说，还有我的这条坏腿，我怀疑是让我爹打断的。不是小儿麻痹症，是让他一棍打断的。我怎么从来不记得小时候生过什么病？就记得他用擀面杖满屋子撵我，我有时候做梦，梦见我爹朝我挥着那根擀面杖，然后咔嚓一声，我的左腿就断下来了。

鬼话连篇。达生快乐地大笑着，他朝小拐精瘦的肩颈上拍了一掌，不过你做的梦怎么我也做过？达生说，我爹死了这么多年，有时候夜里做梦还梦见他，梦见他挥着皮带使劲抽我。话说回来我不像你这么脓包，他抽我一下，我就踢他一脚，我没让他占到便宜。

两个朋友正说着话，忽然听见门咚咚地被敲响了，小拐吓了一跳，正要往达生的床底下钻，锦红的声音透过门缝传进来，小拐，我给你送毛衣来了。

谁要你送毛衣？我又不冷，小拐醒过神来骂了一句，傻 ×，要是暴露了目标我饶不了你。

门外的锦红说，小拐，爹的火气已经消了，再躲两天就回家吧，回家向他认个错就没事了。

认错？老子宁死不屈。小拐隔着门叫道，把毛衣给我拿回家，别在这里给我丢人了，快走吧，傻 ×。

小拐听见他姐姐骂了句什么，从门缝里依稀可见锦红的桃红色的身影，她愤怒而茫然地在外面闪了几下，然后就不见了。锦红大概把毛衣交给了滕凤，小拐还听见他姐姐说，凤姨，你真是菩萨心肠，不知道怎么谢你才好。小拐就在里面捏着嗓子模仿锦红的客套话。小拐对达生说，讨厌，跑哪儿她都要来管我。

秋风吹起来，夜里的露水重了，化工厂的白菊花和东风中学操场边的黄菊花一齐开放，而遍植于香椿树街头的夜饭花枯萎了，夜饭花的细小的花苞和皱瘪的花瓣掉在街上，便和满街的碎纸、黑尘和落叶融洽地组成秋天特有的垃圾。

国庆节临近，街上的欢庆标语红布条幅已经随处可见，杂货店里聚集着比平时更多的妇女和老人。节日里凭票可以多买一斤白糖，多打半斤菜油，没有人会放弃这种优惠。因此妇女们从杂货店出来时，篮子里总是被各种瓶子和纸包塞得满满的。还有冻猪肉和冻鱼，它们突然醒目地出现在肉铺和菜场空空荡荡的柜台上，也给人们的视线多缀了几分节日的快乐。

快乐属于香椿树街的绝大多数居民，却不属于打鱼弄里的孙玉珠一家。每年都要赶在国庆节前召开一个公判大会，扫除一切“害人虫”，干干净净地迎接祖国的生日，这是本市延续多年的惯例。孙玉珠一家早就从法院得知，红旗的案子将在公判大会上宣判，因此孙玉珠一家在国庆前夕有别于左邻右舍，他们过着焦躁的寝食不安的日子。

九月末的一个晴朗干爽的日子，香椿树街的三只高音喇叭在下午两点准时传出公判大会现场的声音。一片杂乱而密集的嗡嗡之声是新华广场上与会者的窃窃低语，一个华丽的女高音和一个高亢的男高音轮番领呼着革命口号，后来喇叭里的电流声渐渐小了，现场大概安静了一些，就有一个操苏北方言的公审员，慢条斯理地宣布对十七名犯罪分子的判决。

整条香椿树街都在侧耳倾听，人们关心着打鱼弄里的红旗的最终命运，也关心红旗家里的亲人将如何面对北门大桥下的那只高音喇叭。高音喇叭现在是贤妻良母孙玉珠唯一的冤家，它将把红旗的丑闻传播到本城的每一个角落。有人站在打鱼弄口，伸长脖子朝红旗家张望。门开着，红旗的哥哥上夜班睡觉刚刚起床。他们兄弟俩面貌相似，只是红海的体魄比弟弟要健壮许多。红海一边打着呵欠一边用棉纱擦洗他的自行车，偶尔他朝弄口交头接耳的几个人瞪上一眼。人们对红海的凶悍已习以为常了，他们的目光好奇地投向红海家的堂屋，看见孙玉珠端坐在藤椅上，孙玉珠一动不动地倾听着高音喇叭里的声音。

后来人们终于听见了红旗的姓名。猥亵奸污幼女罪。有期徒刑九年。打鱼弄里一片死寂，红海突然扔掉手里的棉纱，冲着远处的高音喇叭，九年算什么？九年出来还是好汉一条。然后红海把擦好的自行车拎回了家，人们再次听见红海的大嗓门，哭什么？让他在草篮街待着有什么不好？白吃白喝，还给你省了口粮。

而孙玉珠的哭声已经撕心裂肺地响彻打鱼弄了。

孙玉珠再次出现在香椿树街上，她的憔悴失血的气色就像大病了一场。妇女们注视她的目光有点鬼鬼祟祟，不敢向她提及红旗的事。倒是孙玉珠主动与熟识的女街坊探讨儿子的案子。孙玉珠说，这案子不能就这么结了，要改判的，国家是有法律的，红旗还不满十八岁，红旗不是强奸，他们怎么能判九年？孙玉珠的嗓音嘶哑而疲惫，但她的眼睛里闪烁着一丝决绝的光芒。我要上告，孙玉珠说，我就是倾家荡产也要向法院讨个公正。

到了国庆节的前夜，达生擅自下床走动了。小拐看着达生艰难的失却平衡的步态，讪笑着说，怎么跟我一样了？这样一来我俩倒真成难兄难弟了。达生说，放屁，你真指望我跟你一样？走几天我就会好的。小拐仍然讪笑着，但他的表情看上去显出了些尴尬。

厨房里的滕凤怨气冲天，你下床吧，你再到外面去野吧，怎么就养了你这么个不知好歹的东西，下次再把腿骨弄断了，看谁再给你熬骨头汤？干脆去死吧，死了我省心。

达生想去新华广场看国庆烟火，原来邀约叙德一起去，但叙德说夜里他有别的事，达生就没勉强他。叙德自从进了玻璃瓶工厂，与他们的关系疏远了许多。达生觉得奇怪的是几天不见叙德又陌生了许多，他留了两撇新鲜的胡子，脚上穿着一双时髦的回力牌球鞋。叙德似乎从未在意达生的腿伤，叙德应该说，你可以下床走路了？但叙德没有这么说。对于他的健忘，达生并不计较，让达生恼火的是叙德轻蔑或高傲的态度。叙德说，你们去广场看烟火？烟火有什么可看的？

香椿树街的夜晚比往日明亮，也比往日嘈杂，因为是节日，几家工厂大门上的彩灯一齐闪烁着五颜六色的灯光。街上行走的人群也被节日彩灯染上了艳丽的光影，许多人朝北门大桥那里走，都是去城市中心的新华广场看烟火的。达生和小拐在门口张望着，突然看见化工厂里出来一辆装大锣鼓的三轮车，几个年轻工人穿着崭新的蓝色工装挤在车上，不用说那是化工厂参加国庆盛典的欢庆队伍。达生和小拐就冲上去拉住三轮车，不由分说地挤到了车上。

载着锣鼓钹子的三轮车穿过拥挤的街道往新华广场去，达生看着鼓槌就想伸手去抓，工人说，别动，到了广场再敲。达生说，到了广场谁也听不见你敲了，不如现在就敲起来。年轻的工人们居然被说服了，于是那辆三轮车经过二路汽车站时，忽然鼓声大作。车站边的人群都侧首朝车上看，看见王德基的儿子小拐张大了嘴嬉笑着，双手卖力地打钹，而寡妇滕凤的儿子达生神采飞扬，手执大槌在一面大鼓上乱击一气。

国庆之夜的欢乐使两个少年灵魂出窍，直到他们挤进广场黑压压的人群深处，两个人仍然嗷嗷地怪叫着。广场上现在热如蒸笼，达生就把衬衣脱下来往小拐手里塞，他说，你帮我拿着。小拐没有接他的衬衣，扒住达生的肩膀跳了一下，指着前面的露天舞台说，红旗就站在台上。达生说，你他妈又胡说八道啦。小拐说，我是说红旗那天就站在台上，乖乖地站在台上，双手反铐，弯着腰，像一只死虾。达生说，你他妈胡说八道些什么，那天是公判大会，今天是国庆，你看见台上的礼炮了吗？马上就要放烟火了，马上就要放啦。

如花似雨的烟火在夜晚八点准时射向广场的天空，初升的第一炮烟火将天空点缀成一块瑰丽的彩色幕布，天空下的小城人民发出一片欢呼之声。紧接着第二炮、第三炮烟火升上去，每个仰视者的眼睛和面颊都被映照得流光溢彩。不知哪个方向有人领呼革命口号，万岁，万岁，万万岁！于是广场上就响起雷鸣海啸般的口号声，在广场的另一侧，数百支锣鼓队伍敲打起来了，温热稀薄的空气被巨大的声流撞击着嘤嘤飞舞，人们的耳膜像风中薄纸簌簌震颤。这是小城人民一年一度的欢乐时刻，每个人的耳鼻口目都淋漓酣畅地享受着欢乐。

达生爬到了路灯杆上，腾出一只手，挥舞那件被汗湿透了的白衬衫。但是视线里突然出现一个人头，达生怀疑自己眼花了。是叙德，叙德也到广场来了，叙德紧紧地搂着一个女人挤在前面的人丛里。女人的头发烫得像鸡窝一样，在叙德的肩膀上忽隐忽现。达生心里嘀咕了一句，他跟谁？就跳下来让小拐站到他背上去，说，你看见叙德了吗？你看叙德搂的那女人是谁？小拐说，看不清，等她回过头来。小拐突然直着嗓子喊了一声叙德的名字，叙德和那个女人果然都回头了。小拐就跳了下来，用一种亢奋的声音告诉达生，是金兰，玻璃瓶厂的国际大骚货。达生说，怎么是金兰？金兰的男人不是理发店的老朱吗？小拐斩钉截铁地说，就是金兰，老朱怕金兰，金兰在外面乱搞，老朱一个屁也不敢放。

广场上的人群在夜里十点钟渐渐散去，作为节日狂欢必有痕迹，空中的焦硝之味犹存，地上到处可见混乱中人们遗失的鞋子。后来达生和小拐去跟踪叙德时，小拐的手里就拎了三只形状颜色各异的鞋子。

叙德和金兰在公园街拐角那里站了一会儿，他们好像正在商量去哪里度过节日剩余的夜晚。五分钟过后，两个人一前一后地往免费的人民公园走。躲在树影里的达生和小拐就相视一笑，他们料到那对男女会往人民公园走，谁都知道那是男女幽会的好地方。

他们走到了公园纵深处，叙德和金兰抱在一起了。月光照耀着公园里的树丛、假山和池塘，四面八方似乎充溢着一种柔情的喁喁低语，夜鸟不时地被人的脚步所惊飞，而桂花浓郁的芳香无处不在。达生莫名地打了个冷战，看见叙德和金兰手拉手走进一个假山山洞。旁边的小拐说，你看我猜对了吧，我知道他们要钻进去搞的。达生说，让他搞去，他搞他的，我们走吧。小拐晃着手里的三只鞋子，一边偷窥着达生的表情，突然就伸出手在达生的裤裆里摸了一把，你顶起来了吧？达生踹了小拐一脚，说，再瞎摸我把你手也掰断，走吧，别在这里丢人现眼了。

小拐却不肯走，蹑手蹑脚地走近假山洞，回过头朝达生看了看，一扬手朝山洞里扔进一只鞋子。山洞里的人大概被吓着了，没有反应。小拐就朝里面扔进第二只鞋子，里面随即响起叙德惊惧的声音，谁？小拐听到声音似乎满意了，他把第三只鞋子扔到地上，人就一瘸一拐地朝达生跑过来。达生看见小拐的瘦猴脸笑得变了形，狗 × 的小拐，一年三百六十五天，每天都是他的节日，不管他爹王德基是否让他回家。

八

玻璃瓶清洗厂大概是城北地区最简陋的小工厂了，一道竹篱笆把工厂与香椿树街街面隔开，篱笆墙内堆满了玻璃瓶的山，从医院运来的空药瓶在这里得到女工们的全面清洗，然后干干净净地运到制药厂重新投入使用。因此这个工厂没有机器声，有的只是毛刷洗瓶的沙啦沙啦的声音、水流的声音，还有女工们不拘一格的嬉笑怒骂声。

都说玻璃瓶厂的女人们风气不正，追本溯源地看，小工厂的前身其实是一群妓女劳动改造的手工作坊。二十年过去，那些曾经的风尘女子已经退去了妖媚之气，倒是后来进厂的黄花闺女和良家妇女学坏了。有人在街上遇到收破烂的小贩就这样打趣，你要收破鞋？

到玻璃瓶厂去，那里破鞋最多了。

素梅对儿子进玻璃厂一直是忧心忡忡的。有一个阴雨天，她去给叙德送伞，隔着篱笆墙恰巧看见叙德拎着裤子往屋子里跑，四五个女工拿着毛刷在后面追他。那些女工无疑是要扒叙德的裤子，素梅的脸立刻气白了，她觉得这种下流的玩笑对于她也是一种侮辱。素梅于是怒气冲冲地闯进去，把雨伞往叙德脚下一扔，丢下一句话，裤带打下死结。素梅阴沉着脸走过女工们的视线，心里恨不得朝她们每个脸上扇一个巴掌。回到家里，素梅自然地就把男人当了出气筒。沈庭方对玻璃瓶厂里的玩笑却不以为意，他对素梅笑道，这有什么大惊小怪？别说没扒下来，就是扒下来让她们看见了又有什么？儿子毕竟是儿子，他吃不了亏。素梅说，你当然无所谓，你恨不能跟叙德换一换呢。你无所谓我受不了，你得想办法把儿子从那狐狸窝调出来。沈庭方仍然无动于衷，过了一会儿，他反问素梅，调？调哪里去？沈庭方说，别忘了你儿子是让学校开除的，他又不是什么好青年，参军轮不到他，插队你不肯放，拿这八块钱工资就是你的福气了。

儿子叙德长大成人了，但素梅无法估计他的势如破竹的青春欲望，及至后来的那天中午，素梅无意撞见了儿子的隐私，她被这种突如其来的事情弄得目瞪口呆。

素梅从提包里找出钥匙开门的时候，听见街对面滕凤家的门吱扭响了一下，滕凤站在门口剥葱，照例两个女邻居不说话，但素梅觉得滕凤的目光和微笑都暗藏鬼胎。素梅疑疑惑惑地进了家门，为了对女邻居的诡秘表示反感，她有意重重地撞上门。鬼鬼祟祟的想干什么？素梅嘀咕着去推房间的门，砰的一声，门后有个椅子翻倒在地上了，怎么把椅子放在门后？素梅的埋怨到此为止，她把房门推开的同时吓了一跳，她看见红漆大床上有一对赤条条的男女，是玻璃瓶厂的骚货金兰和儿子叙德，骚货金兰竟然不知羞耻地坐在叙德的胯上。

叙德在慌乱中斥骂他母亲，谁让你这么早回家？快出去，快给我出去。而金兰明显地处惊不乱，她拉过一条被单遮住身体，两只手就在被单后面迅速地穿戴着。金兰躲避着素梅的目光，绯红的脸上挂着一丝窘迫的笑意，她对叙德说的那句话似乎也是说给素梅听的，都怪你，你不该骗我到你家来。骚货金兰说，这下多难堪呀，羞死人了。

素梅仍然站在那里，手里抓着椅子，浑身发抖，嘴里发出一串含义不明的冷笑。

你还站在这里干什么？叙德半推半扶着金兰走到房门边，素梅守着门不让路，叙德的低吼便带上了些许杀气，你让不让路？叙德对母亲说，你再不让路我弄死你。

素梅用一种绝望而痛苦的目光注视着儿子，身子往墙边挪了一步，她看见骚货金兰从面前若无其事地闪过去，一股浓烈的雪花膏香味也若无其事地闪过去。素梅这时候如梦初醒，跺着脚大骂起来，骚货，狐狸精，都说你是狐狸精转世，你真的要吸童男子的精血，你不做下流事就活不下去吗？金兰在堂屋里站住了，一边捋着她凌乱的烫发一边回敬着素梅，什么下流不下流的？你不下流叙德怎么出来的？素梅说，我是明媒正娶生孩子，光明正大，我敢到街上跟沈庭方 × 去，你敢吗？你偷男人偷上瘾了，连个半大小伙子也不肯放过。金兰打断了素梅的怒斥，没有调查就没有发言权。金兰抬起一条腿往上拉着尼龙丝袜，说，到底是谁不肯放过谁，问你儿子去。

素梅一时语塞，眼睁睁地看着骚货金兰从家里溜出去。儿子穿着短裤站在门边，歪着头怒视着母亲。素梅突然想起儿子跟金兰是在她的床上做那种事，心里就像咽了只苍蝇一样难受，于是她冲到厨房里端了半盆水，都泼在那张凉席上，然后素梅就用一柄板刷拼命地刷洗凉席。素梅咬牙切齿地说，我要把那狐狸精的臊气洗掉，我不能让它留在我的床上。

理发店快要关门了，老朱开始把满地的碎头发往簸箕里扫，突然看见沈庭方的女人推开了玻璃门。老朱觉得奇怪，素梅是属于那种发型毫不讲究的女人，一年四季不登理发店的门，她们想剪头发时就请女邻居帮忙，一剪刀了事。老朱站在转椅后面，笑着招呼素梅，今天太阳从西边出来了，要吹风还是电烫？是不是要去吃喜酒了？

素梅朝理发店四周扫了一眼，嘴角轻蔑地撇了一撇，却不说话。素梅朝上面挽着细花衬衫的衣袖，不难发现那只衣袖是潮的。

你怎么啦，沈家嫂子？老朱抖着白兜布上的碎发说，我跟你家老沈很熟的，不用担心，给你做头发收半费就行了，反正现在店里就我一个人。

素梅摇了摇头，她用一种古怪的目光审视着老朱，突然说，你跟金兰，是夫妻吗？

是，怎么不是夫妻？结婚快十年了。老朱笑起来，说，这事你刚知道？

素梅又摇了摇头，有意夸张了那种难以启齿的语调和表情，你们是夫妻，素梅咳嗽了一声说，那你知不知道金兰在外面——素梅注意到老朱脸上的笑凝固了，她的话也就此咽回肚里了。都说老朱是香椿树街上最没用的男人，但再没用的男人也会有火气。素梅突然觉得把事情透露给老朱会伤及叙德，到理发店来告状也许是失策的，于是素梅改口说，今天不剪头了，改日再来。说完匆忙退出了理发店的玻璃门。玻璃上映现出老朱肥胖的身影，老朱手里拎着那块白兜布站在转椅边，木然的表情看上去愚不可及。素梅在台阶上低声骂了一句，可怜的活乌龟，弄根绳子吊死算了。

素梅本来不想去玻璃瓶厂告状，她路过肉店时，看见铁钩上挂着的冻猪肉还算新鲜，就拐进去割了二两肉，割的是便宜的坐臀。素梅拎着肉，眼前突然就闪过下午撞见的那幕场景，骚货金兰竟然叉着腿坐在儿子的胯上。素梅想起从小就听说的狐狸妖精魅男子的传闻，心里又恨又怕，骚货，狐狸精，我饶不了她，我要找他们领导去。素梅嘀咕着身体就向后转，朝街西的玻璃厂走去。

玻璃厂的领导也是个女的，脸上长了星星点点的白麻子，人们背后都称她为麻主任。素梅记得麻主任在多年前的一个群众大会上，控诉资本家剥削残害童工，台下的群众都被她的控诉打动了，素梅也哭成了个泪人。谁都知道麻主任就是童工时染了天花没钱治，落下了一脸麻子，谁都知道麻主任是个党员，因此素梅走近她时，有一种找到主心骨的轻松。

素梅看见麻主任用一支红笔在报纸上画来画去的，就赔着笑脸搭讪道，主任又在学习了，是不是中央下来九号文件了？

哪来的九号文件？麻主任抬起头瞟了素梅一眼，她对素梅这种不懂装懂的态度无疑感到厌恶，抢白了她一顿，六号文件还没下，哪来的九号文件？中央文件能在报纸上登吗？那是保密的。麻主任把报纸合上，又指着它告诉素梅，这是社论，这不叫文件。

社论和文件都差不多，反正都是中央的指示。素梅倒不见窘色，自己给自己打了圆场后就切入正题，主任，我来是跟你反映一件事。

什么事？麻主任正襟危坐在办公桌前，说，是你儿子？他在政治上不求上进，散漫了一点，但是劳动态度倒还可以。

不是我儿子，我来是反映金兰的问题，她跟人搞腐化，让我当场捉住了。

搞腐化？我怎么不知道？你有什么证据吧？

有。素梅从裤子口袋里掏出一只胸罩，颇为自得地一笑，她来不及穿衣服，把它忘在我家里了。

怎么是在你家？麻主任听出了点问题，她用圆珠笔挑了挑那只胸罩，说，这回是跟谁？跟你男人还是跟你儿子？

我男人？我男人才不会上狐狸精的当。素梅考虑了几秒钟后，是叙德，孩子什么都不懂，让那狐狸精勾引坏了。叙德刚过十八岁，什么都不懂呢。

什么都不懂，那种事却先懂了。麻主任话里带刺，目光炯炯地看着素梅，这种事情你也不能都怪女方，你儿子好像天生不学好，也不知道你是怎么教育的。

素梅脸上终于有点挂不住，她说，你是做领导的，应该知道主要矛盾和次要矛盾，把话挑明了说，金兰就是个主要矛盾，叙德归我教育，那主要矛盾主任你一定得解决。

看不出来你学过《毛选》嘛。麻主任用圆珠笔把金兰的胸罩挑到抽屉里，又朝里面啐了一口，说，你放心吧，我饶不了她。

不难看出麻主任也恨透了金兰，麻主任作为香椿树街正派妇女的语言习惯渐渐暴露出来，她也口口声声称金兰为骚货。最后她对素梅说，等着吧，哪天再搞运动，我非要在那骚货脖子上挂一串破鞋，让她挨批斗，让她去游街。我就不相信，无产阶级专政治不了一个骚货？

九

秋季开学后，美琪发现她成了东风中学最孤独的女孩。以前要好的女同学们一个个疏远了她，她们不和她说话，而且美琪觉得她们投过来的目光就像看见了一个乞丐。看来假期里发生的事情已经传到学校来了。美琪就像一只惊弓之鸟，她坐在教室里，只要听到一群女生站在走廊里交头接耳地说话，就会想，她们又在说我了，她们肯定在说我。她们为什么无休无止地说那件事？美琪用两个小纸团塞住耳朵，刚塞上又掏出来，她觉得这样做无济于事，耳朵塞上了眼睛却无法遮盖，她仍然能看见那群女生鲜红的嘴唇鬼鬼祟祟地翕动着。

不管是上课还是下课，美琪一直呆坐在教室里。英语教师这几天一直在黑板前大声灌输一句英语，难弗弗盖特克拉斯斯甲古，它的意思是千万不要忘记阶级斗争。那个句子被美琪记住了，但它离她很遥远。美琪听见她的心在大声呜咽，还有秋风吹过窗外梧桐树枝的凄清的声音，希望不要下课，希望放了学能飞回家，这样她可以避免接触学校和街上那些可怕的目光。

有一个男孩在学校的门口拦住美琪问，是你让红旗强奸了吗？那个男孩还拖着鼻涕，满脸好奇和兴奋的表情。美琪用书包朝他打过去，恶狠狠地骂了一声十三点，眼泪却簌簌地掉了下来，人像惊鹿一样向打鱼弄方向奔逃。

美琪对她母亲郑月清说，我不上学了，你要是再逼我去上学，不如让我死了。郑月清已经不止一次地听女儿说到死这个字眼，每次都是心如刀绞。事实上她们母女在香椿树街生活的前景同样地充满阴影，而郑月清开始盘算搬家，远离这个肮脏可恶的街区，远离流言蜚语的中心。在十月的那些秋虫唧唧、霜清月明的夜晚，郑月清搂着受了伤的女儿哄她入睡。她说，再熬几天吧，妈正在盘算搬家，但我们家的房子是你祖父留下的私房，要走得先把房子卖了，什么时候把房子卖掉了我们就搬家。美琪对母亲的计划一知半解，她说，我不管，反正我不想进那校门，不想在这条破街上住了。美琪话没说完就觉得母亲在她头上的抚摩停滞了，那只手滑落在美琪的肩上，突然狠狠地拧了一把，你想把妈也逼死呀。郑月清翻了个身对着女儿，喉咙里发出一声抽噎，我命苦，别人家的女孩子都是家里的好帮手，别人家的女孩子对妈多孝顺，偏偏我就养了个不争气不懂事的女儿。

美琪仍然像逃一样地去上学，像逃一样地一路小跑着回家，偶尔美琪和王德基的小女儿秋红结伴走在路上，也只有秋红会和美琪结伴了。因为秋红一直是东风中学的女孩们所抛弃的对象，秋红邋遢而衣着破陋，女孩们都说她头上有虱子。美琪以前从不和她在一起，但现在她知道自己不能嫌弃秋红了。她们不可思议地成了朋友，而秋红也就成了美琪所有奇思异想的听众。

你想死吗？美琪有一次认真地询问秋红。

死？秋红就哧地笑起来说，我又不是神经病，为什么要去死呢？

我听说死一点也不可怕，就像你瞌睡最厉害时，双眼一闭，就什么也不知道了。美琪闭上眼睛，似乎在练习她描述的死亡，然后她突然睁开眼睛说，很简单，我听说只要三十粒安眠药。

你在说什么疯话？秋红仍然捂着嘴痴笑。

可是买安眠药容易败露事情，你知道我妈一天到晚跟药片针管打交道。美琪摇了摇头，又问秋红，你知道死有几种死法吗？

那太多了，你怎么老说这些？秋红狐疑地注视着美琪，但她的一只手下意识竖了起来，为美琪扳指计算着她了解的几种死亡方法，上铁路卧轨、钻汽车轮子、上吊、服剧毒农药，还有跳河自杀。秋红算清楚了就大声叫起来，五种，一共有五种。

不止五种，还有爬北龙塔跳塔，还有割断静脉自杀。美琪纠正了秋红，她的美丽而苍白的脸上突然出现一种惊恐的神色，不，卧轨、跳塔，那太吓人了。美琪说，还是跳河吧，淹死的人看上去跟活着差不多。

秋红在打鱼弄口与美琪分手，她看见美琪低着头疾步走到家门口，一只手把辫子甩到肩后，这是漂亮洁净的女孩子常有的姿态。秋红咬着手指想，美琪为什么天生就这样漂亮而洁净，而自己为什么不能这样漂亮而洁净？秋红想，美琪关于死的奇思异想不过是一番疯话罢了。

打鱼弄里那天充斥着几个女人尖厉而激愤的嗓音，是红旗的两个出嫁了的姐姐回娘家了，她们与孙玉珠商讨着红旗的案子，时而夹杂着几句刻毒的咒骂。咒骂的对象无疑是隔壁的郑月清母女。

美琪知道张家的女人们是故意骂给她听的，她插上门关好窗，但那种聒噪声仍然钻进门缝，像针尖似的刺痛她的心。美琪走到临河的木窗前，倚窗俯瞰着秋季泛黄的河水。美琪想，假如我从窗子跳下去，也许一下子就死成了，等到人再从河底浮上来了，已经什么都不知道了。美琪这样想着，恰恰看见红旗的两个姐姐抬着大木盆到石阶上来洗被单。张家姐妹的声音更加清晰地传入美琪的耳中，一个说，她还拿了我们家五百块钱，亏她有脸拿得下那笔钱。另一个说，不能让红旗这么害在她们手上，要上告，要贴大字报，回家就让小马写大字报，贴到市委去，贴到区委去，香椿树街也要贴满它。

美琪捂着耳朵哭起来，我再也不要听见她们的声音啦，不如去死了，死了就什么都不知道了。美琪打开了临河的三扇窗子，脖颈上挂着的钥匙在窗框上琅琅地碰了一下。美琪就摘下钥匙低头看了会儿钥匙，从小到大挂着这把钥匙，现在她要把它还给母亲了。于是美琪就踮起脚，把钥匙挂在家里最醒目的月历牌上。河对岸的水泥厂这时候响起了下班的钟声，钟声提醒了她，母亲快要回家了，母亲回了家她又死不成了。美琪急得在家里乱转，她觉得自己忘了一件事，却怎么也想不起来。美琪走到她的小床边，终于想起那是一只漂亮的饼干盒子，那是父亲去年回家探亲带给她的礼物，饼干吃完了她把心爱的东西都放在里面了。美琪从床底下找出那只饼干盒打开来，看见了她的蝴蝶结、玻璃金鱼、三块零钱和一叠用蜡纸剪成的大小不一的红心。美琪想，她该把哪样东西带走呢？三块钱应该留给母亲，蝴蝶结和玻璃金鱼应该送给秋红，只有那些鲜艳动人的红心是她自己动手剪的，美琪想，她就把那些蜡纸红心带走吧。

后来美琪爬上了临河的窗子，对岸水泥厂大窖上的工人看见那女孩子手里抓着一朵红花，其实那不是红花，是一沓用蜡纸剪成的红心。

据张家姐妹回忆说，美琪一落水很快就沉下去了，她们想去拉她，但怎么也够不着，只好站在台阶上拼命呼救。孙玉珠闻声第一个跑出来，又跑回家去把床上的大儿子红海喊醒，红海当时穿着短裤背心就冲到河里去了。张家的女人们后来一再向邻居们强调，救人要紧，在香椿树街捞救美琪的庞大队伍中，她们家是冲在最前面的。事实确实如此，红海最后抓着一只蓝色塑料凉鞋爬上岸，整个脸和身体都冻成紫青色了。孙玉珠用毛巾把大儿子身上擦干，又把他往河里推。再下去试一次，救人要紧，孙玉珠说，你一定要把美琪救上来。

许多香椿树街的男人都在河里潜水找人，他们以河面上漂浮的红色心形蜡纸为坐标，一次次地潜入深深的河底，但是除了红海捞上来的一只鞋子，别人一无所获。打捞活动一直持续到天黑，打捞范围也向上游和下游扩展了很长一段距离。整条香椿树街被惊动了，河两侧人声嘈杂，临河窗子里有人用手电筒为水中的打捞者照明，因此暗黑的河面上便有橙黄色的光晕紊乱地流曳。

但是谁也没有在水中找到美琪，人们猜测美琪是被水流冲到下游去了。流经香椿树街的这条河东去二十里便汇入白羊湖，一旦溺死者漂到大湖里，寻尸也就失去了意义。一群湿漉漉的打捞者在打鱼弄里穿上衣服，一边为浮尸是否会在附近的河面上出现而各抒己见。假如美琪往下游漂流，河边的水泥厂工人和临河人家应该看见她。但是没有一个人看见，争论的焦点就在这里，没有人看见美琪，美琪一落水就消遁不见了，这是香椿树街人闻所未闻的一件怪事。

那天夜里，许多妇女都围着郑月清忙碌。郑月清昏死过去三次，都是滕凤掐她人中掐醒的。郑月清醒过来，就掴自己的耳光，旁边的妇女们就捉住她的手，那只手冰凉的，在众多的手里挣扎着，执着地要往上抬。滕凤说，郑医生你到底要怎么样？郑月清呻吟着说，我要打自己的耳光，我鬼迷心窍要卖了房子再搬家，我要是早几天搬走，美琪也不会走这条绝路。

一屋子的妇女都鸦雀无声，过后她们不约而同地想到悲剧的元凶不是郑月清，而是草篮街蹲监狱的红旗，凭着子不教母之过的古训，妇女们七嘴八舌地声讨了隔壁孙玉珠夫妇，上梁不正下梁歪。滕凤知道一点隔壁老张的底细，她说，我家那死鬼修业活着时，与老张一个厂干活，他的底细我清楚，年轻时浪荡也闹出过人命的。

郑月清听不见旁边那些杂音，在这个悲凉的夜晚，她的耳朵里灌满的是女儿昨天夜里和今天早晨的所有声音。

一枚蜡纸红心在第三天早晨出现在孙玉珠家的大门上。起初孙玉珠没有在意，她顺手把它揭下来扔掉了，嘀咕了一句，是谁在别人家门上乱贴乱缀的？隔了一天，孙玉珠买了菜回家，门上又被贴了一枚蜡纸红心，它的形状、大小甚至粘贴的位置与昨天如出一辙。孙玉珠突然想到某些民间传说中的鬼符和幽灵，脸就是煞白的了。她去揭下那枚红心时，手也抖得厉害，嘴里一迭声地喊着丈夫和儿子。但老张和红海都认为是哪个孩子的恶作剧，红海干脆就把那枚红心撕个粉碎，并且说，哪来什么鬼符？我们家真要来了鬼，看我一掌把它劈死。

孙玉珠留意了郑月清家的门户，都是紧闭着的，朝向打鱼弄的大门更是挂了一把大铜锁。自从美琪出事后，郑月清被娘家人接走了，不可能是郑月清作祟。正因为排除了这种可能，孙玉珠更加心慌意乱。于是当那枚蜡纸红心第三次出现在张家大门上时，孙玉珠发出了一声惊动四邻的尖叫。

打鱼弄里真的闹鬼了。有人给孙玉珠来出主意，说夜里在门前点盏灯，真要是有鬼会被灯光吓跑的。孙玉珠啜泣着说，那就点盏灯试试吧。老张和红海只好从家里拉了线，在门框上装了一盏电灯，夜里让它亮着，那个办法果然灵验。孙玉珠一夜不眠，早晨起来没有看见那枚蜡纸红心。孙玉珠按住胸口长叹了一口气，她对丈夫和儿子说，果然是鬼，果然鬼怕灯，以后只好天天让灯亮着了，只好多缴些电费了。

但是与美琪有关的闹鬼事件并没有结束。美琪溺毙后的第七天，东风中学的几个女孩子结伴出去看夜场电影，回家路过北门大桥时，看见一个身穿绿裙的女孩站在桥头，女孩的手朝前摊开，手里是一沓用蜡纸剪成的红心。她们都认出那是美琪，她们以为是美琪回来了，有人喊了一声她的名字，随着喊声她们看见美琪手里的蜡纸红心像蝴蝶一样飞散开来，美琪的身影也像纸片一样散开，消失在半夜的桥头。

幽灵美琪就这样在香椿树街开始了神秘的跋涉。那是一个干燥无雨的秋季，从这个秋季开始，许多香椿树街人告诉别人，他们在北门大桥、东风中学的操场、药店的门口，或者打鱼弄的临河石阶上，看见了美琪，是死去的抓着一沓蜡纸红心的女孩美琪。是幽灵美琪。他们一致认为幽灵美琪比以前更美丽，她的头发现在长得很长很黑，齐至腰部披散着，她的面容现在笼罩在一圈浅绿色的神秘光晕中，闭月羞花、楚楚动人。还有人提到幽灵美琪黑发上缀有一种红黄相间的花饰，他们猜想那就是香椿树街盛产的夜饭花串成的花饰。人鬼两界毕竟阴阳分明，街上那么多爱美的女孩，谁会想到把红的黄的夜饭花串起来缀在头发上呢?

十

多年以来，城墙附近的夜晚总是静中有动，城北地带的年轻情侣和野鸳鸯们在浓情蜜意中往往会朝城墙走过来。城墙两侧是树林和杂草丛，城墙的残垣断壁被人挖出了好几个墙洞，那都是避人耳目的好去处。拾废纸的老康每天早晨要到城墙那里去，假如运气好，老康的箩筐很快会被旧报纸、塑料片、手绢等东西填满，当然老康只捡那些未被玷污的废纸废品，对于那些地上草间随处可见的脏物污纸，老康从来都视而不见。

负责香椿树街一带风化文明的居民委员会，一直盯着城墙那块不洁之地。他们曾经要求老康做一名特殊的观察员，每天密切注意城墙那里的动静。老康摸不着头脑，他说，我只是早晨去捡废纸，那里废纸多，夜里的事情我一点都不知道。居民委员会的一个女主任机智地将一个难以启齿的任务和盘托出，她说，不要你夜里去，你每天早晨捡到多少脏纸，回来告诉我们就行了。老康说，可是我从来不捡那些脏纸。女主任就把脸沉下来，语气也变得严厉了，老康你别忘了你头上还戴着反革命帽子，这也是你立功赎罪的一次机会，我们现在不斗你不批你，让你做这点贡献你还推三阻四的？我看你搞资本主义复辟贼心不死吧？老康的脸立刻煞白一片，他的腰背下意识地向女主任倾斜下来，不断地鞠着躬。老康老泪纵横，嘴里一迭声地说，我有罪，我有罪，可是我这把年纪去干那种事情，天理不容呀。女主任呵斥道，什么天理地理的，你到底是要天理还是要革命？老康就作揖打躬地说，都要都要，要不然你们就给我一把大扫帚，我每天捡完纸，再把城墙那里的脏东西都打扫干净吧。

居民委员会的女干部们最后对榆木疙瘩的老康失去了耐心，老康你小心，哪天运动来了批断你的老骨头。女主任恼羞成怒地把老康和他的箩筐一起轰出了办公室，女主任对着那个猥琐的背影喊道，革命不是请客吃饭，反正我们有治安联防队，我们有的是革命群众。

没有拾废纸的老康的配合，香椿树街的治安联防队的夜间巡逻会盲目一些，但多年来他们的足迹仍然遍布于每一个可能的犯罪地点，尤其是城墙那一带。城墙是他们夜里巡逻的最后一站，也是检查最细密的一站。半夜归家的香椿树街人有时会在北门大桥上迎面遇到那支队伍，五六个人分散地走着，臂上缠着红箍，手里握着电筒，有男有女，年龄不等，但都是些热心于社会活动的积极分子。其中最引人注目的是鳏夫王德基，因为王德基手里的那支电筒特别长，而且他喜欢用那支长电筒对着路人的脸瞎照。有人被他照花了眼张嘴就骂，你瞎照什么？照你妈个 ×。王德基便同样大声地回敬一句，深更半夜狗都归窝了，你在外面瞎晃什么，不照你怎么知道你是好人坏人。

王德基的手电筒厉害，那支手电筒在城墙附近大显威风。据说联防队在城墙那里抓住的野鸳鸯，多半是被王德基照住的。王德基自己也统计过数字，有时候喝醉酒他就用火柴在桌上摆出那个数字。王德基面带微笑，注视着桌上的火柴梗，嘴里哼着他家乡的小曲。除了他自己，只有秋红、锦红和小拐知道火柴梗拼字的意义。但是这就足够了，就像墙上的五张由居委会颁发的奖状，它们都记载着王德基在香椿树街的功绩。

到了十一月，秋风已经变冷变硬了，夜晚的城墙四周往往一片阒寂，这是正常的现象。按照夜间巡逻者多年得出的经验，春夏两季是那些男女自投罗网的季节，而在秋冬之季他们往往无功而返。因此那个大风之夜的巡逻别的联防队员都是草草收兵了，唯有王德基在后面用那支加长的手电筒照着每一个该照的地方。照到一个城墙洞时，王德基发现洞口堆了一些乱砖和树枝，心里顿生疑惑，一只脚便抬起来把那些障碍踢掉了。王德基弯腰钻进去的同时，听见一种被压抑了的惊叹声，那正是他熟悉和寻找的声音。王德基就那样弯着腰打开了手电筒，一圈明亮的光晕照住了一个女人凌乱的烫过的头发。她用手捂着脸部扭过头去，但王德基一眼认出那是玻璃瓶厂的骚货金兰。又是你，你又来了。王德基咬牙切齿地说，然后他将手电筒平移着，去照那个男人。男的正在慌乱地系裤子，皮带扣和钥匙叮叮当当地响着，男人背朝着洞口。王德基猜想那是儿子的好朋友叙德，他说，我猜就是你，× 毛还没长齐就动真格的了。王德基还想骂人，但他马上愣住了。手电筒照住的男人不是叙德，是叙德的父亲沈庭方。

老王，帮我个忙，你出去一下。沈庭方说。

怎么是你？沈庭方，怎么会是你？王德基说。

老王，放我一马，把你的手电筒先放下吧！沈庭方说。

怎么是你？王德基的手仍然举着手电筒，他的声音听来惊愕多于义愤，以为是叙德，怎么是你？怎么儿子和老子轧一个姘头？

沈庭方突然扑上来，夺下了王德基的手电筒，说，老王你无论如何放我一马，今天放了我，以后会报答你，上刀山下火海两肋插刀。现在千万别吭声，千万别张扬出去，否则会闹出人命的。

儿子和老子 × 一个女人，这倒是新鲜事物。王德基冷笑了一声，他觉得沈庭方的手在自己手上身上混乱地摸着捏着，很绝望也很怯懦。王德基的心里升起一种莫名的仇恨，他甩开了沈庭方的手，说，别人说你老实和气，我知道你是伪装的。× 他妈的，家里的女人睡够了，跑到城墙上来搞别人家的女人，我这手电筒不照你照谁去？

老王，你不能落井下石。我自己的面子丢光不要紧，事情传出去就把素梅害了，把叙德也害了，会出人命的。沈庭方在黑暗中的话语已经带着乞怜的成分，王德基觉得那个男子正在慢慢地向他跪下来，王德基的心里浮起某种满足和居高临下的温情，而且他突然想起许多年前妻子病亡时沈庭方夫妇送过一条被面，王德基决定饶恕这对男女。于是他拿回那支手电筒，用它敲了敲沈庭方的肩膀说，好吧，我放过你这一回，以后千万别犯在我的手电筒上了。

王德基钻出那个墙洞，听见他的同伴的脚步声正朝这里传来。有人问，老王你发现什么了吗？王德基就用手电筒的光传了一个平安无事的信号，大声地说，没什么，我看见两只猫，钻在洞里，现在又不是春天，可也有猫钻在洞里发情，想想这事真荒唐。那边的人又问，到底是猫还是人？王德基挥挥手说，放心吧，是猫，不是人。

沈庭方第二天拎着两瓶洋河大曲来拜访王德基。沈庭方一来，王德基就把锦红和秋红赶到里屋去了。他给沈庭方让座，但沈庭方在屋里找不到凳椅，坐在小拐肮脏发黑的床铺上，觉得这样说话不方便，于是又挤到王德基的长凳上，两个男人心照不宣地并肩坐在了一起。沈庭方觉得王德基正在躲避和拒绝这种亲密，他的脸铁青着，身体则一点一点地往长凳另一侧溜靠。

你是稀客，喝一盅。王德基绷着脸给沈庭方倒酒，顺手把两瓶洋河大曲从桌上拿到地下，你的酒等会儿带回家，我喝不惯这种酒，我就喝粮食白酒。

老王你不是嫌我的礼轻吧？这两瓶酒你想喝也得收，不想喝也得收下。你要是嫌弃，我再去背一箱粮食白酒来。

这是凭什么？王德基喷出一口酒气，瞟了一眼沈庭方，背一箱白酒来又怎么样？谁不知道我老王人穷志不穷？那点觉悟那点志气还是有的，你假如想拿东西来堵我的嘴，拿多少东西来我摔多少出去，你老沈信不信？

信，我信。沈庭方连连点头，从走进王家起，他的脸上一直保持着谦卑而局促的微笑，现在这种微笑变得有点僵硬起来。沈庭方一只手忙乱地抓过酒盅一饮而尽，另一只手就伸过去拍着王德基的肩膀，香椿树街谁不知你老王是条仗义汉子？

别说是两瓶酒，就是两锭金子也别想收买我老王。王德基仍沉溺在一种激愤的情绪中。他说，你难道没听说过我砸手表的事？有一次在石码头查到一对狗男女，他们当场摘下两只手表给我，塞给我就想溜，你猜我怎么着？我说，等一下，我给你们打张收条。我捡了一块石头，啪啪两下就砸碎了还给他们。我说，这是我老王的收条，拿着它滚吧。

沈庭方跟着王德基一起哈哈笑起来，他的干裂的嘴角被牵拉得太厉害，便有些疼痛。沈庭方忽然难以忍受自己虚假的笑声，灵机一动，话题便转入另一个区域中去了。沈庭方给王德基斟了一盅酒，郑重其事地问，老王，你见过我三姐吗？

见过两面。王德基警惕地望了望沈庭方，你三姐她怎么啦？

是这样，我三姐守寡已经几年了。沈庭方脑子里紧张地考虑着措辞，一边观察对方对这个话题的反应，我三姐人模样好，心眼也好，手脚又勤快，她老这样守着也不是回事，我觉得她跟你合在一起倒是般配的，就是不知道你老王是不是能看上她？

是个女人都配得上我。王德基自嘲似的笑了一声，但紧接着就沉下脸，把小酒盅重重地放在桌上，你是给我提亲来了？这人情做到了刀口上，你三姐做了几年寡妇了，以前怎么就没有想起这档子事？

以前跟你老王交道打得少，这回知道了你的为人，回家突然就想起来了。别的不说，老王你就给我表个态吧。

两瓶白酒买不了我，还搭上你三姐？搭上一个大活人。王德基自言自语着，突然朝沈庭方伸出小拇指，一直伸到他鼻子底下。王德基说，老沈你看见了吗？你就是这个。说起来你也算条汉子，其实你就是这个。

沈庭方下意识地往旁边躲，最后就从长凳上站了起来。沈庭方嗫嚅道，既然你没那个想法，就算我多嘴，我告辞了。沈庭方刚想走，衣角却被王德基拽住了。他听见王德基用一种近乎命令的口吻说，坐下，今天陪我喝个痛快。沈庭方说，你老王让我陪一定陪，就怕我酒量小，喝不到那分上。王德基怪笑着说，男人不喝酒？说完就响亮地朝里屋吆喝，秋红，给我去杂货店打二斤酒来。

里屋的秋红不吭声，锦红却恶声恶气地说，杂货店早打烊了。

沈庭方这时忙不迭地打开他带来的两瓶酒，王德基这次没有阻挡他，这使他舒了一口气。他窥见王德基一张赤红的酒意醺然的方脸膛上掠过一丝惘然和悲伤，王德基的一声嗟叹也使沈庭方受挫的心情好转许多。王德基说，他妈 ×，我女人死了十六年，从来就没人想到给我提亲做媒，不管怎么说，你老沈是第一个，就冲这第一个，我也害不了你老沈，来，喝，喝个浑身痛快。

两个男人后来就在某种盲目的激情中豪饮了一场。锦红曾经出来借收拾碗筷之机，向沈庭方下逐客令，拿了扫帚在他脚边扫了几圈。但王德基朝她吼了起来，别在这儿绕，进里屋补袜子去。锦红怒气冲冲地走进去，回过头白了沈庭方一眼。沈庭方开始有点窘迫，但几杯烈酒下肚，脸一点点热起来。沈庭方现在觉得有满腹心事要向王德基倾诉，他的舌头脱离了理智和戒条的控制，于是沈庭方突然在王德基腿上猛击一掌，然后捂着脸呜呜痛哭起来。我该死，我下作，沈庭方边哭边说，我明明知道金兰是个下三烂女人，我明明知道叙德跟她好上了，但我就是忍不住要弄她，怎么也忍不住，我原本只想试一回，看看她跟素梅有什么不同，没想到这一试就陷进去了。我还是个党员，我怎么能跟这种女人搞腐化呢？我的党性和觉悟都到哪里去了？王德基充满酒气的嘴附到了沈庭方耳边，本想好言安慰他几句，话到嘴边却变成一个疑问，老沈你说说，金兰跟你女人有什么不同。

哪儿都不同。沈庭方沉默了一会儿说，就像是两种肉做的，各处味道都不一样。

王德基满面通红地狂笑起来，笑得太厉害了，嘴里喷出一串酒嗝。王德基一边打着酒嗝一边乐极生悲，在自己裤裆里胡乱地掏了一把，黯然神伤地说，旱的旱死，涝的涝死，操他妈的 ×。沈庭方的事情最终坏在他自己手里。那天沈庭方酒醉归家时，天已经黑透了。他摇摇晃晃地扶着墙走，一路呕吐一路嘟囔着。远远地他看见素梅倚门而立，素梅无疑是在等他。沈庭方的心便忽冷忽热的，一边走一边用手拉扯自己的头发，说，素梅，我老沈对不住你，对不住，你。

素梅从来没见过沈庭方醉酒的模样，她担心的是车祸或工伤之类的不测。当男人一头撞在她身上时，她倒松了口气，怎么喝成这样？没听说有人结婚办喜事呀？沈庭方把他失重的身体靠在女人肩上，说，在王德基家，喝酒，酒，白酒，一人一瓶酒。素梅狐疑地皱起眉头，跟他喝酒？见鬼了。但她来不及盘问就急急地把男人架到床上，给他脱掉鞋子和污迹斑斑的中山装。素梅一边摆弄着男人一边尖声喊着儿子，叙德，叙德，弄一盆温水来。

一块热毛巾擦净了醉酒者脸上的污液，素梅看见男人紧闭着眼睛，像睡着了一样，但男人的眼角滴出了两滴混浊的泪。素梅说，哎，怎么把眼泪也喝出来了？说着就拿毛巾去擦，就是这时候，沈庭方突然握住素梅的手，将素梅的手在自己脸上左右扇打着。沈庭方说，素梅，你狠狠地打我，打死我，我对不住你，我跟金兰搞腐化了。

素梅愣在那里，半天清醒过来，尖声追问道，谁？你说你跟谁搞腐化了？

金兰，玻璃瓶厂的金兰。沈庭方看着素梅，又看看儿子叙德。在完成了这次艰难的忏悔之后，他感到如释重负，而浓重的睡意也终于压倒了他，沈庭方抓过一块枕巾盖在脸上，很快呼呼大睡起来。

儿子叙德先有了猛烈的反应，叙德突然像个爆竹一样原地蹿起来。你还睡觉，你还有脸睡觉，叙德朝醉眠的父亲大吼着，我宰了你这条老狗。

叙德果然从厨房里拿了把菜刀冲过来，素梅狂叫着把儿子抵在门外。素梅边哭边喊，你要宰他就先把我杀了，反正我也不想活了，反正我也没脸去见人。你们一老一少都迷上那个婊子货，我还有什么脸活着？一家人都去死吧！叙德的手软了，菜刀朗声掉在地上。而门外响起了敲门声和对面达生粗哑的嗓音，叙德，你们家怎么啦？素梅就捡起菜刀走到门边，用刀背敲着门，恶声恶气地说，我们家怎么啦？我们家闹鬼捉鬼，没你们外人的事。素梅透过门缝看见外面已经站满了街坊邻居，而且有人正试图爬上她家临街的窗台。这回轮到我们家了，素梅绝望地呻吟着，眼前一黑，身子就软瘫在地上。

素梅再次造访玻璃瓶工厂是在翌日早晨。女工们刚刚在一堆堆玻璃瓶周围坐下来，看见素梅风风火火走进麻主任的办公室，她被阳光照耀的半边脸因浮肿而呈现晶莹剔透的色泽，女工们当时就预感到会有什么好戏看，都转过脸去看金兰。金兰穿着白色喇叭裤坐在角落里，用涂过凤仙花汁的尖指甲剥着裤腿上的一星泥点。金兰突然抬起头乜视着周围，都看着我干什么？我脸上又没放电影。

素梅在一夜饮泣之后，嗓音已经嘶哑不堪。当她向麻主任申诉她的遭遇时，态度出奇的平静而哀婉。倒是麻主任无法抑制她的激愤之情，大叫起来，该死，这还了得，我手里领导过几十号旧社会的妓女，就是挂牌的婊子也没她这么滥、这么骚、这么乱，怪不得别人老对着玻璃瓶厂指指戳戳，一粒老鼠屎坏了一锅汤，不行，我要治她，我要治好她的骚病。

素梅握着手绢静静地听着，她说，我就是想找个主心骨，你这么一说我心里就有底了。

按你的意思，该怎么治她？麻主任试探着问。

让她游街，往她脖子上挂一串破鞋，以前搞运动都是这么做的。素梅说，像她这样的，就是挂上一百只破鞋也不为过。

可是现在不搞运动，游街恐怕违反政策。麻主任沉吟了片刻，做出了一个较为省力的决定，她说，先在厂里开个批判会，先在厂里肃清她的流毒，你看怎么样？

素梅说，你是组织上的人，我听组织的安排。

素梅跟着麻主任走出办公室，看见儿子叙德半躺在一辆运货三轮车上抽烟。母子俩目光一相接，儿子的眼睛里流露出厌恶之色。素梅想，我不管你愿意不愿意，我今天要跟那骚货结个总账。素梅把目光投向玻璃瓶堆旁的金兰，骚货金兰竟然朝她翻了个白眼，那种不知羞耻的模样气得素梅手脚冰凉。

麻主任摇着小铜铃让女工们停下手里的活，麻主任提高了嗓门说，大家先停下来，今天上午不干活了，搞政治学习，与明天的政治学习对调。女工们马上发出一片吵嚷之声，有人说，怎么不早点通知？毛线都没带来。麻主任说，不许打毛线，今天开批判会，每人都要听，每人都要发言。又有人高声问，开批判会批判谁呀？麻主任清了清嗓子，说，批判我们厂道德最败坏生活最腐化的人，批判“没有裤腰带的人”，你们说批判谁？女工们一齐把目光投向金兰，然后爆发出一片哄笑和杂乱的叫声：金兰，金兰，批判金兰！

金兰站起来的时候，手里还抓着一把毛刷和一只玻璃瓶，愣了几秒钟后，那把毛刷投向了麻主任，而玻璃瓶则朝素梅身上砸去。你们敢，谁敢揪我我撕烂她的 ×，金兰破口大骂着朝大门跑去。但麻主任眼疾手快，抢在前面把大门反锁了，金兰拼命地踢那扇竹篱笆门，想把门踢开。不许破坏公物，麻主任尖叫着抱住金兰的腰肢。素梅紧紧跟着去抓金兰的头发。三个女人撕扯在一起，旁边拥上来的女工一时插不上手，猛地就听见金兰一声凄厉的喊叫，沈叙德，狗操的，你不来帮我？女工们一齐回过头去，看见叙德仍然倚在运货三轮上抽烟，一动不动，眼睛里闪烁着阴沉的捉摸不透的光。

玻璃瓶厂的批判会到九点钟才开起来。金兰似乎已经没有力气再反抗了，红色外套的大圆领被扯下一半，耷拉在肩背上，白色喇叭裤也在膝盖处绽了线，因此金兰瘫坐在地上时，一只手不得不捂住她的膝盖。

女工们在麻主任的指挥下，围坐成一个圆圈，把金兰圈在里面。她们开始七嘴八舌地批判金兰，但似乎缺乏理论素养，只是对金兰到底勾引了多少男人感兴趣。有人干脆说，让她坦白，一共睡过多少男人？金兰以一种优美的姿态抚膝坐在人圈中心，脸色苍白，不说一句话，但她的唇边浮现出一抹蔑视众人的冷笑。这抹冷笑首先激怒了素梅，素梅止住了哭泣说，你们看她还敢笑，这种垃圾货简直给社会主义脸上抹黑，无产阶级专政怎么把她给漏掉了？

运货三轮车那里突然传来一阵巨响，原来是叙德在砸车上清洗好了的玻璃瓶。叙德嘴里骂着不堪入耳的脏话，怒目圆睁，把又一捆玻璃瓶高高举过头顶。麻主任从人圈中跳起来，厉声喊道，住手，一个瓶子两分钱，你要照价赔偿的。

十一

叙德来借刀的时候，天已经黑了，可以从他的脸色中觉察到某种非凡的企图。达生弯下腰从床底下拖出一只纸盒子，刀在这里，你自己拿。达生忽然笑了笑，他审视着叙德的表情问道，你真敢用它？这把刀拎出去，你就真的要提上一个人头回来了。

那是一柄马刀，年代久远但锋刃仍然异常快利，是武斗那年李修业在街上捡到的。达生偶然发现了它。他相信那是许多年前日本骑兵的马刀。

叙德沉默着拿起刀，他的手明显地颤抖着。达生发现了这一点，因此他再次发出了一声嘲谑的笑声，刀又不重，你的手别抖呀。叙德抬起头怒视着达生说，去你妈个 ×，谁抖了？你以为我不敢杀人？

你马上跟我走，我今天砍一个头给你看看。叙德说着挥起刀朝达生家的衣橱砍了一刀，他把刀从木缝里拉出来，回过头问达生，这刀到底快不快？达生的嘴角上仍然是一抹轻蔑的笑意，达生说，人肉不如木头结实，能砍木头就能砍人。

两个人一前一后走在香椿树街上，水泥杆上的路灯恰巧在这时候一齐亮了，青灰色的街面立即泛出一种黄色灯晕，空气中则飘浮着来自街边人家油锅里的菜籽油味。达生大概距叙德有两米之远，他对叙德说，别让人看见你的刀，把刀放在袖管里。叙德顺从地把刀往袖管里塞，但那么做很不舒服，叙德便又把刀抽出来说，就拎在手上，我怕什么？不就是去砍个人吗？

街上的行人对叙德手里的刀侧目而视，人们一时无法分辨那是真家伙还是排练样板戏用的刀具。杂货店门口的一群人指着叙德手里的刀笑称，又出了个杀人犯。有个男人用某种世故的语调高声说，男孩长大了有两件事无师自通，× 女人不用人教，杀人放火不学就会。打鱼弄里的红海也在那堆人中间，他趿着拖鞋跑过来堵住叙德，要看他手里的刀。达生在后面说，你以为是假的？是真的，是一把日本马刀。红海带着惊愕的表情用手指拭了拭刀刃，说，还挺快利的，你们拿它去干什么？叙德换了只手拎刀，以躲开红海的骚扰，他始终铁青着脸一语不发。红海又问，你们拿刀去干什么？达生扑哧笑了一声，说，拿刀能干什么？去砍人。

叙德推开了红海朝前走，达生就小跑着跟了上去，他听见红海在后面喊，砍谁？达生没有回答，他突然想起叙德要砍的是金兰，一个头发烫得像鸡窝的女人。达生觉得这件事情突然失去了魅力，脚步不由自主地放慢了，他在叙德耳边说，砍个女人算什么？你不如把老朱砍了。叙德一愣说，老朱没惹过我。达生说，那是谁惹你了？谁惹你砍谁。叙德说，我爹惹我了。砍他？达生迟疑了一会儿说，那有什么？要是惹了你也照砍不误。

叙德把刀平伸着划过鸡鸣弄一带的墙壁和电线杆，发出一阵阵杂沓刺耳的噪声。达生意识到叙德是在掩饰颤抖的手，达生在等待叙德的回答，快到金兰家门口时，他终于听到一个令人满意的回答。叙德说，一个一个地灭掉他们，操，我怕什么？

金兰家在鸡鸣弄底端，整个鸡鸣弄都是黑漆漆的，只有金兰家门口亮着一盏灯，照着门下的杂物和一坛光秃秃的夜饭花，还有门上贴着的一副对联：四海翻腾云水怒，五洲震荡风雷激。龙飞凤舞的墨迹出自理发师老朱之手。叙德和达生站在门外，听了听里面的动静，听见屋里有一种奇怪的嗡嗡声。达生说，什么声音？叙德不假思索地答道，是电吹风，这臭婊子天天要弄她的头发。叙德用刀尖挑着门上的铁环，一边回头望着达生，你跟我一起进去？达生说，你要我陪我就陪你，不过砍一个女人用得着两个人去吗？达生看见叙德的脸在灯光下显得苍白如纸，额角上一根淡青色的血管像蚯蚓似的凸现出来，这个瞬间达生相信他的朋友将一改松软自私的风格，做出一件惊天动地的事情。于是达生朝叙德轻轻推了一把，去吧，怕什么，还有我在这儿呢。

门不知怎么就被撞开了，屋子里的夫妇俩几乎同时惊叫起来。老朱正在给金兰吹头发，金兰的头上缀满五颜六色的卷发器，而老朱手里的电吹风啪地掉在一只脸盆里，嗡嗡之声戛然而止。金兰先叫起来，叙德，叙德你拿着刀干什么？

叙德说，你心里清楚，臭婊子，你骗了我，你让我丢尽了脸。

你也骂我是臭婊子？我骗了你？我让你丢尽了脸？金兰站起来走近叙德，她的目光冷静地扫过那柄马刀，最后逼视着叙德的眼睛，你要杀我？你沈叙德要杀我？金兰突然狂叫了一声，你凭什么要杀我？

叙德说，我要出这口气，你让我丢尽了脸。

你们沈家父子，一个是孬种，一个是白痴，都在我身上占尽了便宜，我没嫌丢脸，你丢的什么脸？金兰说着一把拉过老朱，冷笑道，按理说我也该杀，可那是我们家老朱的权利，怎么也轮不到你来杀我。金兰的声音突然哽住了，她抓起头上的卷发器，一个一个地扔在地上，说，我不想活了，老朱，你把他的刀拿下来，你该砍我了，我要死也死个明白。

老朱却把金兰往后推，从衣兜里掏出一盒前门牌香烟，抽出一支给叙德，叙德，有话好好说，千万别动刀了，杀了人都要偿命的。

叙德说，我不怕偿命，我就是要出这口恶气。

老朱的一只手试图去抓叙德的刀，但叙德警觉地甩开了老朱的手。叙德说，别动，闪一边去，小心我先砍了你。老朱的那只手于是又去掩护金兰，他混浊的眼睛直视着叙德的刀。叙德我告诉你，金兰的肚子里怀着孩子，老朱突然声色俱厉地说，你要是敢动她，我们大家就拼掉这条命，你听懂了吗？

叙德换了个姿势站着，回头瞥了眼门外的达生。达生倚在门墙上颠动着他的脚，从容舒适地观赏屋里的一切。叙德把马刀从左手换到右手，猛地挥起马刀砍向悬吊在空中的一只竹篮。而金兰就是这时候厉声叫喊起来，别砍篮子，我让你砍。金兰紧接着的举动令人大吃一惊，她一边扯开身上的花衬衫一边喊道，看见了吗，这是你吮过的奶子，这是你爹摸过的奶子，你照准它们砍吧，来砍吧。

达生看见一双硕大丰满的女人的乳房，但那只是一霎间，他下意识地扭过脸去，嘴里发出一种短促的含义不明的笑声，然后他听见那柄马刀落地的清脆一响。当达生回头再望时，叙德正弯腰捡拾那柄马刀，但达生知道叙德杀人的勇气已经烟消云散，叙德已经被一个头发烫成鸡窝的女人击败了。于是达生拍着门框喊，叙德快走，拿上刀走吧。

两个人跑到鸡鸣巷口的时候，听见老朱在后面用什么东西敲着破脸盆，咚咚咚，抓小偷，大家快出来抓小偷。老朱声嘶力竭地喊着，这种声东击西的呐喊使达生和叙德猝不及防，不管老朱怎么喊都不利于他们，两个人就拼命地跑出了鸡鸣巷，一直跑到化工厂大门口才站住了喘气。达生说，老朱这狗东西，先喊起抓小偷来了？叙德则把马刀撑在地上，半蹲着喘气说，操他妈的，真该听你的，先把老朱那狗东西灭掉。

关于骚货金兰怀孕的消息在香椿树街上不胫而走。老朱和金兰作为街上仅有的几对不育夫妇，他们的生殖能力多年来一直是妇女们急于探秘的谜语，现在谜底似乎揭晓了。理发师老朱看来是只阉公鸡，而金兰怀上的孩子到底是谁的骨血成为议论的新的焦点。在河边淘米洗衣的妇女们乐于对此发表自己的观点，人们倾向于沈庭方是亲父，其中不可避免地带有对叙德乳臭未干的轻视。但立刻有人以一种轻松达观的论调对绯闻盖棺定论，不管是老子的还是儿子的，反正都是沈家的种。

骚货金兰对于香椿树街人的唾沫已经习以为常，她仍然拎着一只绣有花卉的草编挎包，在通往玻璃瓶厂的路上娉婷而过。金兰有她特有的保持美丽的方法，即使在她被玻璃厂女工们批斗得蓬头垢面时，她也会用包里的梳子和粉霜迅速修缀被破坏的容颜。金兰的腰肢仍然挺得笔直，并且呈现小幅的风吹柳枝般的摆动，金兰的白皮鞋下的塔钉仍然嗒嗒作响。她发现香椿树街上有许多种目光鬼鬼祟祟地尾随她，但她可以视而不见。金兰走路的时候，脸上永远保持着她习惯的微笑，它被正派妇女斥之为妖媚之气，而对金兰来说那就是她要的美丽和风韵。

金兰有一天走过沈家门口时，下意识斜插到街对面，她隐约觉得沈家堂屋里有一双眼睛向她喷发出仇恨的毒液，金兰想躲却躲不开，一只塑料鞋突然从沈家门内朝她飞来，砸在金兰的白色喇叭裤上。金兰先是一愣，紧接着她就冷笑了一声，十三点，疯狗！她一边骂一边拍去裤子上的黑渍。金兰朝那只破鞋踢了一脚，朝前走了几步又退回来捡起鞋子，她用两根手指拎起它，来到沈家门前，示威性地朝屋里的人晃了晃，然后把鞋子挂在门框的钉子上。

这个秋天的遭遇，日后将成为素梅一生中最惨痛的回忆，素梅记得很清楚，她每天只喝一碗粥。我每天只喝一碗粥，不想吃也不想睡。后来素梅对她娘家的亲人如此哭诉，我想不通怎么凭空生出一只屎盆子扣在我头上？谁都对我指指戳戳，一个畜生不如的男人，一个畜生不如的儿子，怎么都摊到了我身上？

素梅无论如何也想不通，叙德被派出所拘留的那几天里，素梅呆坐在床上，目光已经酷似精神病患者，空灵而涣散。沈庭方很担心女人的那种眼神，他用手掌在她眼前晃了几下，测试素梅的眼睛是否还能灵活转动，他的手掌被素梅重重地拍了一下，素梅说，畜生。顺手又在男人脸上掴了一记耳光。沈庭方捂着脸叹了口气，说，好，能动就好。

丑闻已经传到沈庭方的工厂，作为党员干部犯了这种腐化堕落的错误，沈庭方不可避免地被列入了学习班的名单。沈庭方以前办过别人的学习班，专门挖那些蜕化变质分子的资产阶级思想苗子，想不到现在轮到他被别人办了。他在家里收拾行李铺盖的时候，更有一种恍如隔世的感觉。

素梅说，你收拾铺盖干什么？要跟那婊子私奔？

沈庭方说，厂里让我去学习班，住在厂里，十天半月说不准，不能回家的。我的假领子放哪儿了？怎么只有一只，还有两只白的呢？

素梅说，去学习班学习什么？

沈庭方沉默了一会儿，嗫嚅道，其实不是学习，是去检讨，犯了错误就要检讨，没准要检讨个十天半月的，检讨通过了就可以回家了。我的假领子你放哪儿了？放箱子里了？

素梅说，你脸都不要了还戴假领子干什么？去吧，你是该去洗洗你的脑子了，共产党员的脸都给你丢光了。

沈庭方不敢辩解，他放弃了寻找那两只假领子的念头，转而把一盒象棋往旅行袋里塞。让下棋吗？沈庭方的手停留在旅行袋里，嘴里自言自语着，又没犯死罪，棋总归要让人下的。

素梅这时候突然站起来，从碗橱里拿出一袋炒米粉，舀了几勺白糖撒在里面。饿了就用开水拌着吃，素梅把炒米粉塞进男人的旅行袋里，用异常平静的态度吩咐了沈庭方一句，去了那里该说的说，不该说的别乱说。沈庭方点了点头，他以为在离家之际女人已经宽恕了自己，一只手便习惯性地搭在她腰胯处，揉了一下，但素梅把他的手狠狠地甩掉了。素梅的身体左右摇晃着，看样子是突发的晕眩，沈庭方于是再次伸手去扶她。别碰我，素梅喊道，我要死了，你回来说不定就是来给我收尸的。素梅眼望着墙上的那张全家福，喉咙里涌上了一口痰，你还是走了好，我杀你也下不了手，儿子回来就难说了，他下得了手。

沈庭方想起儿子的马刀和他危险的眼神，心里咯噔了一下，儿子杀老子？他敢？沈庭方嘀咕着把旅行包绑在自行车后架上，推着车出了门，回头看看女人，素梅正睨视着墙上的全家福痴痴地微笑，沈庭方的心里又咯噔一下，现在他真的担心那就是女人精神分裂的前兆。

香椿树街上秋意正浓，沈庭方戴着一只口罩蹬着自行车，心情紊乱而悲凉，恍惚觉得自己是在去往一个杀人的刑场。尽管他想掩人耳目地通过这条讨厌的街道，但还是有人注意到了他自行车后面的旅行包。老沈，带着旅行包去哪里？沈庭方在车上含含糊糊地答道，去出差。好奇的人又问，去哪儿出差呀？沈庭方差点就骂，去你娘那里出差，但他还是把粗言秽语咽回去了，说，去北京出差。

东风中学门口围了一群人，教政治的老师李胖用手绢捂着前额，那条手绢已经被血染透了。李胖倚着墙对旁边的学生们说，不关你们的事，都给我回去上课。学生们一哄而散，只剩下几个没课的老师围着李胖，要送他去医院包扎。李胖挥挥手说，不用了，就破了一个口子，说着目光就愤愤地扫向墙上的布告栏，布告栏上又出现了几个被开除的学生名字。我知道是谁策划的，李胖咬牙切齿地说，这条烂街，这个烂学校，在这儿教书就该向公安局申请枪支弹药。

袭击李胖的几个少年身份不明，但根据他们动用的凶器的风格——长柄改锥和电工刀，可以判断他们来自城南一带，大概是属于老鹰帮的。李胖捂着伤口，烦躁地听同事们分析事件的原委，突然冲动地骂了句粗话，教师？人民教师？教他娘个 ×。现在这些孩子哪里要教师？哪里要学校？我看把东风中学改成少年监狱还差不多。

校门口的几个教师都为李胖这句话拍手称快，而一直背着箩筐站在一边旁听的老康偏要多嘴，怎么能这么说？老康惊愕地望着那群老师，他说，孩子不教不成人，现在学校连《三字经》都不教，孩子们善恶不分，他们怎么会学好呢？教师们被老康问得一时无言，好一会儿想起老康是个“未摘帽的四类分子”，于是就互相对视着说，这老东西不是在宣扬孔孟之道封建思想吗？够反动的。挨打的政治老师李胖正好满腹火气撒在老康身上，滚远点，你这个“四类分子”，李胖抬腿朝老康的纸筐飞起一脚，这里没有你的发言权。

老康趔趄了一下站住了，他的混浊的眼睛变得湿漉漉的。老康想幸亏自己腿脚硬朗，否则栽在地上兴许就难爬起来了。李胖和其他老师渐次走进了东风中学的铁门。现在的先生——老康目送着那些背影冷笑了一声，现在的先生其实也不像先生。老康想起遥远的孩提时代，城北的孩子都到桃花弄去上学堂，桃花弄太窄了，遇见先生从那里进进出出，孩子们都自觉退到弄堂两侧，鞠着躬让先生先过。还有先生手里的一柄木尺，它专门对付调皮闹事的孩子，打手心和屁股，绝不打其他地方。现在什么都乱了，老康想，学校的先生调教不了孩子，却对一个可怜的老头子施以拳脚。

罪过，真是罪过。老康嘟囔着擤了一把鼻涕，目光习惯性地搜索着学校周围的废纸，墙上的那张布告是刚贴出来的，张贴时间未过三天的纸老康一般是不动的，即使是拾废纸老康也拾得循规蹈矩。老康看见秋天的阳光均匀地洒在东风中学的红砖教室和冬青树上，到处可见揉皱的纸团和撕碎的纸条，但老康从来都没有进去拾过学校里面的废纸，他只能在校门外面。门卫老张曾经怀着一种歉意对他说，不是我不让你进去，工宣队说了，“地富反坏右”和“四类分子”一律不准进学校大门，怕你们毒害青少年。

地上到处是废纸，却不让你进去捡，真是罪过。老康无可奈何地收拾起他的箩筐，弯腰之际他的眼睛突然一亮，地上散着几块白底蓝花的小瓷片。它们使老康一下子闻到了从前寿康堂药店的气息，即使被孩子们摔成了碎瓷片，即使瓷片上的梅花和兰花图案已经无从辨认，老康也能认出那就是从前寿康堂用来装麝香丸和参茸的瓷罐。他的寿康堂，他的出自嘉靖官窑的瓷罐，现在成为几块碎片躺在老康肮脏枯皱的手掌上。真是罪……过。老康的声音类似呜咽，混浊的双眼更加潮润，但老康的眼角只有眼垢没有眼泪。老康不知道是谁家的孩子制造了这些碎瓷片，是拿了瓷罐砸了谁的头还是往墙上砸着玩？那些东西早已被一群学生从他床铺下全部抄走。老康记得学生们用铁锤愤怒地敲碎瓷器的那个日子，他们把满地的瓷片往垃圾堆那里扫，被铁锤遗漏的几只瓷器在菜叶和煤灰中闪着洁净的光，老康记得他守在垃圾堆旁，无论如何不敢去捡。几个从市场归来的妇女，把剩下的几只瓷器拾到了菜篮子里。老康至今还记得那几个妇女的谈话，一个说，拿回去装砂糖吧。另一个说，装糖容易化了，这种东西做盐罐最合适。

真是罪……过。老康一手握着瓷片一手背着纸筐，在香椿树街上走。他想，孩子们假如想砸东西玩，尽可以找地上的石块和玻璃瓶，为什么非要砸这些珍贵的瓷器？孩子们为什么非要弄坏那些好东西？老康在街上走，遇见熟人他就站住，摊开手上的瓷片给人看，罪……过，真是罪过。老康用一种乞怜的目光望着别人。熟人就朝老康的手掌匆匆扫上一眼，说，你嘟嘟囔囔说什么？莫名其妙。老康说，他们把它砸碎了。熟人便嘻嘻地笑起来，砸碎就砸碎了吧，这有什么？老康你他妈的老糊涂了。

老康意识到许多香椿树街的老熟人已经听不懂他的话，心里涌出了许多悲凉。老康走到从前的寿康堂前时，再次站住了，他看见药店关着门，门上挂了一块纸牌：今天学习不营业。老康兀自冷笑了一声，他想，药店怎么可以随便关门呢，学习要紧还是人命要紧？假如有人来抓急药怎么办呢，真是罪过。老康愤愤地想着，就在药店的台阶上坐下来。多年以来老康背着纸筐在香椿树街上走来走去，中途总要在这里歇一口气。

午后的天空忽然掠过几朵乌云，石子路面的一半阳光急遽地退去，风吹起来。不远处有人家的窗子被秋风推来弹去，嘎嘎作响。卖橘子的摊贩抱着一只竹筐在街上奔走。雨点徐徐地落在屋檐和街道上，落在老康半秃的头顶上。老康伸出手接住雨点，说，这雨也下得怪。从前的秋雨都是在掌灯时分开始，淅淅沥沥下上一夜。现在秋雨偏偏在白日里下，噼噼啪啪地下，还溅起一阵充满怪味的烟尘。老康打了一个喷嚏，说，罪过，怎么下这种雨，这种雨淋不得，淋了雨要受凉的。受了凉伤胃伤脾，就要补气，他们就要来买姜片了。

老康不知道那个穿绿裙的女孩是什么时候站在他背后的，女孩子戴一只用夜饭花缀成的花箍，长发湿漉漉地披垂下来，有水滴从她单薄的衣裙角上滴落在地上。女孩正在敲击药店的门。老康认得那是打鱼弄家的女孩美琪，但老康忘了女孩美琪一个月前已经溺死在河中了，因此老康像遇见别的熟人一样，摊开手掌里的几块瓷片给女孩看。他说，多好的东西，可他们把它砸碎了。

女孩说，药店的人怎么不给我开门？

老康说，你没看见门上的牌子？他们去学习了，今天不开门。

为什么不开门？女孩纤细的手指仍然叩击着药店的木板门，她的水痕斑斑的脸上充满了悲戚之色。女孩说，我想买八粒安眠药，只要八粒安眠药。

你让雨淋坏了，会伤风的，也许还会发热，你不该买安眠药，该要糖姜片。老康想了想说，对，三片糖姜，半个钟头含一片，糖姜片就在十九号抽屉里。

女孩轻轻地叹了口气，她不再叩门，转过脸来观望着雨中的香椿树街。女孩苍白的脸颊、乌黑的长发以及白衣绿裙都隐隐泛出一圈水光。老康想这个女孩真奇怪，深秋天气穿着裙子，冒着雨到药店来买安眠药。以前也有个女孩喜欢到药店来买安眠药，但老康想不到那是什么年代的事，也想不起那是谁家的女孩了。老康觉得自己老了，记忆力每况愈下，所有清晰的记忆竟然都局限在二十年前范围之内。老康摇着头把手里的几块瓷片藏在中山装口袋里，身体缓缓地转过来面向着街道。恰好看见冼铁匠剩下的一条狗狂吠着穿过雨地，狗的后腿一瘸一拐的，一路淌着血滴，可以发现它拖着一截铁丝，铁丝松弛地拴在它的腿上，当狗一路奔跑时，铁丝也在石子路上沙啦啦地一路响过去。

真是罪过，老康抹了抹眼睛道，狗是通人性的，是谁把它弄成这样？

老康听见身后传来幽幽的叹息，他们把我的瓷罐全弄碎了，他们把冼铁匠的狗弄伤了。老康回过头找女孩美琪说话，女孩却突然不见了，在她原来站立的地方积了一大摊水，留下几朵细小的枯萎的夜饭花，凌乱地散落在药店门前。老康瞪大了眼睛搜寻女孩的身影，但女孩已经不见了。老康看见药店门板上出现了一个用蜡纸剪成的红心，它被随意地粘贴在陈旧的木板上，放射出一种鲜艳的红色光芒。

老康对着那枚蜡纸红心凝神之际，一些游离的意识突然又回来了，他终于想起打鱼弄女孩美琪已经在河里淹死了。鬼魂！鬼魂！老康站在药店门口惊呼着，一只手指着门板上那枚湿漉漉的蜡纸红心。对面糖果店的几个店员穿过雨地，跑过来看个究竟，他们问老康鬼魂在哪里。老康说，突然来了，突然又不见了，是打鱼弄淹死的女孩。店员们都听说过幽灵美琪的传说，一齐朝香椿树街两侧探望。街上雨雾茫茫，远远地依稀可见一个穿绿裙的女孩的背影，像一页纸一样被雨雾慢慢浸润，直至消失。

十二

香椿树街的户籍警察小马用一根绳子拴着叙德和达生的手，小马牵着两个行凶未果的少年，就像牵着两头牲口。一路上有人跟小马打招呼，小马，把他们往哪儿牵？小马微笑着说，所里，还能往哪儿牵？又有人问，他们干什么了？小马仍然微笑着说，干什么，要杀人，× 毛还没长黑，动不动就要拿刀杀人。

一行人走到北门大桥上，碰见小拐在烤山芋的炉摊前吃山芋。小拐看见警察小马下意识地想溜，但跑了几步就站住了，大概意识到没他的事。小拐咬了一口烤山芋，追过来与达生和叙德说话。你们真把金兰砍掉了？不是没砍成吗？小拐诧异地问叙德，没砍成为什么要去所里？叙德抬起腿踢了小拐一脚，滚开，孬种。达生却被烤山芋的香气所吸引，他说，给我咬一口。小拐就把烤山芋送到达生的嘴边，一边对着户籍警小马嬉笑着说，小马，你应该配一副手铐了。绳子不管用，小心让他们跑了。小马恶狠狠地瞪着小拐说，少跟我废话，小心我把你一起拴到绳子上。

小拐做了个鬼脸。他在两个朋友的屁股上轮流拍了一掌，然后目送着他们走下北门大桥。小拐的嘴里发出几声尖厉的呼哨，与两个朋友送别，脑子里突然闪出一个英勇的念头。他应该像梁山泊英雄一样，做个蒙面好汉，在半路上劫下他的朋友。方法很简单，只要递给他们一把小刀割断绳子就行了，或者干脆爬到城墙的大树上，等人来了朝小马飞几块石片，营救计划轻而易举。但是这个念头稍纵即逝，因为小拐突然看见父亲骑着自行车上了桥坡。王德基穿着一件沾满油污的工作服，脚上的解放鞋前侧露出两个洞，分外引人注目。王德基大概是看见小马和他的猎物了，他的脸上挂着一丝鄙夷或厌恶之色。

小拐不想在此时此地被父亲发现，他慌不择路地挤进菜摊前买菜的一堆妇女中。本来是想躲一躲，未料到那群妇女见他拱进来就散开了，一个个小心地捂住了口袋和钱包。有一个干脆恶声恶气地斥责小拐，往人堆里拱什么？不动好脑筋。小拐也顾不上反驳，急急地想跨过菜贩的箩筐，但王德基已经放下他的自行车，扑过来揪住了儿子的衣领。王德基冷笑着说，我让你跑，我让你跑，我让你躲，你就是真成了野狗我也抓得住你。

那天香椿树街的话题：三个少年，继叙德和达生被小马一根绳子牵走之后，人们又看见小拐在街上出了洋相，看见王德基一手推着他的自行车，一手揪着儿子小拐在街上走。人们注意到王德基教子成人的独特风格，他竟然揪着儿子小拐的耳朵在街上走。

沈叙德，给我坐好，现在要问你几个问题，你要老老实实地回答，不许搔头发，听见了吗？也不许东张西望，我问你话的时候你看着我的眼睛，听见了吗？

听见了，可是我的头上很痒，真的很痒。

很痒也不准搔，现在听好了，第一个问题，你为什么要向金兰持刀行凶？

没有行凶。我只是想吓吓她，出一口气。

出一口气？出一口什么气？

她骗了我，她是个坏女人，她，她不要脸。

她不要脸谁都知道，用不着你说。现在问你第二个问题，你跟金兰是什么关系？

没什么关系，我跟她在一个厂，同志关系吧？嘿，我也说不清楚，反正你们也知道的，我跟她那个了，是她教我的，她那个很在行。

你跟她那个了几次？

记不清了，嘿，反正就那么几次，这有什么多问的？

不许摇头，你给我放老实点，不许蒙混过关，让你交代你就交代。说吧，几次，到底几次？

让我想一想，一、二、三……十三四次吧。

好，就算十三次吧，你们在什么地方那个？

反正就在隐蔽的地方，我家、她家、玻璃瓶堆后面，还在语录牌后面。

该死，简直是现行反革命，居然敢在语录牌后面干这种勾当。这个问题严重了，以后处理。现在问你第三个问题，你父亲跟金兰是什么关系？怎么又东张西望了？把头转过来，没听见我在问你，你父亲沈庭方跟金兰是什么关系？

叙德就是这时候开始拒绝回答的，他的茫然的眼睛里突然升起阴郁的火，瞪着拘留室的窗外。窗子开得很高，玻璃不知什么时候碎裂了，结着一层紊乱的蛛网。叙德瞪着那只小小的蠕动的蜘蛛，眼前浮现出一些闪烁不定的人的器官，金兰鲜红的嘴唇、粉红的硕大的乳峰和一颗深红的长在隐秘地方的血痣。不仅如此，叙德的眼前还闪烁着父亲的裸体的光芒，它是一种令人窒息的暗红色的光，深深刺痛着叙德的眼睛。叙德现在听见自己的身体深处被某种锐物肆意戳击着，带来难以言传的疼痛。操他妈的，叙德呻吟着低下头说，操，我要杀了他们，我要出这口恶气。

好，说了半天你还是要杀人。户籍警小马冷冷一笑，他站起来把叙德从椅子上推开，推到墙角边让他面壁而立。小马说，敢在派出所里扬言杀人？先拘留你三天，先在这里站着，等我审完下一个，让你们尝尝无产阶级专政的铁拳头，杀人？ × 毛还没长黑就要杀人？我这次要给你好好洗洗脑子，看你以后还敢不敢杀人？

下一个轮到达生。达生坐到那把椅子上时，显得镇定而从容。他从口袋里掏出一盒前门牌香烟，弹出一支扔给小马。小马没有接那支香烟，却一个箭步冲上来夺过达生手中的烟盒，到拘留室来抽烟？在我面前耍威风？小马怒视着达生，一边就把那盒烟塞进抽屉里，香烟没收了，现在轮到你坦白了，是不是你教唆沈叙德去杀人的？

我没有教唆，嘿，什么叫教唆？杀人谁不会，用得着我教唆吗？

不准油腔滑调，我怎么看你横竖不顺眼？你还想点烟？把烟扔了，听见了吗？现在我问你，为什么要把马刀借给沈叙德？

借把刀有什么？多少年的小兄弟了，他就是来跟我借脑袋也借给他。

你倒是好汉一条，你有几颗脑袋？这么说你昨天是帮小兄弟一起去杀人的？

不是没杀成吗？再说对付一个女人也用不着我动手，他让我陪着壮壮胆，我就去了。这种时候，我要是往后缩，我就不是李达生了。

李达生，好，你有种，你是条好汉。好，现在我问你，有没有前科？

什么叫前科？

以前做过什么坏事？有没有偷过东西？凤凰弄那次群架你参加了没有？

我从来不偷东西，偷？那上不了台面。打架总归要打几次的，不过都是小场了，没怎么见血见肉。

口气好大，我以前怎么不知道香椿树街上有个李达生？李达生，好汉一条，现在你给我站到墙边上去。站好了，把手放到墙上，沈叙德，我叫你呢，你把你的皮带解下来。听见了吗？别发呆，让你解你就解。李达生，现在把你的裤子脱掉，全部脱光。

别开玩笑。

谁跟你开玩笑，现在让你尝尝无产阶级专政的厉害，皮带一百下，这是规矩。快把裤子脱掉。

打就打吧，凭什么要脱裤子？

打的就是屁股，我顺便看看你长了几根 × 毛。

操你妈，要我脑袋可以，要脱裤子你是休想。

你骂谁？

骂你。

再骂一遍？

操你妈。

拘留室里的混乱就是在这时候发生的。派出所里的其他警察拥进来时，看见小马和达生扭打成一团，而昨天肇事的主犯叙德一手提着裤子，一手拎着皮带，站在一边手足无措。警察们简直不敢相信自己的眼睛，竟然有人在所里跟警察扭打，义愤之情使警察们一拥而上，很快地把达生按倒在地上。他们问小马怎么处置这个疯狂的少年，小马涨红了脸吼道，老规矩，剥他的裤子！

那是达生整个生命中最屈辱的一次记忆，他记得那群警察剥下他短裤的瞬间，他唯一隐秘的弱点突然袒露在众目睽睽之下。他听见了一种耻笑和轻蔑的回声，像只螺蛳，像只螺蛳。有人笑了，许多人笑了。达生觉得他的血快从眼睛、鼻孔和嘴里喷射出来，小马，我记得你。达生狂叫着，但他已经无法抵御那条皮带，那条皮带准确有力地抽打他光裸的屁股，一、二、三……一共抽了一百下。

后来叙德告诉达生，抽他的不止小马一个，五个警察每人抽了二十下。但达生说，我都记在小马的账上。

十三

农具厂在城南的一条弄堂里。素梅打着一把黄油布伞走进那条堆满废铁和煤矿石的弄堂时，鼻孔里吸进的都是她熟悉的沈庭方身上特有的气味。远远地素梅看见了农具厂唯一的三层水泥楼，楼壁的颜色被烟囱里的黑烟熏成了黑色，唯有红漆刷写的一行标语仍然鲜艳夺目。在三层楼的走廊栏杆上，几件男人的衬衫和短裤在细雨轻风里轻轻拂动着。素梅一眼就认出了她男人的短裤，还有那只灰色维尼纶假领子。下着雨，衣服怎么还晒在外面？素梅不知道沈庭方是忘了收还是因为别的原因。

学习班，学习班在那楼上吗？素梅指着三层楼上问传达室的老头。

你干什么？老头审视着素梅。

干什么？素梅没好气地白了老头一眼，来看我男人，沈庭方，给他送点东西。

今天不探视，也不好随便送东西的。老头说。

学习班又不是监狱，这不许那不许的。素梅鄙夷地冷笑了一声，径直往里面闯。传达室的老头大喊大叫地追出来。素梅猛地回头，用伞尖敲着他说，你叫什么叫？我男人没带衣服，冻死了他你负责？

素梅一路气鼓鼓地爬到三楼，发现三楼上还有一道铁栅栏门，门上挂着把链条锁，怎么推也推不开。素梅就把铁门摇得嘎嘎响，嘴里高喊着沈庭方的名字。出来了一个人，朝铁门这里探头探脑的。素梅说，沈庭方，沈庭方在里面吗？那人不说话，吐了一口痰，又缩回去了。素梅便更用力地摇那铁门。沈庭方终于出现在走廊上，怕冷似的耸着肩膀，两只手互相搓弄着。几天不见，男人已经瘦得尖嘴猴腮的，素梅的眼圈立刻有点泛红。

把门开开，让我进来。素梅说。

不让开门的。沈庭方仍然搓着手，朝身后张望了一眼，今天不探视，本来都不让见家属的。

一个狗屁学习班，弄得真像个监狱。素梅恨恨地看着男人，快开门呀，不开门我怎么给你东西？

不让开门的，你把东西塞进来吧。

现在胆子这么小。素梅鼻孔里轻蔑地哼了一声。当初搞那婊子货可是色胆包天，你当初要是有点觉悟，也不会落到这个地步。

沈庭方皱起了眉头，眼睛朝旁边扫着，一只手就朝铁栅栏的空当伸过来。素梅或许也意识到现在不是声讨旧账的时候，就把那只装满东西的网袋从铁门空当里塞进来。包太满，塞不进去，素梅只好把衣服、肥皂和草纸一样样地拿出来。

什么时候能回家？素梅问。

我也不知道，天天都在洗脑，天天都在写检查，还是通不过。他们一定要挖政治思想上的根子，政治上我有什么问题？就是搞了一次腐化，跟政治上有什么相关？

千万别瞎说，政治上的事写进材料，以后一辈子背黑锅。素梅声色俱厉地对男人说，犯什么错误检讨什么错误，别的事千万别瞎说。

不瞎说就怕不行了。沈庭方的目光暗淡而恍惚，他叹了口气说，老朱是组长，我以前办过他的班，这次是要报复了，怎么也不让我过关。

男人萎靡而绝望的神色使素梅感到担忧，她想教他一些对策，但学习班那一套恰恰是她缺乏经验的领域。素梅情急之中就说，什么狗屁组长，我要去跟他吵。沈庭方苦笑着说，你就知道吵，吵有什么用。他看了看手腕上的表，又说，五分钟到了，再不进去他们又有话说了。

素梅无可奈何地望着男人从铁门前消失，爱怜和心酸之情油然升起，倏地想起男人的短裤和假领子还在外面淋雨，就叫起来，庭方，你的衣服去收掉，要淋烂掉的。但沈庭方没有回应，已经进去了。素梅看见一柄新牙刷被男人遗落在地上，就把手伸进铁门把牙刷捡了起来。

天空中仍然飘着斜斜的雨丝，农具厂一带的空气充满着一种类似腐肉的气息，弄堂的水洼地里散落着许多圆形的小铁片，有几个男孩在雨地里跑着，用那些小铁片互相抛掷着袭击对方。一块铁片落在素梅的黄油布雨伞上，啪的一声。该死。素梅响亮地骂了一声，但她脑子里仍然想象着男人在那楼上受的苦。素梅突然强烈地后悔那天来农具厂告状的行动，该死，我把庭方给害了，素梅用雨伞遮住脸抽泣起来，该死，该死。素梅扬起手掌扇了自己一记耳光。

遇到下雨天，护城河里的水会比往日绿一点，也要清澄一些。近郊农村水域中的水葫芦和解放草不知从何处漂进护城河里，一丛丛地随波逐流，远远望过去就像一块移动的草坪。而河上的浮尸也总是在这样的雨天出现在人们的视线里，香椿树街的人们谙熟这一条规律。但他们谁也说不清楚那是因为雨天容易死人，还是因为死人们喜欢选择雨天去死，就像河上的那些无名浮尸，谁也说不清死者是失足溺毙还是自寻短见的。

北门桥上站了一排人，他们穿着塑料雨披或者打着伞，一齐朝右面的河道里俯瞰。他们看见一具浮尸在两丛解放草之间忽隐忽现，慢慢漂进桥洞。有人高声说，是仰面躺着的，是个女的。另外的人都急急地跑到桥的另一边，等浮尸漂出桥洞。北门桥上一片惊叹之声，眼尖的人又说，可怜，是个女孩子呀。旁边有人想起打鱼弄的美琪，说，会不会是打鱼弄的美琪？这种联想立刻遭到了驳斥，驳斥者说，怎么可能？美琪的尸首要是找到的话，早就成白骨了，亏你想得出来。

东风中学的几个女孩子那天也在桥上，当她们发现有人把河里的浮尸与昔日同窗美琪联系起来，立刻七嘴八舌地宣布了那条荒诞不经的新闻，美琪，嘿嘿，怎么是美琪？她们说，美琪早就成了鬼魂啦！

打鱼弄的孙玉珠不止一次地看见过美琪的鬼魂。

几个月来，孙玉珠一直在为红旗的案子奔忙不息。区法院的人看见那个女人的身影出现在办公室时就说，她又来了，又来上班了。人们想方设法地躲开这个伶牙俐齿、坚韧不拔的女人，但孙玉珠不是谁能躲掉的人，她带了饭盒到法院去，法院的人不得不耐下性子听她为儿子翻案的种种理由。

孙玉珠说，你们知道吗？那女孩自杀了，她后悔了，是良心发现了。她亲口对我说过，不该诬告红旗，不该把红旗往绝路上推。

死无对证。法院的人不以为然。他们说，你不要为了给儿子翻案，随便往死人身上东拉西扯的。

你们怀疑我说谎？孙玉珠涨红着脸说，你们到香椿树街上去问问，我孙玉珠什么时候说过一次谎？

没说你说谎，法院的人说，法律不是儿戏，什么都要拿证据的。

这不公平，光让我们拿证据，怎么不要他们的证据？说我儿子是强奸，谁听见了？谁看见了？孙玉珠说着说着激愤起来，眼睛咄咄逼人地扫着众人，她要不是半推半就的，为什么不叫？为什么不喊人？左右都有邻居，对面水泥厂也有人，怎么谁也没听见？

你这是胡搅蛮缠了，法院的人对面前的女人终于失去了耐心，他们严肃地下了逐客令，我们这里是法院，不是居委会，你再大吵大闹，我们就要叫法警来了，以后别来了，要是不满我们的判决可以上告。

我要上告的，孙玉珠从椅子上站起来，尖声地说，市里、省里、中央，我都要去，共产党的领导，要实事求是，我就不信讨不回公道。

孙玉珠拎着饭盒颓丧地走下法院的台阶，看见布告栏前面围着几个人，朝布告上指指戳戳的。孙玉珠知道宣判红旗的布告还贴在那里，那几个人的手指因此就像戳在她的心上，她的喉咙里便升起一声痛苦的呻吟。孙玉珠匆匆地走过那圈人，忽然发现人群里站着一个穿绿裙的女孩，乌黑的长发和美丽的脸部侧影都酷似美琪，孙玉珠惊叹了一声。女孩从人群里转过身来，女孩的手里抓着一沓红色的蜡纸，她的一只苍白的手肘微微抬起，似乎要把那沓红色蜡纸朝这里扔过来。不，不要扔过来。孙玉珠尖叫着用双手捂住了脸。

当孙玉珠从惊恐中恢复了镇定放下手时，穿绿裙的女孩从布告栏前消失了。她揉了揉眼睛，女孩真的像一阵风似的消失不见了。布告栏前的人都回过头，惊讶地看那个尖声喊叫的女人。是个精神病，有人如此断言。孙玉珠似乎没有听见别人对她不敬的议论，活见鬼，孙玉珠的目光四处搜寻着什么，嘴里嘀咕着，真是活见鬼了。她想，一个鬼魂跑到法院来干什么？难道鬼魂也会告状吗？

孙玉珠记得她以前是惧怕鬼魂的，但对于美琪游荡的幽灵她已经习以为常。每当想起儿子红旗在草篮街监狱可怜的生活，愤恨就替代了恐惧，它使孙玉珠的眼睛里冒出一种悲壮的火花。她要跟美琪的鬼魂斗，她不相信一个大活人斗不过一个鬼魂。在回家的途中，孙玉珠苦苦地回忆幼时一个巫师到家中捉鬼的情景，她记得捉鬼需要许多黄草纸，但是到哪儿能请到高明的巫师无疑是个问题。孙玉珠走到一家杂货店门口，盯着货架上的一堆黄草纸犹豫了一会儿，最后她还是毅然决然地走进杂货店，买下了七刀黄草纸。

农具厂的人是在傍晚时分来到素梅家的。他们问路正好问到滕凤家，滕凤随手朝街对面指了指，突然觉得农具厂的人现在到沈家事因蹊跷，就端着饭碗溜过去听他们的动静。但是农具厂的两个人一进去就匆忙把门关上了，隔着沈家的门，滕凤只听见广播里播送天气预报的声音，却听不清屋里人的谈话。滕凤把耳朵贴近门上的锁眼，突然就听见素梅那声怪叫，极其尖厉而凄厉的。滕凤吓了一跳，手里的筷子掉了一根。当她弯腰去捡那根筷子时，听见门内响起杂乱而慌张的脚步声，夹杂着素梅的咒骂声。门开了，农具厂的两个人蹿出来，差点撞翻了滕凤的饭碗。她看见素梅手举一只淘米箩，疯狂地追打着两个来客，灰白的脸上涕泪交加，嘴里一迭声地骂道，滚，给我滚，从我家里滚出去。

第二天，香椿树街上许多人都知道沈庭方出事了。沈庭方在学习班上跳了楼，跳断了腿，富有戏剧性的是沈庭方跳楼的落点，正好是在农具厂的化粪池，化粪池的盖子被清洁工打开了。人们说那个清洁工其实救了沈庭方一命，要不是他忘了盖上那盖子，沈庭方就……从农具厂传来的消息说，沈庭方被送进医院时，浑身臭气，他对周围忙碌的人充满歉意，他说，再往左边歪一点就不会进去了。这种消息无疑是被好事之徒添加了佐料的，人们冷静地想一想，沈庭方当时绝不可能对跳楼的落点做出任何评价，他只是千方百计地想让自己的检查获得通过，而人在绝望的时候，常常会运用糊涂的办法解救自己。这是香椿树街那些饱经世事风霜的街坊邻居的共识，他们说，沈庭方这回是不幸中之大幸了。

几天后，叙德踩着三轮车把父亲从医院接回家，素梅脸色阴郁地守护在车上。当三轮车艰难地爬上北门桥，即将进入香椿树街区时，素梅从提包里取出一只大口罩给沈庭方戴上。然后又取出另外一只给自己戴上。她对儿子叙德说，快点骑回家，不要朝两面看。

素梅不希望任何人注意这辆三轮车，但事与愿违，在新开张的羊肉店门口，她看见一个腆着肚子的女人走出羊肉店，竟然是骚货金兰。金兰一边走一边打开手里的纸包，将一片粉红色的羊肉往嘴里送。两个女人的目光大约对峙了几秒钟，是素梅先偏转了脸，她的干枯皲裂的嘴唇在口罩后面蠕动了一下，却什么也没说。素梅现在心如死水，即使与骚货金兰狭路相逢，她也丧失了骂人的兴趣和寻衅的力气。她脑子里只想着一件事：快点回家，烧上几壶热水，给沈庭方好好洗个澡。

十四

广播里的天气预报说，北方的寒流正在南下，江南部分地区可能会有降雪。香椿树街的人们对此并没有在意，因为天气预报总是出错。但是冬至那天雪真的缓缓地袅袅婷婷地落下来，拎着空酒瓶前往杂货店打冬酿酒的人们都让雪片淋湿了头发和棉袄。他们站在杂货店里拍打着身上的小雪片，一边抬头望着阴郁的天空，说，冬酿酒还没吃，怎么就下起雪来了？又说，邋遢冬至干净年，今年过年天气肯定好的。而孩子们已经在街上疯跑了，小学校陈老师的弱智儿子爬到一辆板车上，用双手去接空中的雪片，接住了就用舌头舔，一边舔着一边快乐地喊，吃冷饮，吃冷饮啦。

雪下到半夜就成了鹅毛大雪，首先是水泥厂的大窑和化工厂的油塔变白了，接着是香椿树街人家的房顶盖了一层雪被，最后狭窄的石子路上也积起了二寸厚的雪。那些去亲友家喝冬至酒的人夜半归家，咯吱咯吱的踩雪声都清晰地传到临街的窗户里面。冬至夜就在米酒的醇香和醉酒者的踩雪声中过去了。

第二天清晨，滕凤抓了把扫帚到门外去扫雪，扫了几下就看见了那条僵死的蛇，滕凤吓了一跳。她已经许多年没见过蛇了，作为一个耍蛇人的女儿，她依稀认得那是被父亲称为火赤练的毒蛇，她不知道这条蛇为什么会死在她家门口。按照香椿树街的说法，祖宗神灵有时会变成一条蛇守卧在地下或院子里，他们把这些蛇称为家蛇，相信它们保佑着子孙后代安居乐业。但滕凤自从李修业被卡车撞死后，一直认定李家几代人都是罪孽深重而遭神灵唾弃的，她相信李家的朽蚀的地板下面只有老鼠而绝无神秘的家蛇，她真的不知道这条蛇为什么死在她家门口。肯定是冻死的。滕凤用扫帚拨了拨死蛇，死蛇像一段麻绳一样僵直而缺乏弹性。她记得父样说过蛇也怕冷，冬天蛇不出洞，那么昨天夜里它为什么冒着雪寒爬到街上来，为什么恰恰死在她家门口呢?

滕凤怀着不安的心情把死蛇扫进簸箕里，又在上面盖了一层雪块往垃圾箱那里走。街上已经有上早班的人小心翼翼地骑车通过雪地，也已经有孩子在门口堆起雪人。滕凤站在垃圾箱旁，茫然地观望着雪后的街景，突然觉得清冽的空气中浮起一种淡淡的蛇腥味。

那是蛇篓上散发的气息，那是她父亲身上和一条红底绿花棉被上散发的气息，也是滕凤作为一个耍蛇人的女儿永远难忘的气息。

滕凤捂住了鼻子，她又想起耍蛇的父亲。多年来滕凤已经养成了这个习惯，每次想起父亲她便会自然而然地捂紧鼻子。

后来滕凤就一直烦躁不安，对于她父亲的突然寻访，她是早有预感的。蛇先来了，耍蛇人父亲随后也将来到。

达生当时正和叙德一起在堂屋里打沙袋。沙袋是达生自制的，为了这口沙袋，达生拆掉了家里的一只帆布旅行包，到运输船上偷了五斤黄沙。达生不顾母亲的反对，把沙袋悬吊在堂屋的房梁上，他像凤凰弄的鸠山他们一样，一拳一拳地击打沉重的沙袋，看着沙袋像秋千架似的荡来晃去，听见家中的房梁吱吱地鸣叫。达生的心里充满了激情，他喊来了叙德。叙德摸了摸沙袋，第一句话就给达生泼了冷水，叙德说，这叫什么沙袋？怎么能用帆布？要用皮的，没有皮用人造革也行。达生有点窘迫，他说，我看见鼻涕虫的沙袋就是这么做的，反正是练拳头，管它是帆布还是皮呢。

达生扬起右拳击向沙袋，沙袋荡到叙德面前。叙德只是用手推了推，他的脸上仍然是一种鄙夷的神色，叙德扫了达生一眼说，这样练不出来的，瞎练有什么名堂？就算你拳头练硬了腿还是不行，腿上功夫很重要，不拜师傅永远练不出来。达生埋着头又打了几拳，他觉得叙德的奚落往往击中要害，这使他感到一丝愠怒。我也不想怎么样，只要在香椿树街上能对付就行了。达生说着突然想起那次倒霉的双塔镇之行，他的眼睛里闪出几朵冲动的火花，说，再去一趟双塔镇怎么样？再去找找王和尚怎么样？叙德却哂笑着挥了挥手，说，什么王和尚？你怎么什么都不知道？他那套武艺是骗人的，是花架子，真要打起来没有一点屁用。

沙袋仍然在半空中摆动，但达生已经停止了击打的动作，指骨和手背上有一种尖锐的痛感，达生好几次想抚摩痛处但都忍住了。他的迷惘而错愕的目光紧盯着叙德，似乎在判断叙德的消息是真是假。那么你说还有谁的武功最好，达生沉默了一会儿突然问，谁的武功最好？

十步街你去过吗？叙德斜睨着达生，咳嗽了一声说，现在都说十步街严三郎最厉害，轻功、硬功和散打，样样都厉害，不过你就别想拜他师傅了，人家早就收了关门徒弟。

他的关门徒弟是谁？达生问。

好像是公交公司的一个司机，叙德转过脸望了望门外说，也有人说严三郎儿子就是他关门徒弟，他儿子在北门的油漆商店。

滕文章就是这时候出现在门口的。滕文章头戴一顶本地罕见的黑毡帽，肩背包裹卷，手里提着一只蛇篓，朝门里探头看了一下，正好达生朝门外回头，滕凤的眉眼神气都在那个少年脸上得到了栩栩如生的再现，滕文章的眼睛就倏地一亮，喉咙里漏出一句深情的家乡方言，小把戏，凤丫头的小把戏。而滕文章的脚便情不自禁地踩到了门槛里面。

要饭花子怎么进来了？达生过来把滕文章往门外推，他说，怎么敢到我门上来要饭？快给我滚出去。

你不要推我，滕文章打开蛇篓的盖子，一条蛇就把脑袋探出来，蛇信子吐得很长，果然把达生吓了一跳。滕文章瞥了一眼素未谋面的外孙，背对着他坐在女儿家的门槛上。滕文章说，小把戏，你不要推我，我闯了五十年江湖，从来没有人敢推我，你怎么敢推我？

你是耍蛇的？达生仍然疑惑地审查着那只蛇篓，他说，你耍蛇不到街上去，到我门上来干什么？

滕文章笑了笑，朝地上吐了一口痰，然后他用一种威严的口气对达生说，去叫你娘出来，告诉她我来了，我是她亲爹，我是滕文章。

达生怔在门边，他看了看叙德，叙德的脸上是一种不怀好意的表情。达生摸了摸耳朵说，怎么回事？她有个亲爹，我怎么没听说过？

屁话，她没有亲爹，难道是从石头缝里蹦出来的？滕文章的情绪突然激愤起来，他怒视着达生，喉咙里呼噜呼噜地喘气，没有我就没有你娘，没有你娘就没有你，小把戏你听懂了吗？

不懂。达生偏过脸看着那只蛇篓，说，你还是耍一回给我们看看吧，篓子里有几条蛇？你会不会把蛇脑袋放进嘴里？你放一回给我们看看。

我耍蛇给你们两个小畜生看？滕文章愤愤地咕哝着，忽然站起来，向里屋高声喊起来，凤丫头！凤丫头！李修业！

凤丫头？叙德在边上嬉笑起来，他对达生说，你娘叫凤丫头？他还在叫你爹，你爹能听见吗？

达生这时候似乎已经相信耍蛇佬真的是他外公了，他没有再驱赶滕文章，她马上就下班回家，你等着吧。达生说完就重新击打起沙袋来，过了一会儿，达生才想起其中的疑窦。他问滕文章，既然你是她亲爹，为什么到现在才来我家呢？

滕文章坐在女儿家的门槛上，观望着暮色中的香椿树街，溃烂的眼角处凝结了一滴混浊的眼泪，他没有回答达生的疑问。

街上的积雪已经化成了泥浆和积水，从工厂下班的人们从耍蛇人滕文章的视线里杂沓而过。滕文章听着达生击打沙袋的噗噗的声音，听着他仅剩的三条蛇在竹篓里咝咝地游动，旅途劳累终于袭倒了他，滕文章就把脑袋枕在包裹卷上打起瞌睡来。不知过了多久，他觉得谁在动他的蛇篓，滕文章一下就惊醒了，别动我的篓子，小心蛇咬。滕文章搬动蛇篓之际，看见一个穿蓝色工作棉袄的中年妇人立在他面前。阔别二十年，滕凤从前红润姣好的面容已经变得憔悴而苍老，唯有眉眼的一颗黑痣还散发着他所熟悉的气息。滕文章混浊的目光久久地盯着那颗黑痣，说，凤丫头，我老了，我走不动了，让我在你家过个春节。

滕凤一手拿着油布伞，一手拎着装饭盒的尼龙网袋，她像一个木偶一样站在父亲面前，一种惊愕夹杂痛苦的表情凝固在滕凤的脸上。

我老了，耳聋眼花了，我不能再耍蛇了。滕文章抬起糙裂的手背揉着眼角，他的语调听上去是牢骚多于请求，去年在山东让蛇咬了一回，今年在乡下又咬了一次，× 他娘的，我真的不行了，我要在你这里住下来了，过个春节。

滕凤放下了手里的东西，这个动作表明她已经恢复了镇静。这条街上有好几座桥，你该记得，桥下都有桥洞，滕凤说，你怎么不去住桥洞?

屁话。滕文章朝女儿狠狠地啐了一口，说，亏你说得出口，养儿防老，当初要不是留这条后路，我就把你喂了蛇了，你这条命是我给的，你不养我谁养我?

你还不如把我喂了蛇。滕凤突然跺了跺脚，她的眼泪同时像断线之珠似的奔泻而出，你把我害成这种样子，还有脸来让我养你的老？你老了走不动了？走不动躺到桥洞里去等死，让你的蛇给你收尸。滕凤说着就把父亲的蛇篓扔到门外，然后她去推滕文章，滕文章用手抠住门框，推不动他，滕凤就朝屋里喊儿子，达生，达生，来把这个要饭花子赶出去!

达生匆匆地跑出来，他观察着母亲的表情说，吔，你哭什么？他不是你亲爹吗？滕凤捂住脸说，把他赶出去！达生哧地笑起来，一只手就去拉滕文章的胳膊，真滑稽，这种事情真他妈的滑稽。滕文章甩掉了达生，双目怒视道，滑稽？滑稽，滑你妈个 ×。滕文章退出门外，拎起他的蛇篓，他的一举一动现在都散发着明显的苍老迟钝的气息。滕文章慢慢地捆好背上的包裹卷，把蛇篓挎上肩，突然回过头朝达生笑了笑，小畜生，看见你娘怎样对我的吗？滕文章说，她今天怎样对我，你以后也怎样对她。

耍蛇人滕文章在二十年以后重游香椿树街，视线里的街景也似乎沾上一层模糊的白翳，但所有居民、工厂、店铺甚至垃圾堆的面目都依然熟稔。他记得在这条街上待了五天，嫁掉了唯一的女儿，记得他拿着新女婿给他的钱，在澡堂里泡了一个下午，喝了一壶香酽扑鼻的龙井茶，后来又去买了一瓶酒就着一包卤猪耳朵饱食一顿，吃完他就上路了。现在他竭力回忆着新女婿的职业和模样，却一点也想不起来，只记得那个人的双腿又粗又短，那个人穿着沾满油污的蓝色工装。

街上一片泥泞，石桥下的一片空地上，散落着橘子皮、白菜叶和草绳之类的垃圾，它们一概被雪水染黑了。有人匆匆地把自行车扛下石桥，有两个小女孩用竹筷串着几根油条，一边咬着油条一边朝桥上冲。滕文章在桥下站了一会儿，这样的地点人来人往，通常适宜于他的耍蛇表演。但滕文章现在已经习惯于放弃，他朝桥堍下走去，打量着哪个桥洞适宜避风避寒。香椿树街与别的地方并无二样，耍蛇人滕文章仍然得选择一个桥洞做他的栖身之所。

拾废纸的老康当时正在桥堍下的垃圾堆里寻找废纸，他看见滕文章对着桥洞里东张西望的，想起居委会的人总是要求居民们提高警惕防止阶级敌人搞破坏，就上去盘问了滕文章一番。

你是什么人？

什么人？我是耍蛇的。

那你不到街上去往桥洞里钻干什么？

我累，我走不动了，我要歇口气再走。

你那篓子里装的什么？

蛇。死的死，扔的扔，只剩下三条了。

三条蛇。不是炸药包？

什么包？我听不清你的话，耳朵不灵了。老啦，我要歇口气再走。大哥，我怎么爬不上去？你行行好托我一把。

老康看了看滕文章的竹篓，里面确实有三条蛇。他想，这人真的是一个耍蛇人，那么破四旧立四新怎么没有破到耍蛇人头上呢？老康还是有点疑惑，他还想盘问几句，但心中对这个苍老而衰弱的耍蛇人充满了恻隐之心，怎么睡桥洞？这么冷的天，会冻坏的。老康嘀咕着，但他还是在耍蛇人后背上托了一下，帮他爬进了桥洞。

耍蛇的？老康叹了口气，耍蛇的，我大概二十年没见耍蛇的人来了。

刮了一夜的风，早晨起来，滕凤的耳朵里还留着呜呜的风声。屋里很冷，昨天从缸里抓出来的腌菜上结满了冰碴。滕凤本来是想去打开煤炉的风门的，但在煤炉旁转了一圈，却忘了要干的事。她觉得头痛，这是老毛病，是多年来给死鬼丈夫李修业和儿子气出来的痛，但这次头痛与往日不同，她知道那是一夜失眠的缘故。父亲的突然出现，勾起了滕凤更加遥远更加辛酸的回忆。伴随着那些回忆，她的鼻孔里灌满了一股奇特的蛇腥味，只有一个耍蛇人的女儿能准确地分辨这种腥味，也只有这种腥味能使滕凤的心绪乱成一团杂色丝线。

滕凤打开临街的门，迎面扑来的是降温后的寒气。天色像刀刃上的光，微微发蓝，路灯还零星地亮着，街上没有行人，门口墙边也没有留下父亲夜宿的痕迹。滕凤突然感到心慌，桥洞，他真的住到桥洞里去了？这么冷的天，刮这么大的风，他真的在桥洞里过了一夜？滕凤这样想着，便给自己出了几道问题，假如他昨天非要赖在我家不可，我会不会把他硬推出门？假如他半夜里又来敲门，我是不是会起床给他开门？滕凤越想心里就越乱，一声短促的哽咽体现了她的茫然失措。滕凤抓过一把梳子用力梳着干涩的短发，心中突然又充满了另一种善行的声音，人心都是肉长的，怎么说他都是我亲爹，他对不起我，我要对得起他，他还能活几年？我就养着他，就当是积一回阴德吧。

滕凤大概是在早晨六点钟出门的，她先走到铁路桥的旱洞外面，旱洞洞口挂着几张破草包片，掀开草包片，她看见那对来自安徽农村的夫妇和他们的一群孩子缩在棉被里睡。那女人被声音惊动，直起身子问，谁？要买煤渣吗？滕凤连忙退了出来，站在外面愣怔了一会儿，眼前突然地浮现出二十年前她和父亲在这样的地方夜宿的情景，那些在竹篓里游动的蛇，那只像蛇一样在她身上游动的手，父亲和夜里的寒风是她记忆中的两把刀，它们在滕凤的身上留下了永恒的伤害。一列货车由东向西驶过铁路桥，尖厉的汽笛声把滕凤吓了一跳，滕凤像逃似的奔跑了几步，看着装满木材的货车渐渐远去，脑子里仍然想着父亲。畜生，老畜生，他现在想起女儿来了？滕凤自言自语地朝街南走，她对自己说，我在他眼里还不如一条蛇，蛇都装在篓子里带走了，把我往这里一扔，这样的爹，我还要去找他回家，我还准备给他养老。滕凤一边走一边叹着气，她说，像我这样做女儿的，满世界打着灯笼也难找。

滕凤走过卖豆制品的摊子前，看见已经有人守在那里排队买豆腐，而破篮子也已经排了一串，一直铺到药店门口。滕凤猛地想快过年了，人们已经提前在争购年货，不是买豆腐，是买紧俏的油豆腐、油面筋和百页，滕凤想她怎么糊里糊涂地把这么要紧的事忘了，就急急地挤上去捉住一个熟人，让她给自己留一个空位。熟人说，黄鱼车马上来了，你快回家拿篮子吧。滕凤答应着急匆匆地回家去拿篮子，原来的计划完全被打乱了。

就这么耽搁了两个小时，滕凤后来回忆起她排队买油豆腐的时候只是为手里少了一张豆制品票发愁，确实是把找父亲回家的事忘了。那天滕凤找到街北的石桥下时，太阳已经升得很高了。她看见桥下聚着一群人朝桥洞里指指戳戳，某种不祥的预感霎时浮上心头。

拾废纸的老康用衣袖拼命揉着红肿的眼睛，他向围观的人群重复着一句话，死了，昨天我看见他躺进桥洞，今天就死了。

是谁？是谁死了？滕凤挤进人堆问老康。

一个耍蛇的老头，大概是冻死的。老康唏嘘着望了望桥洞，说，昨天夜里刮那么大的风，我早知道他会冻死，怎么也把他拉到我家住一夜了，罪过，快过年了呀。

桥洞里有两个警察弓着身子走来走去，滕凤突然看见那只蛇篓被警察无意碰到了，蛇篓朝桥洞口滚来。蛇，蛇，蛇。滕凤就是这时候发出了令人恐惧的惊叫，几乎是在蛇篓坠入河水的同一瞬间，耍蛇人的女儿滕凤摇摇晃晃地昏厥在人堆中间。

被冻死的耍蛇人滕文章躺在一辆板车上，在冬日的阳光下通过香椿树街。起初人们还能够清楚地看见死者紫青色的安详的面容，七嘴八舌地猜测他的年龄和身世。后来拾废纸的老康在死者的脸上盖了一块手帕，又把桥洞里的那床棉被铺到死者的身下，人们对这样的运尸车立刻厌恶和恐惧起来，结队去上学的女孩子们更是掩着鼻子躲到别人家的门洞里去。

达生正在门口刷牙，他看见户籍警小马跟在那辆尸车后走过来，心中便升起一股挑衅的欲望。达生吐掉嘴里的牙膏沫，走上去斜着眼睛问小马，谁死了？给谁做掉的？小马说，滚开，没你的事。达生用牙刷柄挑开手帕，看了看死者的脸，是个老头，我以为是谁呢？达生有点失望地跟着尸车走了几步，突然对小马喊，喂，我认识这个死人，他是耍蛇的，不骗你，他来找过我。小马满含讥讽地瞟了达生一眼，你谁都认识，谁都来找过你，你他妈的真是个大人物。小马说着推了达生一把，滚开，这里没你的事。

运尸车经过北门大桥时，出了件怪事。小马突然看见一条蛇从车上钻出来，掉在地上盘成一圈，然后又舒展开身体朝桥下游，小马慌乱中抬脚去踩蛇。拉车的老工人叫起来，别踩它，那蛇有毒。小马的脚就放了下来，他眼睁睁地看着那条蛇从容地游向桥坡，嘀咕道，它往哪儿游？它想往哪儿游？

小马觉得这件事情很奇怪，他不知道那条蛇是从哪儿冒出来的，是从死人的破棉袄里还是从那床棉被里钻出来的？小马记得耍蛇人的蛇篓确确实实是掉在河里了。

十五

春节按理说应是好天，因为冬至下了雪，人们习惯于凭借冬至那天的气候预测过年的天气，一般都是准确无误的。但是这一年的太阳偏偏在除夕那天藏了起来，直到初三才露出半个脸来。应该是晴天的，因为冬至下了雪，但淅淅沥沥的冷雨从除夕一直下到初三的傍晚，节日的香椿树街上便是一片泥泞。出门拜年做客的人们打着雨伞穿着雨靴，孩子们不能放风筝和气球，妇女们不能在太阳下聚堆嗑瓜子和议论过路行人，女孩子舍不得在泥路上穿流行的丁字型新皮鞋。过年的气氛一下子就平淡许多，有人走在街上恨恨地埋怨不守规矩的老天爷，冬至不是下了雪吗？怎么过年又下起雨来了？神经病！

街上到处扔着甘蔗和果纸瓜子壳，还有许多红纸炮仗，有的炮仗完整干净，无疑是未炸响的哑炮。据说许多人家的关门炮和开门炮都是哑的，凭空给放炮人心里留下了一些阴影。

初一那天，王德基的儿子小拐穿了一双来路不明的马靴在街上来回地走，他在达生家的门槛上蹭靴底的泥巴，高声对他的朋友达生说，× 他娘的，过年有什么好玩的？一年不如一年了。

化工厂大门口有两只节庆灯笼，每到夜里便亮了。一只灯笼的红光直直地漫过狭窄的街道，投到素梅的窗户上，另一只灯笼则几乎就挂在滕凤家的北窗前。滕凤讨厌这种红颜色的光，她让达生用报纸把整个北窗都蒙住了，但那两张报纸被映成了淡红色；滕凤看着它仍然觉得刺眼，她只好改变卧床姿态，侧着身子背对着北窗睡。

自从耍蛇人滕文章冻死于桥洞里，滕凤就请了病假在家里养病。别人都知道她是让桥洞里那死人吓的，掐了人中把她弄醒后也就忘了这件事，没有人往蹊跷的地方想。而滕凤躺在床上时，脑子里经常盘算的就是这件事。她不能让任何人知道那死人就是她父亲，滕凤想她含辛茹苦地恪守了二十多年的妇德，她做人的规矩应该是被香椿树街人们所称颂的，无论如何不能让别人知道这件事，尤其是对门的素梅，否则她就有资本戳自己的后背了。

儿子达生是听见她与父亲的争吵的，滕凤猜不透儿子是否记住了他们争吵的内容。有一天，她一边看着儿子吃饭，一边就把数落儿子的话题切入到她的身世上，达生，你要争气，你不要惹我生气。滕凤说，我只有你这么个儿子，只有你一个亲人。我是孤儿出身，没有父母的，孤儿你懂吗？就是出世时父母就死光了的。达生果然瞟了一眼母亲说，你怎么又成孤儿了？整天就是吐苦水，怎么苦就怎么说，那耍蛇的老头不是你亲爹吗？滕凤一把抢下儿子的饭碗说，放屁，他是个老疯子，气死我了，我说什么你都不听，一个老疯子的话你一听就听进去了。达生好像有点走神，他咀嚼着嘴里的菜说，也奇怪，那老头怎么会冻死的？一个大活人被冻死了，真他妈的滑稽。滕凤心里莫名地一颤，眼圈突然就红了，她说，养儿防老就防这一天，就怪那老头没好好养下儿女呀。滕凤还想说什么，达生却站了起来，到屋角上去推自行车。滕凤连忙把饭碗递过去，你去哪儿？饭还没吃完呢。达生说，不吃了，大过年的也没个好菜，谁爱吃？我出去了，达生使劲踢开自行车的撑架说，我要去十步街，我要去找严三郎。

严三郎是谁？滕凤追出去问。但儿子头也不回地把自行车推到了街上。达生过了年是十九岁了，他脑子里装着另一个令人担心的危险世界。其实滕凤知道儿子不会对任何家事多嘴多舌，她只是习惯于担心而已。

滕凤站在家门口看了看节后变得更加肮脏的街道，心里想，又过了一个年了，一年一年日子就像飞一样地过去了。外面仍然清寒砭骨，滕凤隐约觉得父亲身上的蛇腥味残存在她家的门槛上、门框上，就随手拿起抹布擦门槛擦门框。不知怎么门框上留下的水印也让她想起了蛇，蛇，咝咝游动的蛇，父亲的蛇，滕凤觉得脑袋立刻疼痛起来，她想还是回到床上躺着。刚要关门，看见王德基拎着一扎糖年糕走过来，站在素梅家朝她拱了拱手，王德基喊，李师母，给你拜年啦。滕凤胡乱地敷衍了一句，拜年拜年，脑子里却在猜，王德基拎着糖年糕到沈家去干什么？滕凤关上门，又打开一条缝，从门缝里看见王德基进了对门。滕凤还是猜不出王德基到沈家来干什么，她知道他们两家一向是没有来往的。

素梅也不知道王德基来干什么，她讨厌不速之客，但人家送了糖年糕来，素梅便赔着笑脸泡了杯茶待客，一边审视着沈庭方的表情。她想男人和王德基之间的来往肯定是不清不白的事，所以素梅后来在厨房里包馄饨的时候，一直竖着耳朵听他们说话。

老沈，听说你是从五楼上跳下来的？王德基把象棋子哗啦啦地往桌上倒，他说，来下棋，一个男人躺在床上多难受，陪你杀一盘解解闷。

你听谁说我跳楼？沈庭方说，不是跳，是到楼顶晾衣服不小心摔下来的。

街上都这么说，咳，跳下来摔下来都一样的，不死就算命大，大难不死必有后福。来，下棋，你先走。

福？我还有屁个福，脊椎骨都摔断了，以后就躺床上吃劳保了，只好靠共产党养着了。

算不算工伤？算？算就好，这就是党的恩情了。

本来不算，素梅带着她弟兄几个到厂里闹了一场，她哥哥带了把斧头，她弟弟拿了把菜刀，这么一闹就算工伤了，哼，嘿嘿，那些干部，那些领导！

欺软怕硬？那是什么狗屁领导？喂，老沈，你怎么不走棋呀？

我算看透了，他妈个 ×。沈庭方的眼睛虚无地瞟了眼棋盘，一改平日儒雅的作风，响亮地骂了句粗话，他说，走棋就走棋，我沈庭方做人丢了面子，在棋盘上可是战无不胜的。

沈家来了一串人，有老有少，都穿着新衣裳，手里拎着糕点、甘蔗和水果篮。从他们进门起，王德基就偏过脸一点头朝每个人笑，显得漫不经心，目光不时地溜向几个中年妇女，终于忍不住问，老沈，哪位是你姐姐？

哪位都不是，都是素梅那边的亲戚。沈庭方说。

大过年的，你姐姐不来串个门？王德基又说。

她在浙江。沈庭方开始察觉到对方心猿意马，依稀记起来曾经许诺王德基的事情，脸色便有点窘迫，她又嫁人了，嫁到浙江去了。沈庭方轻描淡写地说，她够苦的，带着两个孩子，谁娶她也跟着一起受苦。

你不是说她没有孩子吗？

我什么时候说过她没有孩子？她有个儿子，有个女儿，我怎么会弄错？

你说过的，她没有孩子，你亲口对我说的。

怎么可能？是你自己记错了。

不，你说过的，你现在忘得一干二净了。

沈庭方注意到王德基脸色已经是铁青了，他知道他强词夺理的原因。原来王德基是来向他要老婆了，沈庭方又好气又好笑，想起自己就是害在王德基那支手电筒上，一股怒火沿着胸腔上升，变得恶狠狠的一声吆喝，将，将你妈个 ×。

你嘴里不干不净地骂谁？你敢骂我？王德基就是这时候拍案而起的，他把棋盘上的棋子掀倒在沈庭方身上，然后抓住沈庭方的衣领拎了一下、两下，看你的孬样可怜，我今天饶了你，王德基朝沈庭方挥了挥拳头说，否则我就让你尝尝无产阶级的铁拳头。

素梅和她娘家人拥过来时，王德基已经扬长而去。素梅最后听见的是王德基的一串咒骂声。

骗子！腐化分子！阶级异己分子！

素梅觉得莫名其妙，逼问沈庭方和王德基搞了什么名堂。沈庭方揉着脖颈说，我跟他能搞什么鬼名堂？他是输棋输急了，我以后要是再跟他下棋我就是狗。

十步街远远不止十步长，就像香椿树街上其实见不到香椿树一样。这里的房屋看上去比香椿树街更古旧也更残破一些，木头都露出了黑漆漆的颜色，晾晒的衣裳和腌肉腌菜也都挤在行人的头顶上，每座房子都像是被什么牵拉着，朝木塔一侧歪斜着。达生骑着车子在十步街上东张西望，他觉得本城的传奇人物严三郎不该是住在这里的，但他又想不出来严三郎应该住在哪里。

达生推开了十九号的门，里面是个天井，堆满了马桶和破烂的坛坛罐罐，一个女人蹲在地上，用炭盆里和好的碎煤粉做煤球，女人瞪着达生，你找谁？达生说，严三郎，当然是找严三郎。女人将手里的瓷勺朝背后指了指，又找他，都是神经病。女人说，现在的孩子都没人管教了，这样下去下一代都给他们夺去了，会“变修”的。达生没听清女人的话，他说，我找严三郎，他不是住十九号吗？女人再次用瓷勺指指后面，说，贼心不死，争夺下一代，你小心踩坏煤球，踩坏了你要赔的。

达生不想跟这个女人多费口舌，他从满地的煤球上跳过去，径直往这座老宅深处走，又经过了三间夹弄两个天井，他看见一堵板壁上挂着几把长剑，地上放着一对石锁，凭直觉达生断定那就是严三郎家。达生摸了摸那些剑，手指上沾了一层黑灰。他想剑肯定好久没用了，这并不奇怪，舞剑相对于拳脚功夫只是一种花架子。达生的脚步轻轻地移动到破陋的排窗前，看见的是一间光线晦暗的房间，一张黑漆漆的老式雕花大床，床上挂着纱布的蚊帐。达生先是注意到床边的那个老女人，她端着一只碗往蚊帐里面送，但那只碗被推出来了。达生看见红缎子棉被下有人蠕动着身体，含糊而愤怒地说着什么，他没有听清，只听见老女人充满怨气地说，辛辛苦苦熬了半天药，你又不喝，又不喝，随便你喝不喝吧。

我找严三郎。达生敲了敲木窗。

老女人端着那只碗走出来，朝达生上下审视了一遍说，谁家的孩子？你找他做什么？

我，我想学飞龙拳。达生说。

什么飞龙拳？老女人说，哪来什么飞龙拳？

大概他们传错了，是飞虎拳吧。达生盯着老女人手里的碗，一碗黑红色的药汁，呛人的药味直扑他的鼻孔，达生扭过脸看看天井里的一排木桩，说，飞虎拳要在木桩上练吧？我想学，哪怕学一手也行。

学那些有什么用？老女人突然哧地冷笑了一声，她端起药送到嘴边吹了吹，没看见他在吃药？她说，病来了什么也挡不住，拳脚再好也没个屁用。

达生这时候才意识到床上的病人就是严三郎，他愣了一会儿，突然说，病了没关系，等他病好了我就来学，今天拜师吧。

老女人想拉住达生，但达生已经一步闯了进去。他觉得房间里充斥着一股奇怪而难闻的臭气，好像就是从蚊帐后面散出来的。达生想怎么会这样臭，他屏住呼吸去掀蚊帐，里面的人却先于他伸出手捏住了蚊帐一角，是一只枯瘦如柴苍白如纸的手，手指上沾着几丝莫名的黏液，达生被那只手吓了一跳，紧接着他听见了严三郎的声音，仍然是含糊而愤怒的，仍然听不清楚，但好像是在骂人。

达生下意识地闪到一边，他问老女人，他怎么不会说话了？他在说些什么？

他在骂你，老女人又端着药碗坐到床边，她回头瞟了达生一眼，他骂你是小流氓，他说想学拳脚的孩子没一个好的，全是小流氓！

达生对意外的尴尬场面猝不及防，他狐疑地凑近蚊帐想看清严三郎的脸。蚊帐上映出一张老人枯槁的脸，眼睛里射出坚硬的寒光，而两片干裂失血的嘴唇不停地翕动着。这个老东西就是严三郎？严三郎快死了？达生这么想着手指就伸进老式床的雕花床栏里，狠狠地磨着上面的红漆。红漆没有磨下来，手指上沾了一层灰尘，达生顺手在蚊帐上擦了擦。这时候，他听清了严三郎的一句咒骂，小流氓，我一脚踢死你。达生发出了一声怪叫，老东西，到底谁踢死谁呀？达生放直手掌对准床架啪地打过去，说，老东西，你还嘴凶，我现在一掌就把你拍死了。

旁边的老女人勃然变色，她放下药碗去摘墙上的鸡毛掸子，但在她转身之际，达生已经溜出了那间屋子。达生一边走一边嘀咕，不教就不教，骂什么人呢？

达生站在十步街上茫然四望，街上显得有些冷清，其实任何一个街区都比不上香椿树街的嘈杂和热闹。街对面有一口双眼水井，几个小男孩在井边的水泥地上拍香烟壳。达生走了过去，坐在井台上看他们玩。他的心情很古怪，好像有点沮丧，好像有点怨恨，又好像是上了谁的当。严三郎，严三郎原来是个半死不活的老头！达生无情地冷笑了一下，突然觉得不甘心，不甘心这么白跑一趟。他想起叙德提到过严三郎的儿子和徒弟，或许他们真的武功高强？达生想与其再去和那个老头纠缠，不如去找他的儿子和徒弟。

你知道严三郎的儿子吗？达生跳下井台，抓住了一个小男孩的胳膊。

我不知道。小男孩厌烦地甩开达生的手说，别来烦我，轮到我拍了。

你就这么跟你爷爷说话？嗯？达生揪住了小男孩的耳朵，一只脚伸出去踩住了地上的香烟壳，说，谁告诉你轮到你拍了？喂，穿海魂衫那个，现在轮到你拍，拍呀，让你拍你就拍。

那个小男孩的耳朵无疑被揪疼了，放开我，我真的不知道，骗你是小狗。小男孩的叫声已经带了哭腔。

跟你爷爷求个饶。达生说。

求饶就求饶，求求你放了我。小男孩说。

达生放开那个小男孩，又转向另一个说，他不知道，你该知道吧，告诉我严三郎的儿子在哪里，要不告诉我他徒弟在哪里也行。

另一个男孩惊恐地望着达生说，他没有儿子，他有个徒弟在路口油漆店里。

错了，狗操的，他又在骗我。达生现在确信叙德说的严三郎其人其事全是假的，便咬牙切齿地骂了一句，狗操的，又骗我一次。

没骗你，他徒弟真的在油漆店里。小男孩急忙申辩道。

滚开，谁让你废话了？达生狠狠地推开那群小男孩，走到街面上。他听见身后有个小男孩轻轻地对谁说，快，快去找你大哥来。然后便是他们奔散而去的脚步声。达生当时意识到小男孩们是去搬救兵了，他想逃，但这个念头闪了一下便被否定了，好，去把你们的大哥二哥都找来吧，我怕个 ×。达生摇着肩膀在十字街上走，他对自己说，我怕个 ×。十步街的人算老几？我怎么也不能给香椿树街的人丢脸。

达生走到肥皂厂门口的时候，听见后面传来了一阵清脆的叫声，就是他！达生站住了，回过头就看见了三个膀大腰圆的十步街青年，他们一路奔跑着，来势凶猛地围住了达生。

是你欺负我家小弟？穿劳动布工装的人推了推达生，说，是你跑到十步街来欺负小孩子？

是我，怎么样吧？达生说。

你说怎么样就怎么样。穿劳动布工装的人话音未落就朝达生脸上打了一拳，另两个人也拥上来，一个用肘部熟稔地锁住了达生的脖子，一个则抬起腿对准达生的腹部连踢了三脚。

达生被打傻了，他不记得一共挨了那帮人多少拳脚，只记得脖子被勒得透不过气来，身体像一只皮球似的被他们踢来踢去。他叫喊着，三个打一个——狗屎，有本事——一对一。但他几乎听不见自己的声音。达生不知道肥皂厂的工人们是怎么把他架到传达室去的，依稀听见那三个人的骂骂咧咧的声音，哪条街上冒出来的狗屎？跑到十步街上来欺负小孩子？达生瘫坐在一张长条椅上，对肥皂厂那群工人的问题听而不闻。他摸了摸脸部，摸到一摊血，又摸了摸牙齿，一颗门牙只有一半还嵌在牙床上。达生将手上的血在裤子上擦着擦着，三个打一个，不是狗屎是什么？他说。过了一会儿，达生兀自冷笑了一声，又说，君子报仇，十年不晚。

离开十步街的时候，达生已经复归平静，屈辱的心情很快被一种非凡的设想所替代，等着我再来吧，我会让你们知道香椿树街人的厉害。达生站在一家理发店的玻璃门前，修整了一下狼狈的仪表，他决不能让别人看见他脸上的血斑，所以那天下午达生站在那里，用手指、衣袖和一把水果刀非常耐心地刮去脸上的每一点血斑。达生一边刮一边想，我怎么忘了这把水果刀？我应该来得及掏出这把水果刀的，现在后悔有什么用，吃一堑长一智，以后再来，以后再来踏平十步街。达生最后看见玻璃门上映出一张苍白的笑脸，他的腹部、脖颈和颧骨都在隐隐作痛，但脸上的血斑已经被刮得干干净净了。

过了正月十五，当香椿树街的人们吃完肉馅、豆沙或芝麻馅的汤圆，新年的气氛也在一些饱嗝声中悄然隐匿了。街上堆积了多日的垃圾被扫街的人装进了垃圾车，红色的喜庆标语被初五夜里的大风刮得支离破碎，有的在墙上挣扎，有的像蝴蝶一样沿着街面顺风滑翔，最后都让辛勤的老康一起拾进了他的纸筐。过年过完了，化工厂和水泥厂大门口的彩灯相继熄灭，结合成“欢度春节”四个大字的节庆灯笼也该摘下来了。化工厂的后勤科长老谢亲自去摘那四只大灯笼，他站在人字梯上对几个工人说，你们知道灯笼里的灯泡是多少瓦的？一千瓦，一千瓦呀。一个钟头就是一度电。老谢伸手去摘灯笼的时候又说，明年要换二百瓦的灯泡了，国家电力紧张，我们要节约用电。老谢说完突然哎呀叫了一声，人和梯子一齐朝化工厂的铁门倒下来。旁边立刻有人叫起来，触电了，肯定是触电。也不知道是怎么搞的，化工厂常出莫名其妙的事故，漏过毒气，现在又漏电，而且居然漏到了喜庆灯笼上。

后来就来了一辆救护车，救护车尖厉地鸣叫着驶过香椿树街，人们都奔到家门口目送救护车的白色背影远去。王德基一边用火柴棍剔着牙一边在街上走走停停，他朝那些沿街站着的熟人说，你说滑稽不滑稽？谢科长要节约用电，偏偏触了电，谢科长去摘那个带欢字的灯笼，偏偏在那个灯笼上触了电！操，真他妈的滑稽！

十六

叙德送完货回到玻璃瓶工厂，天色已近黄昏，女工们大概都已经下班回家，篱笆墙内异常的安静，只有由绿色、棕色、白色玻璃瓶组成的小山在夕光中反射出形形色色的光束。这样的安静使叙德感到陌生和不安，他双脚用力一蹬，运输三轮车就乒乒乓乓撞开了虚掩的大门，都滚回家了？剩下老子一个人在卖命。叙德跳下车，径直去敲麻主任办公室的窗子。他说，喂，给我记下来，一份加班工资。

麻主任正埋头画着什么表格，你瞎吵什么？麻主任头也不抬地说，年纪轻轻的多出点力也是锻炼的机会，什么工资不工资的？不要进步光要钱，资产阶级的拜金思想！

别给我乱扣帽子，你要是不给我算加班，到时我自己到会计抽屉里拿六毛五分钱，我不客气。叙德说着突然发现麻主任新戴了一副白边眼镜，忍不住扑哧笑起来，怎么戴眼镜了？你天生一双孙悟空的火眼金睛戴它干什么？不戴还看得清，戴了什么也看不清了。

你懂什么？最近厂里有阶级斗争新动向，我单靠眼睛不管用，戴上眼镜才能看得清楚。麻主任说。

叙德知道那不是玩笑，但他琢磨半天也没想出来谁是那个新动向。反正不是我，反正我没有新动向，叙德嘀咕着往角落里的简易厕所走，飞起一脚踢那扇纤维板的小门，门没踢开，里面响起一个女人惊怕的声音，谁？有人！

一听就是金兰的声音，原来她也没走。叙德想反身离开，他已经很久没与她说话了，起初是因为羞辱和愤恨，时间一长便成了习惯。但叙德刚挪步，身后便响起咔嗒一声，纤维板的门开了。他听见金兰用一种夸张而忸怩的语调打破了僵局，回头一看她正倚着门捂着嘴朝他笑。

一猜就是你，撒个尿也急得像狗。金兰说。

是我怎么样？叙德愣了一下，他觉得总这样躲着她有点失面子，他想审视一次那张熟悉而又久违的脸，但目光投过去很快就拐了个弯，落在旁边的竹篱墙上。他说，哼，是我又怎么样？

是你又怎么样？无情无义的东西。金兰说。

我不跟你啰嗦，叙德低下头往厕所里钻，他说，别挡着我，好狗不挡道。我再跟你啰嗦我就是傻 ×。

骂我是狗？我今天就做狗了，就不让你进去。金兰仍然堵着厕所的门，她脸上的微笑似乎是想激怒对方而挤出来的。就不让你进去，憋死你，金兰说，看你能不能把我吃了。

你脑子有问题，对，你就是个疯子，我才不跟疯子啰嗦。叙德朝金兰乜斜了一眼，掉头往玻璃瓶堆后面走，边走边说，哪儿都能尿，活人还能让尿憋死？

叙德在玻璃瓶堆后面又扫了金兰一眼，他发现她发胖了，或许不是胖，而是怀胎以后的体形变得臃肿而愚笨。金兰仍然站在那里，但脸上那种妩媚而带有挑衅意味的微笑不见了。叙德看见她抽了抽鼻子，金兰抽吸鼻子就说明她快哭了，倏地有一种类似薄布绷裂的声音飘过来，金兰果然哭了。

无情无义的东西，金兰伸出手捂住他的嘴，说，你还不如拿刀子来捅我的心。

到底是谁捅谁的心？你说的是外国话？我怎么一句也听不懂？叙德冷笑了一声，翻过一堆玻璃瓶，说，我要走了，我没工夫跟你多啰嗦。

沈叙德，你给我站住！金兰突然一声怒喝。

叙德一惊，他站住了，一边整理着裤子一边说，有屁快放，告诉你了我很忙，明天我要接见西哈努克亲王，后天接见金日成，我哪有工夫跟你啰唆？

金兰没有被叙德逗笑，以前的笑话对于这个孕妇就像对牛弹琴。沈叙德，你过来。金兰仍然阴沉着脸说，敢不敢过来？我要跟你说一句话。

那有什么不敢的？叙德嘁地一笑，他摇着肩膀朝金兰走过去，难道我还怕你强奸我？

叙德离金兰大约有一尺之距，他想向她炫耀自己满不在乎的目光和表情，但不知怎么难于抬头。他闻到金兰身上散发出粉霜和发乳的香味，那种香味勾起了一些紊乱而狂热的回忆，叙德的血从身体各个部分往上冲顶，他扯着略略嫌紧的喇叭裤，神情突然恍惚起来。野猫。叙德像以前一样叫了金兰的绰号，他的脑袋向左边扭过去，又朝右边歪斜着，野猫，你要跟我说什么？

我要你摸摸我们的孩子。金兰含泪睇视着叙德，说，我猜是一个儿子。

到底是我儿子还是我弟弟？叙德怪笑了一声。

是你儿子。金兰说，我要骗你我就是婊子货，你要是开得出口可以去问你爹，我有没有让他动真的。

儿子就儿子吧，说那些干什么？叙德摸了摸他的鼻子，说，儿子，嘿，儿子，怎么摸？

用手摸，笨蛋。金兰一把捉住了叙德的手，把它塞进毛线衣下面，轻一点，你怎么笨手笨脚的？金兰又笑起来，慢慢地移动着叙德的手，这是他的脑袋，你摸出来了吗？金兰说，还有这儿，轻一点，这儿大概是他的小屁股。

摸到了，怎么像石头一样硬邦邦的？叙德很快抽出了自己的手，他的身体在黄军装内来回摆动着，怎么搞的？痒死我了，叙德说，摸了一下怎么浑身痒起来了？

你还想杀我吗？金兰的泪眼里又迸射出万种风情，她的手悄悄伸过来，在叙德大腿上拧了一把，你要是杀了我，就把你的骨血也杀了，笨蛋。

办公室那侧传来关门上锁的声音，麻主任挟着黑包出来了。叙德想躲到厕所后面，但麻主任的短发猛地往这边一甩，谁？谁在那儿？麻主任厉声喊道，金兰，你鬼鬼祟祟地干什么？

我上厕所呀，金兰捏着嗓子说，你用不着这么紧张，我又不搞破坏。

谁知道你搞不搞破坏？上个厕所上老半天，麻主任踮起脚，眼睛越过玻璃瓶堆朝厕所后面张望着，还有谁在那里，给我出来！

叙德觉得躲不过去，就梗着脖子站出来，对麻主任说，你瞎吵什么？我们在讨论国际大事，苏修的航空母舰已经在美国登陆了，第三次世界大战就要爆发了，你不知道吧？你还是主任呢。

胡说八道，散布政治谣言，你想借谣言转移斗争大方向？麻主任冷笑了一声说，你们两个鬼鬼祟祟地在那里干什么？

没有鬼鬼祟祟，我们真的在讨论世界大战的事。

有没有世界大战要看中央文件，文件还没下来，轮得到你们两个人讨论？麻主任愤怒地拍着她的黑包，她的冷峻的目光在金兰和叙德的腰腹以下扫视着，你们两个人，哼，又缠到一起去了，江山能移本性难改，狗改不了吃屎。

主任你怎么说话呢？金兰说，上个厕所也犯错误啦？

亏你们想得出来，在厕所里偷偷摸摸的，也不嫌臭，也不嫌倒了胃口。麻主任拉开了两扇大门，朝厕所那边狠狠地丢了个白眼，还不快走？我要锁门了，我对你们总是宽大处理的，你们以后也该自觉点了，春天还没到呢，别在厂里叫春！

其实春天已悄然降临城北地带了。叙德和金兰一前一后走出玻璃瓶工厂，迎面拂来的是黄昏软软的风。一棵孤零零的梅树从花匠老刘家的天井里探出几枝花苞。我说哪儿来的香味？是梅花开了。金兰欣喜地拍了拍手，想伸手去摘花枝，却够不着。喂，你帮我摘一枝，金兰喊着叙德，一回头发现叙德疾步走远了。金兰就讪讪地骂起来，胆小鬼，他也躲着我了，沈家的男人，都是胆小鬼。

香椿树街上人来人往，过路人看见孕妇金兰仍然扭着腰肢在街上走，衣裳纽扣上挂着的栀子花一颤一颤的。骚货金兰成了孕妇后不改初衷，她依然向熟识的男人们抛去一个个媚眼。而男人们不知为了什么，轻佻的目光省略了金兰敷满粉霜的脸部和丰满的双乳，都盯着她的肚子看。不只是那些男人，许多香椿树街人都关心着金兰肚子里的孩子。

有人在外面敲门，一听这种杂乱而响亮的敲门声，达生就知道是小拐来了。别去开门，达生对母亲说，他又要来跟我挤一床了。但滕凤说，小拐可怜，你不可以这样对待他的。滕凤拉了下灯绳，刚熄的电灯又亮了。达生听见母亲用一种异常温婉和气的声音说，快进来，别冻着了。达生觉得母亲近来对别人客气得有点过分。

小拐的身上仍然套着过年新做的蓝卡其布中山装，显然裁剪得宽大了，袖子卷了一道边，口袋也缝得歪歪斜斜。滕凤问，这衣裳是锦红替你做的？小拐说，她哪会做衣裳？是百货店买的。滕凤知道小拐在说谎，却不忍心点穿，她跟在小拐后面，伸手在那件新中山装上拍了拍灰，说，你姐姐够能干的，不过一个家缺了亲娘就是可怜。

怎么又来了？达生斜眼看着他的猥琐的朋友，又让你爹赶出来了？

他赶我？到底谁赶谁呀？小拐的表情有点尴尬，他走到床头，从达生脑袋下抽掉一只枕头，我们家来了一大帮亲戚，住不下了。小拐说，我就委屈一下跟你挤一挤啦。

挤一挤可以，不过睡觉时不准你再瞎摸，达生说，你要敢瞎摸，我就掰断你的手。

不摸就不摸，小拐讪笑着爬上床，说，你又不是女孩子，有什么可摸的？

初春的夜晚，窗外响过几声春雷之后，便下起了雨，雨水滴滴答答地灌满了窗下丢弃的瓦罐，打在屋顶的青瓦上，则是一片沙沙之声。外面充斥着化工厂废气的空气渐渐被洗净，两个少年闻到了一种树叶和花卉的清新气息。达生睡意蒙眬，但每次入睡时，都受到了另一头小拐的骚扰。小拐的方法简单实用，他在达生的脚板上挠痒。

你再挠，我就一脚把你踹下床。达生说。

不是我，是蚊子。小拐在床的另一头嬉笑着说，你猜我昨天从化工厂捞了什么？打死你也猜不出来，一桶汽油，我就大摇大摆地把油桶从后门滚出来，谁也没注意。化工厂的人都是蠢猪，我哪天去把厂里的锅炉卸了运回家，他们也不会注意。

我最看不上你的花样，杀人放火都是本事，小偷小摸的算什么？达生说，我要睡了，你哪天放火烧了化工厂，我就认你是好汉。

放火还不容易？放火没意思。小拐说，我拿那桶油跟猪八戒换了一条香烟，群英牌的，我口袋里还装了一盒，你要抽吗？

明天抽，明天分我一半。达生说。

你猜我滚油桶的时候遇见谁了？小拐换了一个话题，语气也变得神秘而恐怖起来，打死你也不相信，我看见了美琪，美琪就站在化工厂的后门口！小拐蹬了一下床那头的达生，试图引起对方的注意，你猜美琪对我说什么？她说你要把油桶滚到哪里去？换了别人早就吓死了，我可不怕鬼魂，我说，关你屁事，说着推着油桶从她身边过去了。我还瞪了她一眼，美琪跟活着时差不多，就是身上湿漉漉的，我看见她手里捏着一沓蜡纸红心，也没见她往我身上贴，回到家脱衣服就奇怪了，嘿，衣服后面也被她贴了一枚蜡纸红心。

达生迷迷糊糊地听小拐在讲幽灵美琪的事，他懒得讨论一个女孩的鬼魂，便自顾睡了。那个奇怪的梦就在雨夜里出现了。他记得幽灵美琪挟着外面的小雨飘然而至，她的黑发绿裙上都还凝着晶莹的雨珠。美琪站在他的枕边，她的披散的长发掠过梦中人的面颊，冰冷、潮湿，却异常的轻柔。你来干什么？你该去找红旗报仇。达生愤怒地驱逐着幽灵美琪，但他很快发现那个湿润而神秘的身体是无法推却的，它像一束花散发着芬芳，歪倒在他的枕边，像一片月光清冷地歪倒在他的枕边。我是达生，我不是红旗。达生焦灼地申辩着。但他仍然看见美琪的黑发向下披垂，一点点地掠过他的面颊，美琪忧伤的眼睛和苍白的嘴唇一齐向他俯迎下来，逼近达生的面颊，他闻到了夏天夜饭花开放的清香。我是达生，我不是红旗。达生举起手，遮挡着那双眼睛和嘴唇。手臂上便也有湿润而柔软的东西掠过，好像是她的头发，好像是她的嘴唇。达生终于失去抵御幽灵美琪的力量，他的身体在棉被下抽搐起来。在心醉神迷的瞬间，达生看见幽灵美琪摇动她的长发，许多水珠子闪闪发亮地溅出来，幽灵美琪摇动她的手里的一沓红纸片，那些红纸片便像蝴蝶一样绕着他飞起来。

窗外的夜雨没有停歇，北窗被风推开了半寸，雨点轻轻溅到床头。达生醒了，两只手下意识地捂紧了短裤。他不知为什么会做这个奇怪的梦，美琪活着的时候他们毫不相干，没想到他会梦见她的鬼魂，而且让她搞得这么……狼狈，肯定有人把手伸到他短裤里了，肯定是小拐在搞鬼，小拐现在也许躲在被子里偷偷地笑。达生突然又羞又怒地把小拐从被窝里拖了出来，膝盖死死地压住小拐的胳膊。

我让你再瞎摸，达生咬牙切齿地说，看我怎么把你的手掰断。

你发疯啦？小拐惊叫起来，谁摸你了？我就摸了我自己。

谁摸你谁就是孙子。小拐在床的那一头赌咒发誓，突然大声喊叫起来，你看窗子，看窗上的玻璃，是美琪来过了。

达生抬头去看窗子，果然看见一枚蜡纸红心贴在玻璃上，雨夜里月色昏暝，那枚蜡纸红心被雨线洗刷着，泛出一圈温暖的光晕。鬼魂？鬼魂敢跑到我家门上来？达生怔了一会儿，突然将身子探着窗外，冒着雨把玻璃上的蜡纸红心揭了下来。他听见小拐在后面短促而狡黠地笑了一声，操他娘的，鬼魂居然敢跑到我这里来？达生骂着把蜡纸红心揉成一团，扔到窗外的雨地里。他看见蜡纸红心在一潭积水中轻轻浮动，那圈红红的光晕在蒙蒙雨雾中更显得艳丽炫目。达生伏在窗台上，朝它望了一会儿，细细回味刚才的梦，心里竟是怅然若失。

玻璃瓶工厂的一个女工有一天在街上拦住素梅，向她透露了一个重要消息，你儿子又跟金兰勾搭上了。那个女工悲天悯人地凑到素梅耳边说，劝劝你儿子吧，跟那个骚货缠在一起没有好结果的。素梅的心立刻往下沉了沉，脸上却装作若无其事地置之一笑，说，不会吧，我家叙德现在学好了，他舅舅给他介绍了个女朋友，谈得不错的。素梅即兴地编了个谎，又怕对方追问女朋友的事，就匆匆地撇下那个女工走了，一边走嘴里便咬牙切齿地骂起来，不争气的东西，脑子给狗吃了。这是在骂叙德。骚货，害人精，害了自己还要害人家童男子。这当然是在骂金兰了。

回到家里，素梅仍然喋喋不休地骂着。躺着的沈庭方听了心虚，壮着胆子问，你嘴里嘀嘀咕咕地骂谁？这么骂人你就长肉了？素梅先是不搭腔，光是冷笑，突然吼了一声，我骂她你心疼啦？沈庭方吓得缩起脖子，想了一会儿说，你的斗争性也太强了，毛主席是怎么教导我们的？犯了错误改正错误还是好同志嘛。素梅仍然冷笑着说，毛主席不知道你们父子俩干了什么龌龊事。沈庭方一时不知道说什么好，便把手放到腰部揉了揉，呻吟了几声。过了一会儿，他就听见素梅向他布置了一个非常艰巨的任务，叙德是你亲生儿子吧？是？是就好，他从小到大你有没有管教过他？素梅靠近沈庭方，一只手伸到他腰背上娴熟地按摩，眼睛却咄咄逼人地盯着他，说，这个儿子我管腻了，该轮到你管管他了。告诉你，他跟那骚货又勾搭上了。这回我不管，你去管。你跟那骚货到底有没有划清界限，就看这一回了。

沈庭方从素梅决绝的微笑里，发现这项任务是无法推诿了。然后便是一个四面楚歌的黄昏，沈庭方如坐针毡。他听见儿子推门回家的声音，听见儿子在饭桌上推动碗碟的声音，最后便听见素梅对儿子说，叙德，你慢点吃，你爹有话要跟你说。

当沈庭方被素梅架到饭桌上时，他像是怀着某种歉意似的朝儿子笑了笑，他夹了一块红烧肉放到儿子碗里。但叙德把它夹回到碟子里，用一种轻蔑的眼神扫了父亲一眼。沈庭方清晰地听见了儿子的嘀咕：有屁快放。

听说，听说金兰又来缠你了？沈庭方斟词酌句地开了一个头。

听说是听谁说的？怎么，你吃醋了？

金兰这种女人，你不要跟她认真，让她缠住了你就完了。沈庭方说，你是我儿子，我不会害你的。听我一句话，跟她一刀两断吧。

你说得轻巧，你告诉我，怎么一刀两断？

心肠要毒一点，该骂的时候就骂，该打的时候就打。沈庭方朝素梅瞟了一眼，欲言又止，迟疑了一会儿说，我是过来人了，女人是什么东西我比你清楚。你如果一辈子这么混，那你就跟她去混，你如果以后想结婚成家好好过日子的，那你趁早跟她一刀两断，现在还来得及，她的孩子还没生下来。沈庭方咳嗽了一声，突然加重语气，那孩子，你永远也别承认是你的。她在外面乱搞，谁知道那孩子是谁的？

叙德放下了饭碗，他伏在桌上歪着脑袋注视着父亲，眼睛里时而闪光时而暗淡，他的脸色却一点一点地发青泛白，很长一段时间里他保持沉默，只是从鼻孔里发出一些讥讽的气声。素梅在旁边注意到儿子的手一直在折压红木筷子，红木筷子似乎快要折断了，素梅就上去抢下了那双筷子，一边用眼神鼓励沈庭方继续他的教诲。

金兰这种女人，沈庭方看了看素梅，又看了看儿子，叹了口气道，金兰这种女人，一条母狗，你根本不用把她当人看的。

不把她当人看？把你当人看？叙德的微笑看上去已经露出几分狰狞。他站起身时，沈庭方下意识地往后一仰，双手举起来做了个停止的动作，但儿子已经被激怒了。你配教训我？你也不撒泡尿照照自己的嘴脸！叙德的手猛地在饭桌上一扫，碗碟乒乒乓乓地撞响了，一只菜碟直飞沈庭方的额角。沈庭方叫了一声，摸到满手油腻的菜汤，再摸就摸到一摊血了。

那天晚上叙德扬长而去，剩下素梅在暗淡的电灯下替男人包扎伤口，素梅看见男人始终闭着眼睛，疼得厉害吗？素梅在他额上粘出一个端正的米形胶布条，她说，你睁开眼睛试试，要是还疼就去打破伤风针。沈庭方睁开了眼睛，立即有一滴硕大的泪珠掉出眼眶。儿子打老子，沈庭方说，这回你满意了吧？你又让我出了一回丑。

沈庭方鼻翼上的那滴泪珠使素梅感到震惊，做了二十年夫妻，她还是第一次看见男人落泪。这会儿流眼泪了，你亲爹亲娘死的时候，也没见你掉一滴眼泪。素梅背过身去嘟囔着，恰好看见墙上的一张彩色年画，画上的那个女人挤在花丛里笑盈盈的，怎么看她的轻薄之态都酷似骚货金兰。素梅压抑不住心头的怒火，站在凳子上，三下两下地就把年画撕下来了。我饶不了你。素梅对着手里的纸团说，你让我沈家人出尽了丑，就这么算了？人不犯我，我不犯人，人若犯我，我必犯人。素梅把纸团塞到了煤炉里，看着火苗倏地蹿起来吞噬了画上的人和花，我素梅斗不过别人，不相信就斗不过一个婊子货。

香椿树街的人们认为素梅对金兰的惩罚是蓄谋已久的。那天是星期一，去工农浴室洗澡的女人很少，而素梅恰恰与金兰在更衣室里冤家碰头了。素梅不是一个人，她的姐姐和嫂子一先一后也都进了浴室。她们来者不善，这种闹事的端倪金兰觉察到了，所以金兰一直缠着一个玻璃瓶厂女工，打听在哪里能买到奶糕。她说话的时候，不断用眼角的余光观察素梅和她的亲眷。她们不动声色，只是在她洗头的时候，相继抢占了淋浴龙头。金兰没有与她们争，她顶着满头的肥皂泡沫站在角落里等，她想她们来者不善，千万不能与她们争吵。

金兰是突然发现她的危险处境的，当她终于洗好一遍头抬眼四望时，另外几个女浴客已经走了，她看见那三个女人正在互相交流诡秘的眼神。金兰下意识地去收拾她的毛巾肥皂，水不热，会冻出病来的。金兰故作镇静地评价了一句水温，便匆匆离去。但她刚走到门口，就听见了素梅一声尖厉大声的呵斥，站住，你往哪儿走？

虽然有所防范，金兰还是被惊了一下。她扶住水泥墙定了定神，回头说，我往哪儿走？滑稽死了，我往哪儿走要你管吗？

把我的金耳环拿出来。素梅的嗓音愈加尖厉了。

滑稽死了，什么金耳环？金兰茫然地抖开毛巾，又把肥皂在盒子里翻了个身，说，哪来什么金耳环？

你还装腔？我进来时就见你的贼眼往我耳朵上瞄，嘿，耳环还真的滑掉了，还真的让你捡到了。素梅已经挡住了金兰的去路，一边朝外面的女浴客招着手说，大家都来做个证，抓到了一个女贼。

你别血口喷人，金兰的声音已经近似哭号，她拼命地抖着毛巾和肥皂盒，我让你找，反正我还没穿衣服。金兰也朝外面喊着，大家都来做证，她要是找不到我就赏她一记耳光。

谁打谁的耳光呀？素梅这时假笑起来，她的目光却沿着孕妇臃肿的身体上下滑动着，你让我找？是你让我找的。素梅说着就开始动手翻弄金兰烫过的发卷，找不到就算我诬蔑你，素梅说，我自己打自己的耳光。

别把我的头发弄乱，弄乱了你出钱给我去烫。

头发弄乱了有什么？你浑身上下哪儿都弄乱了。

别碰那儿，你再碰那儿我扇你耳光。

那儿碰碰有什么？我儿子碰过了，我男人碰过了，是男人都能碰，我怎么就不能碰？

男人能碰就是不让你碰。金兰怒喊着推开了素梅，又推开了素梅的女亲眷。这时候，旁观者们开始上前劝阻素梅，似乎每一个人都猜到金耳环是虚设的一个借口，素梅不过是出一口气罢了。出了气就行了，劝架者说，让她穿好衣服吧，人家怀着孕，闹得太凶怕伤了孩子！浴室里沉寂了几秒钟，她们听见金兰在窸窸窣窣地穿衣服，金兰在戴一只香椿树街罕见的黑色丝绸胸罩，手忙脚乱，怎么也扣不上。金兰突然就呜咽起来，说，今天撞到鬼了，好好地想洗个澡，撞到鬼了。

你看那胸罩，素梅向别人撇着嘴说，腆了那么大的肚子还想着招蜂引蝶，戴给谁看？

戴给你男人看，戴给你儿子看！那边的金兰跺着脚喊。

工农浴室里的那些妇女后来评论金兰的这句话，都说那是火上浇油，金兰要是识趣不该说这句话的，本来素梅已经被劝住了，素梅已经开始在梳头发。她们看见素梅的脸刹那间变白，她的嘴唇开始颤抖，她的视线像一束火似的追逐着金兰。金兰穿到一半时，发现有人丢眼色，便把剩下的衣服塞进了网袋，她走到大门边掀起棉帘子时，素梅突然尖叫一声，抓贼，别让她逃了！

于是有了令整个香椿树街瞠目结舌的一幕。在一个春光晴好的日子，在工农浴室的门口，过路人看见骚货金兰被三个女人按倒在地上，金兰的衣服被一件件地撕开，最后露出了孕妇特有的河豚似的肚腹。女人们是在浴室狭窄的过道里扭打，过往的男人们不敢走进属于女浴室的地界，便都挤在门口围观。他们看见素梅抓着一把梳子，在金兰的大肚子下面捅着，素梅嘴里喊着，我让你偷，我让你藏！门口的过往行人互相打听，偷什么？藏什么？谁也不知道，就又挤在一起朝里面望，又看见素梅朝外面挥着梳子说，大家都来看看这个女贼，偷了男人不够，还要偷我的金耳环。

拾废纸的老康那天也在浴室的门口，老康声嘶力竭地对那里喊，沈家嫂子快住手，你会犯法的。但根本没有人注意老康的喊叫，老康急得去拽旁边的一个男人，说，你们怎么看得下去，快去把她们拉开呀。那男人没听清，头也不回地说，别拽我，你要看我不要看？老康就用铁笊子去夹他的手，老康说，没有王法啦，你们怎么不去拉开她们？那男人终于回头瞪了老康一眼，是你，“四类分子”。

他认得老康是谁，怪笑了一声说，你怎么不进去拉？你又在伪装好人了？其实你这种阶级敌人唯恐天下不乱。

后来是老康跑到理发店去叫老朱的。老朱赶到工农浴室时，人群已经散去，他看见金兰拎着一只网袋倚靠在镜子上低声啜泣。老朱出于职业性的习惯，首先从白色工作服口袋里掏出梳子，在金兰凌乱的发卷上梳了几下。金兰却狂叫了一声，拍掉那柄梳子，把它扔掉。金兰异常恐惧地瞪着男人手里的木梳，她哭叫道，快把它扔掉，扔掉！

春天在浴室门口发生的事件不了了之。老朱曾经去找派出所的小马，要他拿出一个处理的办法。可是小马觉得老朱是在故意为难自己，这种事情让我来处理？小马牢骚满腹地说，做香椿树街的户籍警算我倒八辈子霉，什么狗屁小事都来找我，女人跟女人打架都是嘴里舌头惹出来的，让我处理？让我处理也可以，你把她们一起叫到派出所来，我给她们一人一记耳光教育教育。老朱觉得小马没有听清事件的过程，他说，不是打架，是她们三个人打金兰一个人。她们竟然当众把金兰的衣服撕掉了，她们眼里还有没有王法？小马说，我知道，我知道，你这种男人，嘿，自家女人让别人剥了裤子，怎么还整天挂在嘴上？小马用一种无可奈何的目光扫视着老朱，说，女人跟女人打，雷声大雨点小，闹不出人命的，你一个大男人就别挤在里面起哄了。老朱愣了一会儿，说，光打几下也算了，光撕衣服也不计较了，可她们还用木梳捅，太下作了。她怀着孩子，经得起这么捅吗？小马啧啧咋舌，他注视老朱的目光里流露出几分厌恶。老朱你看你，这种事还挂在嘴上？你不嫌腌丑我还嫌呢，小马说，女人跟别人打架，动不动就走下三路，老一套，我没空管这种事，你去找居委会吧。

老朱在气头上，对小马的推诿很愤怒，一时却找不到表达愤怒的方法，茫然四顾间，倏地发现一把理发剪躺在窗台上，老朱就一把抓过来说，这是我们店里的，借了公物要还。老朱抓着那把理发剪气冲冲地走出派出所，临出门向小马丢下一句话，以后剃头原价收费。

老朱那天正在气头上，他马不停蹄地赶到居委会，刚进院子就听见一个女人凄凄的哭声，隔着窗子一看，是素梅在向几个女干部哭述着什么。老朱想这不是恶人先告状吗，他想冲进去教训一下素梅，脑子里却立刻想到一句民谚，好男不跟女斗，我现在打了她，明天沈庭方和叙德再来打我，这不是解决问题的办法。老朱想我姑且听听那个泼妇怎么说吧，他贴墙站着，听见了素梅指天发誓的声音。我要是说谎就是畜生，我的金耳环真的在浴室里丢了。素梅一边哭一边说，她真是没捡到，说一声不就行了？她不该说那种不要脸的下流话，她知道我心脏不好，存心在气我。老朱想素梅什么时候有心脏病了，这不是坐地耍赖吗？她要是有心脏病，就该拿医院证明出来。老朱正想跨进去这样胁迫素梅，突然听见一个女干部接过素梅的话茬开口发言了，你也别生气，谁是谁非群众的眼睛是雪亮的。女干部用一种干练而沉稳的语言解剖着这场风波，她说，金兰的生活作风糜烂透顶，我们也听到了很多反映，我们大家都有责任教育她挽救她，但千万要注意方式方法。女干部话锋一转，就转到了事情的关键处，怎么能去剥她的衣服？怎么能用梳子去捅？毕竟不是敌我矛盾，金兰是工人家庭出身，毕竟还是人民内部矛盾嘛。

老朱不知道为什么突然失去了原先的冲动，女干部的那番话似乎也帮助他认清了金兰的最终面目。老朱抓着理发剪的手机械地动了几下，把白色工作服的衣角莫名其妙剪下一块。老朱后来就捏着那块衣角，慢慢退出居委会的院子。他的心情很古怪，有的是感激，有的是羞辱，有的却是悲伤和酸楚。算了吧，这个骚货，她自己也有错。老朱最后对自己说。

事情就这么含含糊糊地过去了。按照香椿树街人的理解，金兰老朱一方肯定心里很虚，否则怎么会善罢甘休？在这条街上无法树良好口碑的人，他们的冤屈往往会被公正舆论所忽视，而金兰的冤屈也像初春城寺下的柳絮，飘了几天就无声地消失了。

十七

东风中学的教导主任春节以后频频到王德基家造访，说要把小拐重新请回学校的课堂。我们开除的学生太多了，挨教育局批评了。教导主任面有愧色地对王德基说，你儿子是工农子弟，小偷小摸的毛病是有的，但也不是原则性问题，我们研究来研究去，想在小拐身上做个试点，看看学校能不能把这种有污点的学生培养成社会主义新人。

怎么不能？王德基当时就冲动地把小拐的书包掼在桌上，说，主任你看这只书包，我把它洗得干干净净的，他姐姐补了三次，就是等着这一天，这样就对了，学校是革命的阵地，本来就不该把工农子弟往门外推呀。

教导主任让王德基弄得有点尴尬，把目光投向角落里的小拐，他发现小拐一直躲在那里哧哧地笑，他不知道小拐在笑什么。荒废了这么长时间，小拐的学习肯定跟不上。教导主任说，我们研究来研究去，准备让小拐留一级，不留级恐怕不行。

留一级就留一级，只要让他回学校，哪怕留三级也行。王德基挥了挥手道，反正我们也不指望他挣工资养家。

小拐你的意见呢？教导主任转向小拐，赔着笑脸说。

让我回去也可以，不过有个条件。小拐转动着手腕上的橡皮筋，啪地弹了一下，然后慢吞吞地说，我不要李胖教课，我看见他就讨厌，你知道吗？李胖看见女同学就笑，看见男同学就瞪眼珠子。

你这么说好像言过其实了，李老师工作很负责的，为什么这么讨厌他呢？

不为什么？我就是讨厌他肥头大耳一本正经的样子，他对女同学动机不良。小拐摇着头说，反正我不要他教课，要不然我就不回学校。

住嘴，王德基怒吼着冲过去抓住了儿子的衣领，一扬手就朝他脸上扇了一巴掌，让你回去算看得起你了，你还敢挑三拣四地挑老师？

小拐捂住了他的面颊，但只是捂了那么一下，五根手指在右颊处灵活地挤压着，最后若无其事地挠了挠。为什么老师可以挑学生，学生不可以挑老师？小拐阴沉着脸说，你们懂不懂？那是师道尊严，要批判的。

教导主任那天讪讪而别，临走时王德基向他拍着胸脯担保，说一定会让小拐回到学校去。教导主任的情绪明显受到了打击，他说，专门为你儿子换老师是不行的，他回不回学校由你们决定，我们不勉强，最多另找一名学生做试点吧。王德基急忙说，不勉强怎么行？一定要勉强，这小畜生要是不肯去我就五花大绑把他绑到课堂上。

小拐重回学校是在一个星期一的早晨。从香椿树街走到东风中学大概要走五分钟，但他觉得这条路突然拉得很长，混迹在早晨上学的少男少女群里，使小拐觉得乏味而难堪。他一直苦苦地琢磨怎样背书包，怎样才能区别于别的中学生，那只讨厌的书包不管是背着、拎着还是摇动着，一样让小拐觉得别扭，最后他干脆把它塞进线衫里面。因此，那天街上的人们看见王德基的儿子小拐后背上又鼓出一个大包，远看就像个小罗锅。

路过街南石桥下面时，小拐迎面看见叙德拉着一车玻璃瓶过来，想躲已经来不及了。叙德在车上大声说，拐 ×，大清早的你拐到这里来干什么？小拐看了看街边的露天小便池，灵机一动，说，你管得宽，我来撒尿。小拐往那儿挪过去，听见叙德在车上骂，笨蛋，街上哪儿不能撒？偏要拐到这里来。小拐没有答话，等到叙德骑车过去了，小拐回过头说，你管得宽，你还是操你那老 × 去吧。身子一扭，线衫里面的书包就掉下来了，小拐从滑腻的溅满污迹的台阶上拾起书包，愣了一下反而幸灾乐祸地笑了。上学，上学，小拐说，第一天书包就掉尿池里，还上什么狗屁学？

第一天回学校小拐就出了风头。

小拐坐在业已陌生的教室里东张西望，唇边始终挂着一抹轻蔑的微笑。他问同桌的那个男孩，这儿怎么像幼儿园似的？我怎么谁也不认识？那个男孩抢白了他一句，你不是留一级吗？小拐就瞪着四周的人说，留级？我王大拐跟你们坐在一起，是你们的光荣。

小拐没想到第一天就与李胖狭路相逢。第一天就上了李胖的政治课，他记得李胖踏进教室时朝他投来厌恶的一瞥，以后李胖浓黑的眉毛一直扭成一个八字，小拐知道李胖的眉毛是为他皱起来的。厌恶对厌恶，小拐伸直手臂对准讲台做了个扣动手枪扳机的动作，喊，他神气活现什么？小拐说，进来了也不跟老子打个招呼。

政治教师李胖后来对他的同事说，他一看小拐贼眉鼠眼的样子，气就不打一处来，但是为了尊重学校的安排，他始终压住自己的火气。我倒像怕他似的，眼睛不敢朝他看。李胖怒气冲天地说，你不看他他却要来撩你，乱插嘴，你讲一句他插两句。到底是谁给谁上课？

政治课上到一半，李胖叫了一个男孩站起来提问，什么是资产阶级法权？那个男孩支支吾吾地回答道，是不是资本家？要不就是账房先生吧？李胖刚想发作，听见小拐又在插话，笨蛋，这么简单的问题也不知道。李胖走过去用教鞭敲着小拐的课桌，请你不要乱插嘴。李胖用一种严峻的目光逼视着小拐，说，你要知道也可以站起来回答，就怕你什么也不知道。小拐斜着眼睛说，你怎么知道我不知道？我要是知道了怎么办？李胖说，你要是答出来了，我当学生，你做老师。小拐哧地一笑，抬眼望着天花板说，什么是资产阶级法权？让我举个例子，你就是一个资产阶级法权。你长得那么胖，我们却长得那么瘦，你可以拿教鞭随便敲谁，我们却不可以敲你。你不是资产阶级法权是什么？

当时教室里哄堂大笑，李胖终于按捺不住满腔的怒火，他一把揪住小拐的衣襟将他拎到门外，小偷，三只手，李胖猛地撞上教室的门喊道，给我滚回大街上去吧。学生们都从窗玻璃里偷窥外面的小拐，看见他把脸贴在玻璃上，做了一个鬼脸，你发什么脾气？不懂就虚心一点嘛。小拐用手指戳李胖。然后他就从走廊上消失了。学生们都以为他回家去了，临近下课的时候，却看见他又回来了。小拐推开窗户，一扬手将一只纸包扔向李胖，不偏不倚正好落在讲台上，送你一样礼物，小拐这么叫了一声又离去了。李胖用教鞭挑开那只纸包，一堆粪便就赫然暴露在学生们的视线中。

那天李胖在办公室里暴跳如雷，学校的领导都闻声而来，任何人的劝慰对于李胖都无济于事。李胖只是一味地喊着，这种孩子该进监狱，你们想挽救你们去给他上课，东风中学有他没我，有我没他，你们看着办吧。领导们看了看窗台上那个纸包，都觉得在小拐身上做试点砸锅了，但他们对李胖的态度也颇为不满，你是老教师了，跟一个孩子斗什么气？教导主任批评李胖道，都像你这样动不动撂挑子，教育革命怎么进行？都像你这样，我们学校挽救一个差学生的指标怎么完成？

李胖第二天就递上了调动工作的申请报告，当场就被学校方面拒绝了。领导说，学校就你一个政治老师，你怎么能走？李胖说，这政治谁都能教，谁想挽救那小拐子谁去教，反正我不教了，我一站到讲台上就要呕吐。学校不肯收他的申请，李胖预料到了，后来他住进了医院，让家属送来了一张病假单，病假单上罗列的疾病有高血压、心脏病、胃溃疡等近十种。按规定是可以长休在家的，学校的领导看到病假单不知说什么好，他们知道李胖那些病全是真的，问题是他带病工作了这么多年，最后竟然为小拐和一泡屎丧失了工作热情，未免有点可惜。本来我们要推选李老师做“全市优秀园丁”的，领导们暗示着李胖的妻子说，能不能让他再坚持一下呢？没想到那女人的火气比李胖还要大，今天送屎，明天就要送刀了，她冲动地朝操场上的学生指了指，这都是些什么孩子呀？一个个像要杀人似的，再支持我们家老李的命都要保不住了。

尽管李胖妻子的话有点危言耸听，在场的那些老师还是被触动了心中的隐痛。他们隔窗望着操场上一群男孩追逐揪打一个男孩的情景，一个个沉默无语。这年春天，东风中学的教师们人心浮动，最直接的诱因似乎就是小拐与李胖闹出的事件。学校的领导权衡再三，忍痛放弃了小拐这个教育改革的试点。教导主任再次登临王德基家门时，眼睛里沁出了泪光，不是我们不想挽救你儿子，是你儿子不肯配合，教导主任说，还是让他回家吧，我们已经找了另一位同学做试点。王德基知道儿子重归学校的事情已是昙花一现，他扳着手指算了算儿子归校的日期，一、二、三、四、五，一共才五天，操他娘的，一共才五天。王德基苦笑几声，猛劲地握着教导主任的手，表示他的谢意，我的儿子我知道，学校是教不好他的，王德基突然咬着牙说，要揍，要往死里揍，揍掉他半条命或许能长出点人样。

王德基把小拐五花大绑地捆起来，扔在床底下，扔了一天一夜。锦红和秋红不敢去救他，只是在夜里偷偷地往他嘴里塞一块饭团。第二天王德基去上班，锦红壮着胆子把小拐从床底下放了出来。小拐身上的绳子刚松开，就腾出手给锦红一拳，我的肚子快饿瘪了，你倒吃得香，还在那儿咂嘴。小拐命令锦红，快给我盛饭，把家里的菜全给我端上来。

小拐吃饱喝足后就出了门，他在街上晃悠了半天，最后又跑到达生家去了。学校那李胖让我气走啦，小拐满脸喜色地对达生说，嘿，李胖，李胖这种人撞在我手里，那是小鬼撞见了阎王爷。小拐说着摸了摸手上被勒疼的地方，忽然有点茫然，又说，够精彩的，够激烈的，老子差一点与他同归于尽！

春天的河水水位降低，假如从水泥厂那侧遥望对岸的香椿树街，可以看见临河人家浸于水中的墙基长满了青苔，暗绿色的，或者深棕色的，是历史和水在石头上镌刻的标志，或者是久远或者是新鲜的。岸墙的石缝里，有时可以看见螺蛳和一两株蓬勃生长的青菜秧。这种天然食物当然只能被河上船家所发现，发现了也就被遗漏了。船总是咿呀呀地驶过香椿树街临河的窗口，船上的人和岸上的人互不相关，却总是互相戒备和提防着，几百年来一直是这样。

三月的一天，一只来历不明的木船在水泥厂的小码头附近不停地转着圈，船上的两个男人手持着长长的钩竿在河里打捞着什么东西。临河的窗户里的人都注意到他们的钩竿，那种特殊而奇怪的器具使人顿生防备之心。女人们纷纷收回了挂在后窗前晾晒的衣物，而且关闭了所有临河的门窗。但是人们发现那只船上的人目光非常专注，他们一次次地把钩竿插入河心。掏着挖着，最后便捞上了那些神秘的武器，一挺重型机关枪、四把冲锋枪，还有许多小手枪和步枪，装子弹的木箱已经腐烂成泥。当它们被捞到河面上时，那些精美的铁锈红的小金属便纷纷泻散，留下一阵清脆的水花激溅的回声。

有关那批武器的来历众说纷纭。水泥厂的人说那是当年武斗时厂里失踪的那批武器，有人言之凿凿地吹嘘他亲手扣过那挺重型机关枪的扳机。但是香椿树街的居民不相信这种说法，他们说挖泥船每年都要来清除河底的淤泥，假如真是武斗那年丢入河中的，那批武器早就该打捞上岸了。对水泥工厂的否定容易成立，也就使街上流传的另一种说法更加可信。另一种说法令整个城北地带人心惶惶，香椿树街上有人私藏过一堆武器，是谁？是谁在如此美好安详的年代里藏过一堆武器？

十八

儿子的脸被铁栅栏分割成块状，苍白地透出一股凉气，昔日光洁的颏部和唇角现在长出了一片紊乱的胡须，而红旗的那双漂亮的眼睛——那双眼睛曾经被左邻右舍视为孙玉珠著名的凤眼的翻版，现在它们像两颗玻璃珠子似的呆滞无光。在短暂的探监时间内，它们躲闪着游移不定，一会儿追逐狱警的咯吱作响的皮鞋，一会儿盯住一只沿墙根爬行的蟑螂，却不正眼朝孙玉珠看一下。孙玉珠每次看到儿子的这双眼睛，便心如刀绞。好好的一个孩子，孙玉珠噙着眼泪喃喃自语，好好的一个孩子被他们害成这样。

红旗，你看看我脸上的皱纹，你看看我的头发，孙玉珠抓住耳边的一绺白发对儿子说，你看看我为你操心老成什么样了？

红旗的手在铁栅栏上拍了拍，他的目光匆匆掠过母亲的那绺白发，说，我吃不饱。

给你带了那么多东西，还吃不饱？你给别人吃了？

红旗不肯回答母亲的疑问，他的双手焦灼地拍着铁栅栏，那双漂亮而空洞的眼睛里，倏地升起一股怒火，那团怒火确凿地停留在孙玉珠脸上，并且开始燃烧起来。

你把我弄出去，半年之内你把我弄出去。红旗说。

孙玉珠被儿子突如其来的最后通牒惊呆了。

半年之内，你假如不把我弄出去，以后也别来探监了。红旗说，你假如再敢来，我就撞死在这铁栅栏上，不骗你，我说到做到。

四月的一个春意盎然的日子，当孙玉珠走上市法院的台阶时，耳边回荡着儿子的最后通牒。儿子的声音决绝而冷酷，它使孙玉珠的心碎成无数沙砾。她走在台阶上时，听见一种神秘的声响尾随在身后，就像沙砾互相挤压摩擦的声响，回头一看却什么也没有，只看见自己的身影被四月的阳光拖曳着，长长的稀薄的一条，那么疲惫那么瘦弱。孙玉珠忽然觉得这场诉讼已经把她从一个美貌的中年女性变成一个可怜的老妇，一边走着，眼泪一边就婆娑地落下来了。

孙玉珠端坐在法院的接待室里，从区法院到市法院，她已经习惯了这种墨绿色的坐着很不舒服的长条凳，习惯了上访者谄媚的腔调和芜杂的多为鸡毛蒜皮的上访内容，当然对法院的人特有的严厉冷漠她也不以为怪了。孙玉珠想我反正不卑不亢，我反正摆事实讲道理，我儿子不是强奸，我儿子的户口簿上的年龄未满十八岁，他们把红旗的案子判错了，他们该给红旗翻案。孙玉珠想，我不是无理取闹，你们阻止我来我还是要来，天底下总有个公理，我有理为什么不能来?

你又来了。法院女干部的表情果然是孙玉珠想象的那样，尖刻而很不耐烦。她用圆珠笔敲着桌沿说，你儿子的上诉被驳回了，你再来多少趟也没用，你这样一趟一趟地跑来有什么用?影响我们的工作!

法院也是为人民服务的吧?孙玉珠这么回敬了女干部一句，突然想到女人对女人难办事，便转脸对另一个男干部说，上次的申诉材料你们看了吧?那份不够详细，我又带了一份新的来。

已经驳回了，用不着再写材料，写多少材料也没用。男干部说，回家去吧，这么好的天气，回家去晒晒被子。

你的意思是判错就判错了?孙玉珠冷笑了一声说，你的意思是我儿子冤枉就冤枉了，我就找不到说理的地方了!

女干部在旁边愤然道，别跟她废话，让她再往上告去。

我没跟你说话，你这种女同志肯定没儿没女的。孙玉珠的眼睛仍然逼视着那个男干部，她把手里的一沓信纸轻轻地放在他办公桌上。这份材料才详细，你要是看过了，就知道我儿子是不是强奸了，孙玉珠说，性命攸关的事情，你们……我求你们再看一遍吧。

已经驳回了。男干部的肘部在桌上滑了滑，将那沓信纸推出去几寸，有几页纸轻飘飘地从桌沿上掉到地上，男干部愣了一下便弯腰去拾，但他的手被孙玉珠狠狠地推开了。

孙玉珠自己收起了所有信纸，她把它们放进尼龙包里，牙齿始终紧咬着嘴唇，她的整个脸部都扭曲着。两个干部以为他们将听到那种熟悉的夸张的哭号，但孙玉珠没有再哭。她一步一停地走到门边，回过头扫了两个干部一眼，你们难不倒我，孙玉珠说，我是要往上告的，去省里，去北京，就是告到中央去也不怕，我就不相信找不到一个说理的地方。我要是告死了还有我男人，我男人告死了还有我儿子女儿，你们等着吧。

孙玉珠走出法院时，突然觉得眩晕，脚下的台阶都像活物一样晃动蹦跳起来。她想就近坐下来休息一下，但是那个穿绿裙子的女孩突然出现在她迷离的视线里。女孩坐在前面低处的台阶上，乌黑的湿漉漉的长发向左右甩动着，一张苍白美丽的脸慢慢地向孙玉珠这边转过来，是美琪，又是那个湿漉漉的到处游逛的幽灵美琪。孙玉珠觉得她被幽灵注视的脸部冰凉冰凉的，就像一汪水汩汩流过，孙玉珠不再恐惧。你在这里，你来得正巧，孙玉珠快步冲向女孩，我要抓你进法院对质，你去告诉他们，那天的事情是不是强奸？是不是强奸？孙玉珠的手刚触及幽灵的绿裙裙摆，一片细碎的水珠溅了起来，幽灵美琪黑发飘起来，小巧而丰盈的身体跳起来，霎时间疾行二十米。孙玉珠看见她站在一丛紫荆花后面，表情漠然地朝台阶眺望着，她手里捏着一沓鲜艳的蜡纸红心。我儿子在坐牢，你却在这里闲逛，你别逃，你怕去对质？你逃到哪里都脱不了干系。孙玉珠踉跄着朝幽灵美琪冲过去，她看见了女孩若无其事的微笑，女孩跷起兰花指拈住一枚蜡纸红心，对准它吹了一口气，孙玉珠便看见一块红影直直地朝自己飞过来，她胸口的剧痛就是这时候产生的。我儿子在坐牢，你却在这里玩纸片。孙玉珠捂住胸口撞在那丛紫荆花上，最后那个痛苦而悲恸的瞬间，她相信自己抓住了幽灵美琪的绿裙子。

也许是抓住过什么，孙玉珠的手穿过了紫荆纵横交错的花枝，执拗地伸向另一侧，她的手最后是握紧的，确实像抓住过什么东西。那也是香椿树街有口皆碑的贤妻良母孙玉珠最后的姿态。

有人在法院门口目睹了孙玉珠猝死的过程，他们不相信有关幽灵的说法，他们说那个女人的脑筋出了点毛病，她想抓获的其实只是紫荆花、阳光或者空气之类的东西。

香椿树街上怪事迭出。有一群妇女去打鱼弄参加孙玉珠的葬礼，吃完了豆腐斋走出打鱼弄时，暮色苍茫，她们本该在电线杆下分手各自回家的，但当时的天色和怀念死者的心情促使她们在电线杆下围成一个圆圈，以滕凤为中心。她们缅怀着孙玉珠死不瞑目的一生，也对自己做女人的生涯感慨万千。当时没有风，也没有谁去摇晃那根黑漆斑驳的电线杆，但不知怎么电线杆突然倒伏下来，妇女们听见轰的一声，头顶上蓝色火花闪了闪，电线杆便倒下来，把她们分成两个队列。紧接着三条电缆线在妇女们脚下蹦跳着，滚动着，缠住了好几个妇女的脚。

打鱼弄口一片惶恐之声，妇女们相帮着从电缆线的环圈中突围，每个人都惊出一身冷汗。好好的电线杆怎么倒下来了？差点跟着孙玉珠一起去了。妇女们惊惧之余，突然怀疑那是孙玉珠阴魂不散，要拉一些人给她垫背。可是不管阴间阳世都没这个道理呀！滕凤在人堆中响亮地说，不管玉珠死得多冤，她不该在我们身上出气，我们是来给她送帐子的呀。

不仅是打鱼弄口的电线杆莫名其妙地倒了，四月里一种古怪的皮炎在香椿树街居民中迅速地蔓延。患了皮炎的人脸上身上长满了红色的芝麻似的斑点，奇痒难忍，痒了便抓便挠，那些人脸上因此爬满了一条条的粉红色的指甲划痕，病情厉害的就长出满脸的水痘，不得不戴上消毒口罩遮丑。人们纷纷拥进药店买消炎药膏，健民药店里所有的药膏告罄。一个女店员在门口的黑板上写了几个醒目的大字：药膏售完。

联合诊所的医生认为香椿树街流行的皮炎与化工厂的污水排放有关，他们说化工厂的污水管直接通往护城河，沿河的人家为了省几个水费，喜欢在河里淘米洗菜，长此以往不染上个什么病才怪呢。这种说法令人信服，也再次煽动了香椿树街人对这家工厂的排斥情绪。有患了皮炎的人从联合诊所出来，振臂一呼，走，有胆的人跟我去堵化工厂的污水管！立刻有许多年轻人响应，嘴里喊着，堵，堵死它！那群人风风火火地走过半条香椿树街，在化工厂堆满油桶的小输油码头上站成一堆。在堵塞行动发生之前，他们的心情已经有了微妙的变化，一半人仍然愤怒，一半人却为排遣一段无聊的时间，还有几个人则畏畏缩缩地跑到油桶堆上，摆出一种事不关己的姿态袖手旁观。

寡妇滕凤的儿子达生挑选了一只小号油桶，他扛着油桶涉水凫到那个排水洞口，把油桶轻轻地推进去。不大不小，油桶正好充塞了排水洞。不大不小，达生狂喜地叫起来，一只油桶，正好堵住这只洞。

小码头上的人谁也没想到堵洞后的遗患。那天夜里街上开始驻水，水从街上的十七个窨井盖下喷涌而出，渐渐变成十七口黑色的泉眼，污水在街上形成星罗棋布的水洼，随地势变换着形状和气味，行人们在街上惊慌失措。参加了白天堵洞的人突然醒悟到水祸的原因，他们断定是化工厂的地下排水系统被那只油桶搞乱了，简直是作茧自缚，那些该死的水现在干脆溅在他们的鞋袜上了。有人跑到小码头，搬除油桶，有人便冲进化工厂的值班室里大吵大闹，但是已经晚了。污水泛滥了一夜，第二天早晨香椿树街几乎成了泥沼泽国。

四月里倘若有人到香椿树街走亲访友，便会看见一种奇怪的街景。街上到处是肮脏的水，人们在晴天白日下，穿着雨靴走路，穿着雨靴走路的人们一路走着，尽是怨声载道。

王德基的大女儿锦红第一次与男朋友约会，脚上就穿着那双不合时宜的雨靴，虽然是宝蓝色的，但雨靴毕竟是雨靴，它使男朋友小徐不止一次地低头研究雨靴的性质和意味。

雨靴。锦红的双脚下意识地缩到长椅下面，她半羞半恼地说，我们那条街上到处是水，出门只好穿雨靴，真气死人了。

雨靴。小徐笑着说，我还以为是新流行的皮鞋呢。

我有皮鞋，可街上那么多污水，怎么能穿出来？锦红又伸出一只脚，朝那只雨靴瞪了一眼，不知为什么也瞪了小徐一眼，她觉得他让自己难堪了。

第一次约会不得不在雨靴上费这么多口舌，都怪化工厂该死的污水泛滥。锦红坐在文化宫旱冰场边的长椅上，离小徐约有一尺之距，她始终矜持地噘着嘴。耳边是此起彼伏的吱啦啦的噪声，许多男孩女孩在旱冰场上滑旱冰。锦红不知道小徐为什么选择这个地方约会，人多眼杂而且很吵。她想就此提出疑问，但又不想使自己成为谈话的主动一方，女孩子家不能太主动，让他多说话，他多说话就把自己一点点暴露了，他暴露得越多，我才不至于上当受骗。

我去租两双鞋，我们去溜圈怎么样？小徐说。

这样溜来溜去有什么意思？锦红说，再说我也不会，我就是会今天也不溜冰。

为什么？你不会没关系，我可以教你呀，小徐说，我溜得很老练的，局里比赛第三名。

锦红想怪不得他要在旱冰场约会，原来想在我面前露一手。一个疙瘩如此轻易地解开了，锦红扭过脸看旱冰场上的人群，你教我？她说，怎么教呢？

很容易学，我拉着你跑上三圈，保证你不会摔跤了。小徐说，我不吹牛，我们厂里有一半人滑旱冰都是我教会的。

你拉着我的手？锦红突然冷冷一笑，很快调整好坐姿，审慎地瞥了小徐一眼，你好像很贪玩的？她想不妨就在这里切入正题，反正迟早要问的。贪玩的人在家肯定不做事，锦红装作漫不经心地问道，你是独生子吧？

不，我们家有十八个孩子，我是第九个。小徐说。

锦红猛地用谴责的目光瞪了小徐一眼，不管是他的表情还是声调都表明那是个玩笑，锦红明明知道那是玩笑，脸却仍然沉了下来。不要开玩笑，锦红的声音很生硬，她说，第一次见面，不要乱开玩笑。

又不肯溜冰，又不准开玩笑，你这位同志太——

太什么？

太——小徐欲言又止，忽然嘻地一笑说，你太像一个党员了。

不要给我戴高帽子了。锦红疑惑的眼睛里掠过一丝嗔怪之色，她说，我怎么会是党员？我一不会拍领导马屁，二不会装积极抢风头，你呢？我正想问你，你是不是党员？

当然是，三八年入党的老党员了。小徐信口说着，倏然意识到对方厌恶玩笑，立刻刹住话头，换了一种严肃的口气说，坚决不开玩笑了，说真的，你对我印象怎么样？你是不是觉得我像个滑头？

我没有印象，第一次见面谈不出什么印象。锦红有点忸怩起来，她用手绢在脸上盲目地擦了擦，说，那么你呢？你对我有什么印象？

我倒对你有印象了。我觉得你像一棵萝卜，一棵红萝卜。小徐抓挠着头发，很明显他在寻找一个恰当的比喻，因此他的手不停地做着手势，他说，你别瞪我，我没有恶意，你像红萝卜，红萝卜没什么不好。

你说我胖，红萝卜？锦红的脸幡然变色，她的嗓音随之尖厉起来，红萝卜？什么意思？你给我解释清楚。

你别发火，我的比喻可能不对。小徐有点慌乱地做着手势，突然从手势中发现了什么，对了，一棵青菜，青菜不胖吧？小徐望了望旁边的女孩，两只手终于摆出青菜的象征停滞在膝盖上，他说，我没有恶意，别瞪我，我真的觉得你像一棵青菜。

一棵青菜？你是在骂我土气？

不，青菜碧绿的，很朴素也很实惠，怎么能说是土气呢？哎，你别走，我真的不是那种意思，你别误会。

少来这一套。锦红忍无可忍地站了起来，她的脸颊因为愤怒而涨得通红，你知道我对你什么印象？锦红毫不示弱地逼视着小徐说，你是流氓、骗子、神经病！

锦红怒气冲冲地离开了旱冰场，走到宣传栏那里，她又回头望了一眼，远远地恰好看见小徐从旱冰场的入口滑到了人堆之中，他的溜冰姿势在人堆中无疑是最优美最熟练的，他那稚气未脱的脸上，仍然是那种快乐而狡黠的笑容。这个神经病，把别人气走了，自己去溜冰。锦红自言自语着，心中隐隐地怅然若失，这种男人其实不坏，就是一张嘴讨厌，他说那些话其实不见得是侮辱，但是一句话为什么不能好好地说，偏偏要说萝卜和青菜？这种男的，模样、心眼和家境都不错，可他偏偏要让一个羞怯而自尊的女孩拂袖而去。吹就吹，锦红想，我要是再回去，就让人家瞧不起了。

一颗石子不知从哪儿飞来，打在锦红的宝蓝色雨靴上。锦红四处搜寻时，小拐从宣传栏下面钻出来。小拐站在他姐姐面前，嘴里嘿嘿怪笑，一只手朝锦红伸过来，平摊着。哈，你搞地下活动，小拐说，哈哈，都逃不过我眼睛。

你在盯梢？锦红怒声道，谁让你盯梢的？

还有谁？王、德、基，他派我来的。

恶心，把我当什么了？锦红的眼睛里闪过一丝怨恨的寒光，然后她在小拐摊开的手掌心狠狠地拍了一下，干什么？把你的狗爪子放回去。

留下买路钱。小拐的手重新在锦红面前摊开，说，留下一块钱，我就给你保密，你要是小气，哼，一切后果由你自己负责。

恶心，你们把我当什么了？我一分钱也不给你，你去向他汇报吧，我不怕。锦红扭过头就走，突然想起什么又站住了，她问小拐道，你知道文公巷那里的人说萝卜是什么意思？还有青菜，青菜是什么意思？

先给一块钱，给了我就告诉你。锦红迟疑了一下，终于还是从纸叠的钱包里掏出了一块钱。但是锦红很快意识到她上了弟弟的当，小拐抓过一块钱往裤腰里一塞，他朝她咧嘴笑了笑说，你真笨，萝卜就是萝卜，青菜就是青菜。

四月是香椿树街的多事季节，除了在法院门口猝死的孙玉珠，还有另外几个人在四月蒙受死亡的厄运。年老的女人去铁路路坡上的蚕豆田摘蚕豆，摘满了一篮后，急着赶回家做晚饭，不知怎么没听见火车的汽笛被车轮带进去了。那辆火车当时在道口附近掉头倒车，司机说他拼命向摘蚕豆的女人挥旗呐喊，可她浑然不觉，她走得很快，她走得再快也不如火车轮子快。司机说许多住在铁路沿线的居民有这种危险的习惯，他们放着路轨旁的石子路不走，偏偏要在路轨中间的枕木上走，大概是错觉所致，以为那样能走得更快些。他们耳聋了吗？火车司机总是用一种冷酷的观点评论事故起因，他们在铁路边上种菜、养鸡、捡废纸，铁路是开火车的，又不是谁家的自留地，死在火车轮子下面是白死，哭吧，闹吧，再哭再闹也拿不到一分钱的抚恤金。

人们一路狂奔着到铁路上去看死人，看见老女人的那只篮子还丢弃在路轨旁，篮子被压瘪了，蚕豆荚散失在枕木和石子缝里，每一颗都是碧绿而饱满的。有人捡了一颗蚕豆荚剥了，挖出里面的蚕豆说，够新鲜的，这时节的蚕豆最嫩最鲜了。

死人的事是经常发生的，但四月的几个死者似乎都死得冤枉，而且留下了许多争议，其中白痴男孩狗狗之死使许多人卷入一场有关善行和良心的辩论之中。

狗狗那天站在街西的石桥上，准确地说，狗狗是站在石桥的桥栏上。他伸开双臂，在桥栏狭小的平面上，摇摇晃晃地走着。他对每一个走过石桥的路人说，我会飞，你不会飞。那天有许多人从石桥上走过，每个都对狗狗喊了一声，狗狗，危险，快下来！但狗狗毫不理会那些声音，他低头朝桥下的河水俯瞰着，嘴里发出一种喜悦的喘息声，我会飞，你不会飞。狗狗一遍遍地向行人叫喊着，突然张开双臂，像一只真正的飞鸟扑向桥下的河水。最后这个瞬间，桥头站着三个行人，他们呆若木鸡。也只是在这个瞬间，三个人才意识到他们刚才是可以制止狗狗的，他们刚才是可以把这个白痴男孩从桥栏上拖下来的。

问题就出在这里。狗狗的母亲是红旗小学的老师，出事当天她正带着四十个学生在郊外爬山春游。狗狗的母亲后来坐在石桥上大声恸哭，她抓住每一个走过石桥的人问，你刚才从这儿过了吗？那些人都说，没有，我刚下班回来，我要是看见狗狗肯定会把他抱下来的。狗狗的母亲边哭边说，我带着他们的孩子春游，孩子们吃喝拉撒我都管，可狗狗爬到桥栏上他们都不管，他们为什么不肯把他抱下来？抱下来就没事了，为什么不肯抱一抱他？人们都围着周老师听她哭诉，一些妇女陪着周老师落泪，用尖锐的词语抨击那些见死不救的人。但几乎所有的人都矢口否认在桥头上遇见过狗狗，那些抨击性的言论便变成目标不明的泛泛而谈了。

谁在下午四点半过了石桥？这是周老师后来致力于追查的谜底。她对小学校的同事说，我也不想把那些人怎么样，我也不能怎么样，可我就是想弄清楚那些人是谁。同事们都怜悯周老师，他们帮着她调查研究。尽管那些当事人对桥头事件讳莫如深，周老师还是从桥下的水果摊和裁缝店的人那儿打开了缺口。人们后来听说周老师手里捏了一份特殊的名单，名单上罗列的人名计有二十余人。天下没有不漏风的墙，许多人打听到了名单的内容。于是席卷了整个香椿树街的桥头事件风波再起，有人跑到周老师家里赌咒发誓，声称她道听途说使自己背了黑锅，逼着她把自己的名字从名单中划掉。周老师却装聋作哑，她说，哪来的名单？我有什么权利记黑名单？你那天有没有走过石桥，不用告诉我，告诉你自己的良心吧。

良心这个简单而常用的概念渐渐在香椿树街风靡一时，人们后来动辄就在谈话或争吵中提到良心。你有良心吗？你还算有点良心。你还有一点良心吗？你的良心让狗吃了。即使是被周老师记入黑名单的人，他们也用良心这个词为自己的辩解做有力的论据。周老师还有良心吗？我在水里泡一个钟头捞她家狗狗。他们说，好像是我把狗狗推下桥的，她把我记在黑名单上，她还有一点良心吗？

王德基声若洪钟，那种嗓音天生使儿女敬畏，四月以来王德基对儿女的斥骂开始集中在锦红身上了。每次锦红对着小镜子往脸上敷雪花粉时，总能发现父亲在监视她。她从镜子反光里窥见那张熟悉的愠怒的脸，她知道父亲为什么对她出门如此痛恨，正因为摸透了他的心理，锦红反而对他的态度泰然处之。他不想让我出门，锦红想，可是他心里的想法说不出口，他想让我一辈子守着这个家，他想让我变成一个嫁不出去的老处女，可是他说不出口。

我去桃子家做裙子，锦红说，碗洗好了，热水也都烧好了，我一会儿就回来。

那袜子留给谁洗？王德基说，让我洗？想让我洗吗？

袜子是小拐的，让秋红洗吧，让小拐自己洗，他长这么大，也该洗双自己的袜子了。

你洗得不耐烦了？急着要嫁人了？王德基冷笑一声，突然踢翻了脚边的一只凳子，我熬光棍养你们，养了十六年也没有不耐烦，你才帮家里做了几年事？你已经不耐烦了？

莫名其妙，我不是告诉你我去桃子家做裙子吗？又不是我一个人的，还有秋红的裙子。锦红扶起凳子，从桌上拿起一卷花布挟在腋下，一边朝门外走一边说，我一会儿就回来，给我留着门。

你出去到底干什么我知道，王德基说，他妈个 ×，我一辈子最恨说谎骗人，可谁都来对我说谎，谁都来骗我。

我骗你干什么？我骗你干什么？锦红走到门外，回过头又说了一句，桃子答应帮我做裙子的，现在去她应该在家的。

锦红走到街上时，听见父亲在门边朝她吼了一句，你耳朵竖着，八点钟不回来就锁门了，八点钟不回来你就永远别回来了。锦红的心颤了一下，她站在街上低头嘀咕了一句什么，终于还是扭着腰肢往街口走了。八点钟，锦红想她一定要在八点钟之前回家，也不知道现在几点了，她没有手表，虽然她一直渴望像织锦厂的其他女工一样买一块漂亮的手表。我连一块手表也舍不得买，挣来的工资全部花在他们身上，可他从来就没说过一声好。锦红这样想着鼻子有点酸，害怕眼泪流出来弄污了脸上的粉霜，于是就拼命忍住，让自己去想小徐，想小徐为什么提出第二次约会，想小徐看中了她哪一点。多半是看中了我的脸，还是身材？锦红这样想着又兀自羞涩地笑起来。路旁有家理发店，她便匆匆地在玻璃橱窗前照了照，侧过身子，又照了照，玻璃映现的那个倩影差强人意。锦红想她要是有一双白色坡跟皮鞋就更好了，人民商场皮鞋柜摆着那双皮鞋，她去看过三次，可惜最终舍不得买。

第二次约会是在护城河边，当锦红远远地看见小徐爬在电线杆水泥座上朝她挥手，她的脸颊立刻烧红了一片。她突然意识到自己对这个油嘴滑舌的家伙是一见钟情的。锦红记得她朝小徐姗姗靠近的时候，脑子里还惦记着八点钟，提醒自己要时刻注意他腕上的手表。可是两个人在河堤上坐下来，小徐开始不停地说话了，锦红不知怎么就忘记了八点钟。她的目光忽而迷醉忽而清冷，只是在小徐和河上的风景之间巡游，锦红忘了该看看小徐腕上的手表。护城河两岸夜色渐浓，城墙、柳树、房屋和烟囱的轮廓慢慢模糊了，河上的夜行船挂着的桅灯从锦红的视线里一一掠过。锦红指着船灯对小徐说，你看那些灯，天底下的事你全知道，你告诉我为什么那些灯有红的、黄的，还有蓝的？可是锦红忘了船上的人在夜里点亮桅灯，天黑了，八点钟消失了，她该回家了。

锦红后来是一路飞奔着回到了香椿树街，本来小徐是准备送她回家的，本来两个人并肩走着，但锦红越走越快，后来就甩开长辫子飞奔起来。小徐在后面喊，怎么回事？你们家失火了吗？锦红顾不上解释，她只是带着哭腔匆匆丢下一句话，八点钟，我忘啦。小徐又追了几步喊道，下次怎么见面？锦红那时候已经拐过了皮革厂的围墙，从漆黑的充斥着皮革怪味的夜空里传来锦红最后的声音，白天，白天，别在晚上。

家里的大门果然被锁死了，怎么推也推不开。锦红在门上拍了几下就停住了，她害怕左邻右舍听见这种动静。假如让那些人知道自己深夜归家被关在门外，第二天肯定会有闲话传遍整个香椿树街。锦红绕过堆满了杂物的夹弄，来到西窗前敲窗子，窗内是她和秋红的房间。秋红睡熟了，怎么也吵不醒。锦红灵机一动，抓过一根竹竿从气窗里伸进去，在秋红的脸上轻轻捅了几下，秋红终于醒了。小偷，她从床上跳起来，睡意蒙眬地喊道，抓小偷呀！锦红反而被妹妹吓了一跳，别瞎叫，她贴着窗户对里面说，是我，快给我开开门。秋红坐在棉被里愣了一会儿，说，不行，爹在门上上了锁，钥匙在他手里。锦红说，你去偷，钥匙肯定塞在他枕头下。秋红仍然坐在棉被里不动，我不敢，他会打死我的。秋红打了个呵欠，忽然躺了下来说，也怪你自己，谁让你这么晚回家的？我不管，我要睡。

锦红在黑夜中倚墙而立，心里一片凄凉。她开始埋怨自己，明明知道父亲的手腕不容松动，偏偏存了一份侥幸之心。她也开始埋怨小徐，约会时间为什么要定在傍晚时分，为什么不能在白天见面？

锦红想她现在走投无路了，只能在这里站上一夜，等待天亮。

本来锦红是准备在西窗前站上一夜的，但隔壁老何家的闹钟声提醒了她，上夜班的人快出来了，下中班的人快回家了，街上已经响起了这类人的自行车的铃铛声，不管她缩在哪个角落，总会有人看见她。她不想让任何人看见自己半夜三更被关在门外。锦红想她不如装成一个上夜班的人，不如光明正大地在街上走。

锦红挟着一卷布料，再次出现在深夜的街道上。就是在这段慌张而悲凄的路途中，许多往事泛着苦水在她记忆中流过。锦红忽然想起她是整条香椿树街最可怜的女孩子，想起她小时候能歌善舞，可是父亲不肯给她买裙子，别的女孩子上台跳舞的时候，她只能坐在男孩堆里观看；想起她从七岁起就洗衣做饭，脚踝上还留着一块沸水烫出的疤瘢；想起她为全家人做了二十年用人，到头来却被父亲关在门外。他不让我出嫁我偏要嫁，凭什么让我一辈子做他们的用人？锦红一路哽咽一路走着，她发现自己的脚步莫名地朝城东的文公巷方向迈去。我去文公巷干什么？我现在去找小徐不是去他家丢人现眼吗？锦红就这样突然站在农具厂墙外面，站在一条狭窄的小巷里。茫然失措间，她把那块花布抱在胸前，双手一遍遍地抚着布料的褶皱。

城东蝴蝶帮的三个男孩那时坐在一辆废弃的卡车车厢里抽烟，锦红不知是否发现了黑暗中一明一灭的三个红点，而那三个男孩后来坦白说，从锦红走进农具厂小巷起，他们就注意到她了。假如她一直走，走过这条小巷进入文公巷，他们肯定就放过她了，后来的事情也就不会发生。但锦红突然站住了，站在那里东张西望。她的指甲摩擦棉布的声音，在三个男孩听来富于某种特别的意味。

她在勾引我们？第一个男孩说。

上不上？第二个男孩说。

上。第三个男孩扔掉烟蒂，率先跳下了旧车厢。

那是锦红横遭厄运的春夜，她从来没听说过蝴蝶帮的名称，她在纷乱的打斗成风的香椿树街长大，对于黑暗中冲出来的人影有所防备。当其中一个男孩自报家门时，锦红鄙夷地冷笑了一声，什么蝴蝶帮蜜蜂帮的？锦红一边揶揄着一边择路而逃，她说，你们敢过来，小心我让人提你们的人头。事实上恰恰是这句话激怒了三个男孩，他们后来在受审时，都提到了锦红的这句话。她太凶了，男孩们说，我们不干也要干了，否则面子都丢尽了。

三个男孩最终也未干成什么，他们或许从来没见过如此胆大泼辣的女孩。锦红在搏斗中，毅然咬掉了一个男孩的小拇指。农具厂的工人第二天在旧车厢里发现她的尸体时，她的嘴里仍然紧紧咬着那截小拇指。被咬掉小拇指的男孩就是杀害锦红的凶手，他操起一块铁铅的毛坯砸死了锦红。他把女孩拖到废车厢里时，情欲的冲动已经烟消云散，剩下的只是手指断口的疼痛和一种失败后的狂怒。

就是那个男孩后来在受审时，振振有词地说，不玩说不玩，她那么凶干什么？我要不敲死她，谁知道她还会把我什么咬掉。不玩说不玩，她咬掉我手指干什么？

农具厂的工人中，有几个是住在香椿树街的。他们上早班时，目睹了锦红横尸于废车厢里的惨相，回家后，便把所见所闻描述给家人和邻居听。最后都提到了锦红腰间的那条粉红色的布带，那条布带打了死结，看样子没有被解开过，她的内衣从上到下完好无损，对于一个深夜遇害的女孩来说，那简直是一个奇迹。人们往往特别留意这些细枝末节，尤其是香椿树街的妇女，她们在为王德基家的女儿扼腕悲叹时，也不忘夸赞一句，锦红了不起呀，虽然死了，可人家保住了女孩子的贞操！

一些人的生命就像秋天街头的夜饭花似的突然枯萎坠落了。现在是春天，但春天又怎么样？这种淡绿色的鸟语花香的季节善于施放冷箭，让那些不幸的人与他们熟悉的香椿树街永远分离。

十九

半夜时分，滕凤被床下的某种奇怪的声音惊醒，是一种咝咝的略显黏滞的声音。在滕凤听来很像是一条或者几条蛇从地上游过，它让耍蛇人的女儿惊悸不安。滕凤下床开灯，俯下身子察看，床底下仍然是堆放了多年的纸箱和破脚盆。她抬脚对着纸箱踢了一下，几只蟑螂爬出来，没有蛇的踪影。杂物一件件地搬挪了，还是没有看见蛇。滕凤觉得奇怪，她想她永远记得蛇的声音，别的声音也许会听错，但蛇的声音她永远不会听错的。

会不会是父亲的亡灵在作祟？滕凤想到这里，浑身打了个冷战。父亲的亡灵不变成一条蛇，又变成什么？它来干什么？假如不是来索债，它来干什么？滕凤抓着一根擀面杖，在房间里四处搜寻，心里充满了恐惧。茫然四顾间，她瞥了眼墙上丈夫的遗像，李修业在黑边镜框里冷冷地观察着遗孀的一举一动。滕凤忽然记起一种驱鬼的传说，以鬼魂吓唬鬼魂是有效的办法。为什么不试一试？滕凤就在桌上点了一炷香，她别出心裁地把那根擀面杖挂在镜框旁边，修业，你拿好了这根棍子，滕凤双手合十地祈求道，看在我守寡二十年的分上，你一定要把家里的蛇打死，见一条打一条，一条也别剩。

滕凤相信丈夫的亡灵会应允她的求助。为了稳妥起见，她又从床底下拖出一只陶盆，从陶盆里倒出了一些石灰粉，沿着门窗和墙根均匀地撒了一圈，滕凤从小就听说石灰粉可以阻止鬼魂的出入。做完了这一切后，滕凤回到床上。一列夜行火车正从百米以外的铁路桥上驶过，汽笛拉响的瞬间，整个房屋剧烈地颤动起来，不只是颤动，应该说是摇晃。火车从铁路桥驶来驶去几十年了，她的房子从来没有这么剧烈地摇晃过。滕凤想，会不会是丈夫和父亲的两个亡灵在打架？她在黑暗中瞪大了眼睛，企望能辨别两个亡灵谁输谁赢，但是除了满地月光和化工厂油塔投射在墙上的黑影，滕凤什么也看不清楚。而她的搭在床沿上的那只右手，突然像被什么东西啄了一下，冰凉锋利的一次啄击，不知源自何处。到了后半夜，滕凤的右手便痛痒难忍了。

联合诊所刚开门，滕凤便满脸凄惶地走了进去。她亮出手腕上那块紫红色斑块给医生看，嘴里一迭声地问，有没有蛇药，有没有好一点的蛇药？医生很纳闷，说，你要蛇药干什么？你这是皮炎，街上流行的皮炎，蛇药治不好皮炎。滕凤神色黯然，语气很坚决地说，不是皮炎，我知道不是皮炎，我要蛇药，好一点的蛇药。医生有点不耐烦起来，说，我说是皮炎，你非要蛇药，谁是医生？你这病自己看吧。滕凤又气又急，你这是什么态度？你们医生就是这样为人民服务的？滕凤将右手抬高了追着医生走，眼泪已经无法抑制地淌下来，她说，你们看看我的手，像皮炎吗？这是毒块，弄不好就要死人的，真出了人命你们负责吗？医生似乎被滕凤这番话吓住了，拉过她的右手又仔细察看了一遍，最后舒了口气，还是那句话，谁是医生？我说是皮炎就是皮炎，去挂号吧，皮肤科。

滕凤心急如焚，她伏在药房的小窗前，朝里面的药柜张望，说，蛇药，快给我一点蛇药。药房里的女人说，没药方不能配药的。那女人认识滕凤，好像也听说滕凤的身世。滕凤你来要什么蛇药？她笑着说，你家里没蛇药吗？你爹没给你留下点蛇药吗？滕凤的脸蓦然泛白了，她充满怒意地斜睨着药房里的女人，不配就不配，你乱嚼什么舌头？滕凤用左手拍了拍窗台，说，胡说八道，我自己都不记得有爹，你倒记得清楚，我爹要是卖蛇药的，你家就是卖毒药的。

滕凤一无所获地走出了联合诊所，在那扇漆成白色的大门前，她再次举起右手手腕，迎着早晨的阳光端详着那块紫红色斑块。它仍然像一块干漆似的泼在手腕上，颜色和形状没有任何变化，但这并不意味着危险已经过去。滕凤记得有些蛇毒要在一天之后才发作，况且她现在还不敢确定是被什么咬了，假如真的是蛇咬，总能想出解毒的办法，可万一不是呢？假如是父亲的亡灵咬了她，该怎么去解毒呢？站在联合诊所的白色大门前，滕凤突然悟出一个道理，不管是李修业还是父亲，他们死了比活着更可怕、更难对付，他们死了也不肯放过她。滕凤想她不能等死，她必须想个办法让父亲的阴魂放过自己。

那天早晨，滕凤托着右手到双凤桥的画匠家里。她让画匠画一张父亲的像，说是要挂在家里祭供。画匠问她要照片，滕凤说，我爹死得早，一张照片也没留下，你就按照我说的模样画吧。那个画匠手艺高超，他几乎准确无误地画出了已故的耍蛇人的肖像。滕凤最后拿过肖像时，又惊又喜，更多的是一种言语不清的疑惧。无论如何她想不到会有这么一天，她竟然会把自己唾弃了二十年的父亲请到家中，请到神灵的位置上。

耍蛇人滕文章的遗像就这样和李修业并列于一墙了。

他是谁？达生第一次看见墙上的新镜框时，凑近了端详一番，他皱着眉头想了一会儿说，怎么这样面熟？我肯定在哪儿见过这老东西。达生突然拍了拍手说，我想起来了，是那个耍蛇的老东西，就是他，他不是死在桥洞里让人拖走了吗？你挂他的像干什么？那老东西真的是你爹？

胡说八道。滕凤一边点燃香烛一边说，是你爷爷的像，不是我爹，是你爹的爹，他在一九五三年就死了。那时候还没有你，你怎么会见过他？

你到底有没有爹？达生这么问了一句，自己觉得这种问题索然无味，又说，你有没有爹关我屁事？我走了，晚上别锁门。

快走，你满嘴胡话得罪了祖宗神明，谁也救不了你。

距离那次深夜神秘的啄击已经过去了三天三夜，滕凤仍旧安然无恙。她怀着感激的心情在两个镜框下点香焚烛，她想是三天三夜的香火感化了父亲的阴魂，现在他会放过她了。不管她是否欠下了父亲一笔债，现在他应该放过她了。

香椿树街居委会规定辖下居民不准养鸡，原先散布于街头檐下的各种鸡笼便都被主人改造了一番，有的存放煤球杂物，有的在鸡笼上架了一块水泥板，鸡笼就成了简易实用的洗衣台了。而沈庭方家的那只硕大的鸡笼现在是一只花坛，花坛里除了人们常见的鸡冠花、凤仙花和夜饭花，还有一种宽叶的顶端开花的植物。人们不知道它叫什么名字，指着那些红花和黄花问沈庭方，老沈，你养的什么花？沈庭方便骄矜地一笑，说，没见过吧？这叫虞美人，我请人从福建捎来的。沈庭方记得当初在花坛里埋下虞美人的花种，心里担心它长不起来。现在虞美人长得花红叶肥，他自己却成了个瘫坐在藤椅上的废人，花开了，人却凋谢了，沈庭方不无感伤地叹了一口气。晴朗的阳光温煦的日子里，沈庭方总是被素梅搀扶到花坛旁，坐在一张宽大的铺有棉垫子的藤椅上。素梅让他看看街景消遣时日，但沈庭方总是朝右侧转着脸，他害怕看见那些喜欢嘘寒问暖的熟人，尤其害怕孕妇金兰突然从他视线中走过。素梅让他捎带着看管晾晒在外面的衣物、床单或腌菜，但街上小偷小摸的人并没有素梅预期的那么多，而沈庭方从来不朝那些晾晒物看一眼，他只是盯着三丛虞美人看，一丛开着黄花，另两丛开着红花。有时候眼睛里一片模糊，虞美人花会变成金兰风情万种的模样，窃窃地迎风痴笑。这时候，沈庭方便倒吸了一口凉气，目光仓皇地转移，望着他家的门阶和厨房打开的窗户。门阶上刚被素梅擦洗过，湿漉漉的留下两只鞋印，素梅总是在那里出出进进的。

我去杂货店买盐。素梅挽着竹篮走出来，她腾出一只手，伸到沈庭方身后，捋了捋那只棉垫子，说，我去买盐，你不能闭上眼睛眯一会儿吗？这么好的太阳，你闭上眼睛眯一会儿吧。

好，听你的，我闭上眼睛眯一会儿。沈庭方说。

沈庭方已经习惯于听从素梅的一切安排，但那天他没有听她的，一些貌似正常的迹象引起了他的注意。首先是素梅的头发，素梅出门前将头发梳得异常整齐而光亮，而且她走路的姿态也与平时不同，走得很急很快。沈庭方正在纳闷的时候，看见王德基从他身边走过，王德基走得悠闲，但沈庭方发现他的脚步追逐着素梅，王德基与素梅始终保持着大约五米远的距离。两个背影都已经是很小很模糊了，沈庭方依稀看见素梅的背影停滞在铁路桥下不动了，她好像回过头对王德基说了什么，说了什么？然后那两个背影便一齐缩小，最后从沈庭方视线里消失了。

沈庭方无法在午后的阳光下闭上眼睛假寐，他瞪大眼睛看着街上陆续走过的行人。他想要是自己像那些人一样腿脚方便，就可以悄悄地跟上去，证实或打消这份疑虑，但他现在只能这么坐着。问题恰恰就出在这里，他什么也干不了，他只能坐在藤椅上想象，怀疑和否定，否定以后再次怀疑、想象。他们说了什么？他们是不是约好了去某个地方？假如他们真的有什么关系，是谁先勾搭了谁？

对门的滕凤端了一盆肥皂水出来，哗地泼在街上。沈庭方被泼水声惊了一下，他突然想起什么，挤出一个自然的笑容问滕凤，李师母，现在几点钟了？

滕凤说，广播刚响，两点钟吧。滕凤的眼睛斜睨着横越两家屋檐的晾衣竿，对素梅占据了所有晾衣空间明显带着怨气。她说，我洗了一大盆东西往哪儿晾？邻里之间，凡事不好太过分的，怎么能这样？

沈庭方已经转过脸去望着远处铁路桥的方向，他说，两点钟，这么好的太阳，我闭上眼睛眯一会儿，眯到三点钟正好。

沈庭方那天始终没有闭上眼睛假寐，他目光如炬地等待着，等待素梅买盐归来。那件事情也许发生了，也许只是一种猜疑，沈庭方想只要等她回来，答案自然就有了。他想他是过来人，假如那件事情发生了，任何蛛丝马迹都不会逃过他的眼睛。冼铁匠的那条黄狗从垃圾箱边跑过来，钻到沈庭方的藤椅下嗅着什么。滚开，沈庭方用拐杖朝下面捅了捅。黄狗一溜小跑着奔到水泥电线杆前，回头对着沈庭方吠了一声，然后它抬起一条腿，撒了一泡尿。沈庭方厌恶地皱起眉头，他不知怎么觉得王德基就像那条公狗，王德基想女人想疯了，王德基打量女人的目光比剪刀更锋利，像要剪开她们的衣裳。他沉迷于去城墙捉奸的行为其实就是一种公狗的标志。或许他估计到素梅现在是独守空床？或许他就是要钻我的空子？沈庭方想，对于这个鳏夫他应该明察秋毫。

素梅大概是三点半钟回来的，她的篮子里装满了盐包和绿色的莴苣。沈庭方看见她把篮子放在他的膝盖上，这种随意寻常的动作并不能减轻沈庭方的猜疑。他注意到素梅面色绯红，梳得光滑黑亮的短发上沾了一片细小的纸屑。你看看篮子里那副猪大肠，素梅一边拍打着晒干了的被单一边说，猪大肠摸着还热乎乎的呢，晚上给你红烧了吃。沈庭方没有翻动篮子里的东西，他的眼睛惊愕而愤怒地睁大了——王德基手里提着一副猪大肠，正从街上走过。王德基的目光在沈庭方脸上匆匆滑过，鬼鬼祟祟地落在素梅的头发上，落在那片嵌入发丝的纸屑上，最后他仰起脸对着天空眨了眨眼睛。沈庭方捕捉到了王德基的一丝微笑，是诡秘的淫荡的一丝微笑。王德基从来不露笑脸，但那天他从沈家夫妇身边走过时确实笑了。

买两斤盐买点菜，怎么去了这么长时间？沈庭方说。

买盐排队，买莴苣排队，买猪大肠更要排队。素梅从男人膝盖上拎起篮子说，现在买什么不要排队？我让你眯一会儿的，你把眼睛瞪那么大干什么？

幸亏我睁着眼睛。沈庭方的话说了一半，他冷静地在女人全身上下打量着，发现素梅的绿色罩衫掉了一粒纽扣，你掉了一粒纽扣，沈庭方闭着眼睛说，你头发上有一片纸屑。

这颗纽扣掉了好几天了，没顾上钉。素梅摸了摸头发，摘下那片纸屑，突然意识到什么，说，咦，你说话怎么阴阳怪气的？什么纽扣纸屑的，你到底想说什么？

没什么，我现在真想睡一会儿了，你扶我进屋。

素梅就把沈庭方扶了进去，她觉得男人的手冰凉如水，男人躺在床上的样子就像一个刚遭重创的病人。庭方你到底怎么了？素梅用手试了沈庭方的前额，说，不烫，是腰背上的刀口不舒服吧？忍着点，我马上给你做红烧大肠吃，让你今天吃三碗饭。

没什么，我就是等你等得心烦。沈庭方说，我猜你是在跟谁闲聊，跟谁？王德基吧？我没说错，我看见他跟着你，他跟着你说些什么？

说上供的事，他家锦红死了二十多天了，这个糊涂虫，他竟然一次也没供过女儿，锦红的阴魂不来作祟才怪呢。素梅说，男人心都硬得像石头，那王德基就是，死了女儿也没见他掉眼泪，排队买猪大肠，喊，他还吃得进猪大肠！

鬼知道他排队干什么？沈庭方冷笑了一声，审视着素梅的表情说，他就排在你后面？他先跟你搭话问怎么做忌日的？你说他什么都不懂，我猜是你先凑上去跟他说话的吧？鬼知道你们之间搞的什么名堂。

素梅直到此时才洞悉沈庭方的动机，她的脸唰地白了。搞的什么名堂？你说搞什么名堂？素梅突然冲到床边，对着沈庭方大吼了一声，你猜对了，我跟他搞了，就在大街上搞，比你光明正大，气死你，气死你活该。

我早就猜到了，你这么鬼喊鬼叫的，并不能说明你清白。沈庭方捂住被震荡得嗡嗡直响的耳朵，说，我知道你迟早熬不住空床的，这下好了，一报还一报，以后我们谁也不欠谁了。

放屁，放——屁！素梅把篮子里的东西一样样地砸在地上，砸到那副猪大肠时，愤怒变成了委屈，素梅便啼哭起来，你把我看成什么人？自己床上不行了，心虚，我也没怪过你。我告诉你了，没那事也一样过。你不信，你偏要心虚。你以为我是你？你以为我是那骚货金兰？素梅因悲愤过度脑袋左右摇晃着，嘴里吐出一些类似气嗝的声音。过了一会儿，她似乎镇静了许多，沈庭方看见她从地上拾起了猪肠子，抓在手中剥弄着上面的黑尘。后来素梅就用一种平静的语气说了最后那番话，那番话使沈庭方为之动容。

素梅说，庭方你听着，我外婆的外婆是受过皇帝写的金匾的，什么金匾你知道吗？贞节匾，贞节匾你听清楚了吗？我们陈家的女人世世代代就没偷过一个汉子，你可以满城里去打听，所以我让你宽心，别说你还是个大活人，就是我哪天做了寡妇，也不会让人碰我一根汗毛。

沈庭方呆坐在床上，猜忌、疑窦和愤恨都已烟消云散，剩下的只是自惭形秽。他看见素梅蹲在地上，正抓着盐粒搓洗猪大肠的油污。那是为他准备的一道拿手好菜。沈庭方开始寻找一种表示歉意的办法，他该说些什么，但说什么都不及素梅那样字字铿锵掷地有声，他在许多话语上已经失去了资格。或许他该像以前一样，在素梅的耳朵上轻挠几下，那是他们夫妻多年形成默契的示爱方式。但这么简单的一个动作，他现在已经无法完成了。即使挠了她的耳朵又怎样？那件事情对于他是可望不可即了。

沈庭方从那时开始便闷闷不乐，素梅一直认为那是他无端吃醋的缘故。她多次重复了有关贞节的话题，沈庭方总是打断她，别说了，我不怀疑你。他的脸上浮出一种近似谄媚的笑容，很快笑容又融化成一片愁云。我现在这种样子，连自己都嫌弃，说来说去都怪我自己。沈庭方的一只手在裤裆处狠狠地拧了一把，说，说来说去都怪这块臭肉，没有这块臭肉，我也不会落到今天这一步，我现在恨透了它。素梅当时破涕为笑，她觉得男人这句话表明他有了悔改的决心，她捂着嘴边笑边说，你既然那么恨它，干脆割了它扔掉它，反正我不要它了。素梅难得有好心情开了这个玩笑，她没有注意到沈庭方的脸霎时扭歪了，眼睛里射出一种悲壮而决绝的光。素梅更没有料到沈庭方真的把一切归咎于那一小块地方，做下了后来轰动全城的荒唐事。

素梅准备把那盆红烧大肠端进房间去，抓了一块放在嘴里嚼着说，偏咸了一点，咸一点更好吃。也正是这个时候，她听见了沈庭方的一声惨叫。素梅冲进去时，看见沈庭方手里抓着那把裁衣剪子，他的棉毛裤褪到了膝盖处，腹部以下已经泡在血泊中。我恨透了它，剪，剪掉。沈庭方嘀咕了一句，怕羞似的拉过了被子盖上身体，然后他就昏死过去了。素梅看见的只是一片斑驳的猩红的血，但她知道男人已经剪掉了什么。她原地跳起来，只跳了一下，理智很快战胜了捶胸顿足的欲望。素梅拉开棉被，看见男人并没有把他痛恨的东西斩尽杀绝，它半断半连地泡在血泊中，还有救，还可以救的。素梅奔到窗边对着街上喊救命，只喊了一声就刹住了。现在不能喊救命的，千万不能让别人知道事情的底细，素梅想这种关键时刻一定要保持镇静。她记得云南白药止血很灵验，于是就从抽屉里找出来，把半瓶云南白药都洒在了沈庭方的伤处，然后她用三只防护口罩替沈庭方进行了简单的包扎。在确信别人猜不出伤口之后，素梅推开了临街的窗，向着暮色里的香椿树街，不紧不慢地喊了三声，救命，救命，救——命。

化工厂的一辆吉普车正巧驶出厂门，后来就是那辆吉普车送沈庭方去了医院。好多邻居想挤进吉普车，素梅说，上来两个小伙子就行了，帮我托住他的头和脚就行了。素梅坚持自己保护沈庭方胯部，一条毯子严严实实地遮住了这个部位。车里车外的人都想掀开毯子，但素梅的双手死死地抓住毯子的边角。没什么可看的，是脱肛，痔疮，素梅声色俱厉地喊着，别堵着车，耽搁了人命谁负责？

化工厂门口的人群渐渐散去，剩下几个人仍然对沈庭方的患处议论纷纷。有人说，脱肛？脱肛也用不着喊救命呀？我也脱过的，塞进去就好了。旁边的人便开怀地笑起来，这种隐疾在香椿树街居民看来滑稽多于痛楚，他们忍不住就会笑起来。

那天叙德很晚才回家，他不知道家里发生的事情，看见门锁着，先是嘭嘭地敲，敲不开就用脚踢。对门的达生闻声走过来，看着叙德，想说什么，未开口先扑哧笑了。

你笑什么？叙德说。

你爹在医院里抢救。赶快去，听说他的——达生说到这里又笑起来，而且越笑越厉害，掉下来了，达生笑得弯下腰，他说，不骗你，真的掉下来了。

叙德好不容易才听懂达生的意思，他的脸上出现了一丝惊愕而尴尬的表情，但它只是一掠而过。叙德很快也被这件怪事惹出一串笑声，叙德的笑声听上去比达生更响亮更疯狂。

不知是谁趁着沈家铁锁把门的黑夜，悄悄地把花坛里的三丛虞美人挖走了，整个五月那只花坛无人照料，几朵鸡冠花挤在疯长的杂草间，更显出一片凄凉。五月里人们热衷于为沈庭方的自伤事件添油加醋，关于自伤的原因已经有了五种至八种不同的版本。人们走过沈庭方去年垒砌的花坛，发现花坛比人更可怜，竟然有三只猫卧在乱草窠里睡觉。如此看来化工厂的花匠说得对了，花匠说花比猫狗更知人心，花事枯荣都是随着它的主人的。

偷花的人也不知道把三丛虞美人栽到哪里去了，香椿树街街头窗下的花草仍然是那么几种，栽在瓦钵、砂锅或破脸盆里，忸忸怩怩的，一齐开着很小很碎的花。在最具号召力的花卉爱好者沈庭方住院养病期间，一种极易繁殖而且讨人喜欢的草花在香椿树街迅速蔓延。

那就是太阳花，红色、黄色、紫色的小花，遇见阳光便竞相怒放。也许像盛夏季节的夜饭花一样，太阳花会有一个别的什么名字，但种花的香椿树街人从来不去考证花的名字，他们随心所欲地让太阳花长着。太阳花一直开到夏天，后来便取代了夜饭花的地位，成为香椿树街新的标志了。

二十

街上的垃圾在五月里明显地增多，主要是满地的废纸加强了这种肮脏的印象。五月是爱国卫生月，市里经常派人下来检查卫生。香椿树街居民委员会的女干部发动群众，在检查小组到来之前，搞了一次大清扫。就是那一天，许多人看着满街飞扬的废纸片，不约而同地想起了拾废纸的老康，很久不见老康了，老康跑到哪里去了？

要是老康在，街上就不会有这么多纸片，也用不着我们来打扫，有人发着牢骚，一边就好奇地问，老康跑到哪里去了？

老康被捕了。消息灵通人士压低了嗓门说，你知道就行了，别在外面乱说，老康被捕了，他是潜伏下来的军统特务，军统特务你知道吗？

第一次听说此事的人张大了嘴，半天说不出话，最后都如释重负地叹一口气说，真是知人知面不知心，原来是披着人皮的狼，危险，危险，真危险呀。让他潜伏了三十年，太危险了。

你知道吗，护城河里那些枪就是老康扔的。老康家的地板下面是个大地窖，老康不光在地板下藏枪，还藏了几百个账本，都是变天账。消息灵通人士最后当然要提到一个功臣的名字，那是谁也猜不到的。这时他们往往卖一个关子说，你猜是谁发现老康的狐狸尾巴的？打死你也不相信，是王德基家的小拐，不骗你，是小拐第一个发现那大地窖的。

坐落在香椿树街北端的那间小屋早已被查封了，昔日堆放在屋前窗下的所有篓筐都被慕名前来的观望者踩成碎片。那些人趴在窗台上，透过新钉的木板条的一丝空隙朝里面张望。屋里黑漆漆的，比老康在此居住时更黑更暗了，但人们还是能看见那些地板被撬开，下面依稀暴露了那个神秘凶险的大地窖。

孩子们总是多嘴多舌，他们说，老康病歪歪的，他藏了那么多武器干什么？大人对这种愚笨的孩子往往赏一记头皮，神情严厉地说，这也不懂？他等着复辟，什么叫复辟你懂吗？又有更加愚笨的孩子说，老康蛮可怜的。大人就说，可怜个屁，那是装出来的，越是狡猾的敌人伪装得越深，你看电影里的那些特务间谍，谁不是可怜巴巴的？

拾废纸的老康一去杳无音讯。据说老康被羁押时的口供一日三变，一会儿咬定那地窖在他搬进小屋之前就有了，那些枪支弹药早就堆放在那里了，一会儿又承认地窖是他挖的，但他说挖地窖只是为了存放寿康堂遗留的账本和一些珍贵的药器，老康大概是神经错乱了。最令人发笑的一条口供谈到了神话中的天兵天将，他说那些武器不是他藏的，也不是他扔进护城河的，老康竟然说武器的主人是一群金盔银甲的天兵天将，他们来无影去无踪，他们只是把武器存放在地窖里，对于它们的用途他无权过问。

没有人相信老康荒谬的口供，人们开始对这桩奇案的发现经过产生了浓厚的兴趣，他们追踪着少年小拐特殊的背影，希望知道他是如何发现那个地窖而一鸣惊人的。但小拐那时已经不是往日那个小拐了，他穿着一件崭新的蓝色中山装，口袋上别着一支钢笔和两支圆珠笔。小拐的神情虽然仍嫌轻浮和油滑，但他已经学会了一套深奥的外交辞令，怎么发现的？提高革命警惕啰。小拐不停地眨着眼睛说，这属于一级机密，现在不能让你们知道，为什么？什么为什么？不能打草惊蛇！

王德基一家在这年春天悲喜交加。锦红之死给王德基带来了无尽的悔恨和悲伤，那段时间里王德基每饮必醉，醉了便左右开弓掴自己的耳光。掴过耳光后，他的心情好受了一些，他拉过秋红来问，是谁害死了你姐姐？秋红怯怯地说，是蝴蝶帮。王德基便呜呜哭起来，一哭总是重复着同一句话，我要剥他们的皮，抽他们的筋。我要亲手毙了那三个杂种。秋红在旁边提醒父亲道，他们已经被枪毙了，在石灰场，我去看了。王德基的酒意突然消遁，他在盘子里抓了几粒花生塞在秋红手中。吃吧，王德基用一种负疚的目光看着秋红说，等你长大了，你想嫁人就嫁，我再也不拦了。阿猫阿狗、流氓小偷，你想嫁就嫁，我再也不拦了。

在悲愤的四月里，王德基绝对没有预料到五月的荣耀，而且那份荣耀竟是小拐给他带来的。他怎么能想到一向被邻里嗤之以鼻的儿子突然变成一个标兵、一个模范、一个先进个人。街上的人都说是小拐抓到了潜伏三十年的特务老康，王德基起初不信，他问小拐，你怎么知道老康是特务？小拐说，我发现了地窖，他要不是坏人，挖那么大的地窖干什么？王德基说，你怎么知道老康家里有地窖？小拐吞吞吐吐起来，他说，我看见老康总是锁着那小屋的门，他是个捡废纸的，又没有什么东西怕人偷，为什么要锁门？他越是怕人进去我偏要进去，我从气窗里翻进去的，我觉得床底下的地板很奇怪，掀开来一看，就看见了地窖。

王德基始终怀疑儿子的发现是瞎猫逮到了死老鼠，他猜儿子事先可能是看上了老康屋里的某件东西，但王德基不忍心刨根问底了。当香椿树街的人们对小拐刮目相看的时候，王德基望子成龙的心愿突然从虚幻回归现实，他的心情由悲转喜。这种逆转导致了王德基内分泌的紊乱，因此他的枯黄的脸上一夜间长满了少男少女特有的痤疮。

五月的一天，小拐坐上了市府礼堂的主席台。那是一次隆重的表彰大会，一个穿红裙的女孩子向小拐献了花，一个市委副书记向小拐颁发了一只装着奖状的镜框，还有人在小拐的新中山装上佩戴了一朵大红花，会场上掌声雷动。王德基在台下看着儿子腼腆的手足无措的样子，脑子里第一个念头就是儿子那件新中山装太大了，要是他母亲和姐姐活着，绝不会让他这样上台领奖。王德基在台下拼命地拍着掌，不知不觉地流了泪。有的喜悦是人们无法抑制的，譬如王德基那天在市府礼堂的喜悦，他用肘部捅了捅旁边的一个陌生人，高声说，那是我儿子。

那是王家父子俩终生难忘的一天。多年来王德基第一次用自行车驮着小拐穿越香椿树街。也就在那辆咯咯作响的旧自行车上，父子俩完成了多年来最融洽最美好的谈话。

小拐，你以后该好好做人了，你要对得起那份光荣，别再小偷小摸地不学好了，小拐你听见了吗？王德基说。

我听见了。小拐说。

小拐，你也长大了，知道好坏了，我以后再也不打你不骂你，你要给我争气，你要是年年都像今天这么光荣，我给你当儿子都行，你听见了吗？王德基说。

我听见了。小拐说。

小拐，街道就要给你安排工作了，以后不准到处闲荡，不准跟达生一起玩，不准去叙德家，你听见了吗?

我听见了。小拐说。

自行车经过达生家门口时，达生正巧叼着一支香烟出来，他对小拐手里的镜框很好奇，追着自行车问，你手里捧的什么东西?小拐朝他的朋友做了个鬼脸，刚想说什么，王德基猛地回过头来，小拐立刻噤声，表情也端正严肃起来，他说，我没跟他说话。自行车疾速驶出几米远，小拐听见达生在后面骂他，嘿，搞不懂了，连你个小瘸 × 也混出一份人样来了，胸口戴朵大红花?什么意思?你他妈的也配当英雄?

别听他的，当他放屁，王德基说，他是眼红你了，这种小流氓就见不得别人学好，别人学好了他浑身难受，当他放屁，你听见了吗?

听见了，当他放屁。小拐笑道。

香椿树街两侧时时有人朝王家父子点头致意，那些人的微笑友好而带有几分艳羡。王德基觉得几十年来他在街上第一次得到了应有的尊重和荣耀，这一切竟然归功于儿子小拐。王德基不由想到浪子回头金不换的古训，他的一只手情不自禁地伸到身后，摸了摸儿子的脑袋。

街道里以后会重点培养你的。王德基说，进了厂还要争取上进，争取入团，再争取入党，听见了吗？

听见了。小拐信口应允着，他的眼睛炯炯发光地盯着前面金生家门口的晾衣桩，金生的那件时髦的红色运动衫随风拂动，它使小拐生出一些莫名的敌意。小拐知道今天不是做坏事的日子，但自行车经过那里时，他的健硕的一条腿忍不住就伸了出去，巧妙地一勾，勾倒了一只晾衣桩，紧接着另一只晾衣桩和那件红色运动衫一齐倾倒下来。小拐咽下了喉咙口的笑声，像是自言自语地说，怎么搞的？今天的风这么大。

风其实并不大，那天的气候却有点反常，强烈的阳光晒在石子路面上，微微泛红，东南风吹在人们的脸上已经是又黏又热的。随着暮色渐浓，许多人的脸部、脖颈和手背感到刺痒，抓挠拍打之间，发现了那种黑红色的状如针尖的小虫，唯有幸福的王家父子对此无所察觉。

虫群是从东南方向飞来的，最初它们从化工厂的油塔上方集结而来，很像一堆乱絮状的火烧云。香椿树街的人们误以为是一种云阵，但是云阵越压越低，虫翼在空气中鼓动的声音也越来越清晰。虫，那么多的虫！人们仰望着迅速覆盖街道上空的虫群，终于惊慌地大叫起来。

妇女们手忙脚乱，忙着把晒在外面的衣物和萝卜干、腌菜抢回屋里。但是为时已晚了，虫子已经像黑芝麻似的撒在所有物品上，撒在所有暴露的手背和脖颈上。虫群的袭击给人带来的不是疼痛，是冷战、齿寒、刺痒、头皮麻痹。街上很快响起一片杂乱的叫声，把门关上，把窗关上，快把敌敌畏找出来。

虫群滞留在香椿树街上空，黑压压的像一匹绵长的纱布似的随风起伏，而嗡嗡的翅声听来胜过一架低空飞行的飞机。香椿树街的人们守在窗后，观望着罕见的虫群。有个饱经风霜的老人说，那些虫子来自阴间，阴间的虫子飞到香椿树街来，香椿树街肯定要遭灾了，不是火灾就是水淹。儿孙们对于老人的迷信向来是不屑一听的，他们瞪大眼睛隔窗观望，每个人都努力想弄清虫群盘踞此地的目的，更想辨别虫群与化工厂油塔是否存在着联系。但是这种欲念导致他们身上的刺痒加剧，只要你看着虫群想着虫群身上就会发痒。后来好多人发现了这种奇怪的现象，他们只好惘然地拉上红色或蓝色的塑料窗帘，重新坐到晚餐桌旁。

有人说虫群到凌晨两点才慢慢散去，因为被虫子包裹的路灯是在凌晨两点再次发挥照明作用的。那时候香椿树街的绝大多数居民已经酣然入梦，还有些人没睡，他们双手扇动着空气，跑到街上，看见路灯的暗黄色光晕罩住了一堆又一堆死虫，不知道黄昏飞来的虫群是否全部死于凌晨，但他们相信那些死虫堆在一起，会高于街头的任何一堆垃圾山。

凌晨两点，后来被一些香椿树街人视为奇景迭现的时刻。也就是在这个月色狰狞的时刻，那些逗留在街头的人被一个女孩疾走的背影慑住心魄。女孩乌黑潮湿的长发上环戴着一只夜饭花缀成的花环，女孩的绿裙沿着裙摆滴下无数水珠，还有那双纤细如玉的手臂左右抛撒着什么，一些红色的纸片纷纷飞起来。他们只是看见了那背影，即使是背影也足以证明传说中的幽灵美琪确实存在，那些人甚至听见了幽灵美琪的赤脚踩住死虫的声音，噼啪，他们第二天形容那声音很像火苗在木柴上跳舞。

第二天人们都看见了满地虫尸，也有人拾到了几枚红色的心形蜡纸。一切都显示着刚刚逝去的是奇怪而生动的一个昼夜，虫群和幽灵美琪携手造访了城北的香椿树街，但这又说明什么呢？香椿树街是一条破除了迷信的街道，没有人相信几个古稀老人关于凶兆和灾祸的推测。除了一些不幸的人，香椿树街基本上是乐观者的天下，他们匆匆地把死虫堆扫进阴沟和垃圾箱，然后就像往常一样去工厂和商店上班了。牛鬼蛇神和魑魅魍魉只会吓倒那些意志薄弱者，香椿树街的革命群众天不怕地不怕，难道他们会被一群飞虫、一个幽灵吓倒吗？

早晨梦醒的时候，达生心神恍惚，他的头脑迎接着乳白色的晨光，身体的各部分却仍然沉溺在那个梦境中，倦怠松软而激情未消。醒来以后，他总是对梦中的一切惊悸不安，但他依稀记得在梦中是企望梦无限延长的。达生不记得是从哪天开始梦见打鱼弄的女孩美琪的，他已经记不清美琪降临梦中的次数了，十次？二十次？或许不止三十次了。每次梦醒，他必须尽快洗掉那条短裤，这件无谓的劳动使达生烦恼不堪。

达生记得在梦中他的意识仍然清醒，他知道那是美琪的幽灵。他冲着幽灵说，别过来，我不是红旗，我是李达生。可是幽灵美琪湿漉漉的身体总是轻盈地贴近他，她的美丽哀伤的眼睛总是默默地睇视他，然后便是那些该死的小水珠一滴滴地从她的黑发、绿裙以及指尖滴落，滴在达生所有敏感的青春荡漾的肌肤上。就是这些该死的小水珠使达生梦遗，使他蒙羞，也使他在整个早晨疲乏无力。

达生畏惧的不是美琪的幽灵，他担心的是这个梦会损害他的肌肉和力量，损害他做城北第一号人物的理想。达生想他一定要消灭美琪的幽灵，但他不知道如何去杀死一个幽灵，或许应该在梦中动手，可是在梦中他甚至握不紧自己的拳头，达生为此烦恼不堪。五月末的那天中午，他怀着某种焦灼的心情在打鱼弄里徘徊，他的眼睛充满怒意地望着美琪家尘封多时的门。他的手一次又一次地扭拧了门上的铜锁，铜锁琅琅地撞击着木门，但是要拧掉它绝非易事。达生对自己的膂力也并没有自信到愚蠢的地步，他只是被一个强烈的欲念控制着，假如美琪讨厌的幽灵现在出来，他就这样扭拧她纤细的脖颈，直至消灭那些黑色的长发和魅惑的眼睛，还有那些该死的神秘莫测的小水珠。

狭窄的打鱼弄上空是五月的晴天丽日，幽灵美琪在她的故居附近不露痕迹。达生想这么捕捉一个鬼魂是徒劳的，他不该这么笨。达生朝那扇门挥了一拳准备离去，他听见一只猫在里面受惊似的叫一声，紧接着门槛下的洞孔里蹿出了那只来历不明的花猫，猫的皮毛是一种古怪的黑白黄三色波纹，它的眼睛酷似动物园里云豹的眼睛，熠熠发亮，达生从来没见过如此美丽如此剽悍的猫。

你叫什么？你敢朝我乱叫？达生俯下身子研究着那只猫。他说，你跟美琪是什么关系？你是不是美琪的化身？你要是她的鬼魂就再叫一声，看我不把你的脑袋拧下来。

花猫蹲伏在石阶上，凝视达生，猛地又叫了一声，它的叫声听起来也比普通的猫更响亮更凄厉。

他妈的，看来你真是她的鬼魂。达生骂骂咧咧地伸出手去，他想去扭猫的颈部，但手指刚触及猫的皮毛就被猫的前爪扑住了，一种尖锐的疼痛弥漫了达生的整个右手，也激怒了达生。达生杀心顿起，他甚至没有察看手上的血痕，一只脚敏捷地踩住了猫的尾巴，他听见了猫的最后的惨叫声。你想逃？看你往哪儿逃？达生随手从墙边抓过一块生了锈的角铁，不管你是猫还是鬼魂，敲死你再说。达生几乎是不假思索地挥起角铁砸向猫的头部。

达生把死猫扔进了河里，然后就蹲在河边石阶上，洗干净手上的血污。死猫沉入水中的一刹那，他似乎看见了幽灵美琪的背影，但她只是在水光涟漪上一闪而过。他记得那个被强暴了的女孩就是从这块石阶上入水自溺的，假如幽灵美琪确实存在，这块石阶便是她的出入之地，假如世上真的有鬼魂，那只猫便难脱干系。达生想他与美琪无冤无仇，他曾对美琪之死抱有怜悯的同情之心，她却莫名其妙地在梦中骚扰他羞辱他，这是一件难以启齿的事情。达生想谁惹了我我便要还击，不管她是活人还是鬼魂。

达生一边抛着手上的水珠一边朝打鱼弄外走，走过红旗家门口时，他站住了，因为他看见红海正在对他笑。红海的笑容很古怪很丑陋，他先是咯咯地笑，用手指着达生想说什么，结果什么也没说，他的笑声却愈加疯狂了。

你他妈的笑什么？达生恼怒地说。

红海的手指住达生的鼻子，仍然笑得说不出话。达生于是在鼻子上摸到一块黏涩的红斑，他知道那是猫的血，刚才不小心溅到的。达生想鼻子上有块红斑也不至于让红海笑成这样，他猜红海可能看见了他杀猫的举动。但是我杀猫关你屁事，达生想杀一只猫也不至于让你笑成这样。

你他妈的到底笑什么？达生几乎是怒吼着问。

你杀了一只猫，红海一边笑着一边又拼命忍住笑，他喘着粗气说，我看见你杀气腾腾地走来走去，我以为你在这里跟谁摆场子，结果你杀了，杀了，一只猫，笑死我了，我肚子疼了，哈，杀了一只猫！

达生想他果然是在讥笑我杀猫，但他哪里知道那猫是非杀不可的，他哪里知道我遇到了什么怪事。达生瞪了红海一眼，说，我喜欢杀猫，关你什么屁事？

香椿树街的男孩是一代不如一代了，红海捂着腹部突然感伤起来，他说，一条好汉也不会有了，全是草包和狗熊，都说李达生会是个人物，李达生只会杀猫，杀一只猫真要把我笑死了。

你好汉，你怎么不去杀人？达生下意识地抢白了一句，扭头便走。但红海对他的嘲弄就像一颗石子嵌在他的自尊心上，他觉得头顶上有火愤怒地蹿起来。操你妈的，狗眼看人低，达生对着打鱼弄口的电线杆劈了一掌，猛地回头对红海喊了一声，谁是好汉，我们半年见分晓。

达生的誓言给红海留下了深刻的印象，他当时不知道达生所说的半年是什么意思，为什么要到半年以后才见分晓？直到后来达生的名字终于被整个城市的少年广泛传颂，打鱼弄的红海扳指一算，距离达生的半年时限还绰绰有余，因此红海认为达生提前实现了他的誓言。而香椿树街的少年们在他的呼唤声中，终于冒出了一条真正的汉子。

二十一

骚货金兰在石桥上生下了她的孩子。金兰分娩那天，她还没有做好应有的准备，混在早晨的人流里去玻璃瓶工厂上班。走过石桥的时候，突然想上厕所，厕所在石桥的那一端，金兰刚刚爬到桥顶就失声大叫起来，出来了，出来了，谁帮帮我，快来帮帮我！

那天早晨石桥那里一片混乱，好心的人们在桥上窜来窜去地寻找剪刀、纱布和平板车。似乎是命运的安排，叙德正巧骑着装满玻璃瓶的三轮车路过石桥，一个妇女心急火燎地冲上来拦住他的车子说，快送金兰去医院，真该死，那糊涂女人把孩子生在石桥上了！叙德说，哪儿不能生孩子？我要去药厂送玻璃瓶，送了她这些玻璃瓶怎么办？那妇女指着叙德的鼻子说，你的人心不是肉做的？人命要紧还是玻璃瓶要紧？叙德朝桥上眺望着，他看见一群人乱糟糟地抬着金兰往桥下走，当然人命要紧，用不着你来告诉我。叙德这么嘀咕着，已经把三轮车掉了头，救人要紧，他又夸张地喊了一句，然后便把一捆捆玻璃瓶从车上卸下来。

金兰被几个妇女七手八脚地抱上车，叙德回头朝她瞥了一眼，看见一张苍白失血的脸。金兰紧紧闭着眼睛，双颊上凝着几滴泪珠，不知是疼痛还是害怕的缘故。叙德想这个女人确实糊涂透顶，别人在医院里生孩子，她却跑到石桥上生孩子。嘈杂声中，有两个妇女也爬上了车子，其中一个抱着新生的婴儿，婴儿被谁用一件卫生衫包着，外面又裹了件塑料雨披。叙德看见了婴儿紫青色的沾有血污的小脸，还有潮湿的黑得出奇的头发。直到此时，他才想起自己与婴儿之间存在的联系，他的心跳突然加剧，脱口问道，男孩还是女孩？怀抱婴儿的妇女用一种莫名的快乐的声音说，是个男孩！

一群孩子追着叙德的三轮车跑，叙德不得不常常回头威胁他们，滚回家去，偷看女人生孩子，警察会来抓你们。叙德叫喊着，自己忍不住笑了。他觉得心中的惶惑多于欣喜，但他忍不住嘿嘿笑了。叙德听见车上的两个妇女的议论，一个说，孩子怎么不哭了？会不会给痰噎着？另一个说，拍拍他屁股，让他哭。叙德对于生孩子的事情一窍不通，但他忍不住也喊了一句，拍他的屁股，让他哭。

塑料雨披里的婴儿哇哇啼哭起来。怎么哭得像猫叫？叙德回头一瞥，看见金兰的眼睛又像往常一样脉脉含情了，只是这次她睇视的目标不是他，而是她的新生婴儿。心肝，我的小心肝。他听见金兰的喃喃低语。为什么要用这种甜腻而滑稽的称呼？女人都喜欢这一套。叙德想即使是非同凡响的骚货金兰，生了孩子也就与所有的良家妇女一样无滋无味了，譬如现在，她的目光多么痴迷愚蠢，她甚至无心朝他看上一眼。叙德断定金兰不知道是谁在蹬这辆三轮，她只要把头朝后偏转一下就看见他了，可她始终顾不上看他一眼。

老朱从理发店那里冲过来，他想爬到叙德的三轮车上，被叙德拒绝了。你别上来，我蹬不动。叙德很不客气地推了推老朱，他说，你把我当车夫啦？你走着去，不愿走路就借辆自行车去。

老朱慌慌张张跟着三轮车奔跑了几步，车上的两个妇女对他嚷嚷道，快回家拿点红糖，快回家把她的短裤拿来，多拿几条，哎，还有小孩的衣服准备了没有？一齐拿来。老朱嘴里连声答应着，跑出去几米远突然想到什么，又返回来拉住三轮车的挡板，他对抱婴孩的妇女说，给我看看孩子。那妇女就把婴儿的脸转过去让他看。老朱的脸上倏地掠过一丝迷惘，他问两个妇女，你们看孩子像谁？两个妇女几乎异口同声地说，像金兰呀，眼睛大，鼻梁高，长大了肯定是个美男子。老朱如释重负地咽了口唾沫，说，像她好，像她漂亮，像她就好了。

叙德很快明白了老朱那个问题的实质，他觉得自己不该在这时候暴露什么，但他忍不住喉咙里发出轻蔑的怀有恶意的笑声，于是车上车下的人都听见了叙德的几声刺耳的冷笑。

泡桐树的紫色花朵无力地掉落在香椿树街街头，春天渐渐地深，风也渐渐地热了。开始有人在特别闷热的日子里，预测今年夏天的气温，肯定又是热死人。每年都有些怕热的人对夏季表示恐惧，但这并不意味着香椿树街人都喜欢怨天尤人。有人喜欢温和的春天，也有许多女孩缝好了去年上海流行的白裙等待着夏季来临，一些老人把这年凶祸不断概括为流年不利的噩兆。而街头更多的孩子则东跑西颠地寻觅那些发生过死亡事件的场所，他们喜欢看死人，铁路道口、护城河的木排、钢轨厂的建筑工地，即使需要横越整个城市，他们也在所不惜。

许多人身上的皮炎症状不知不觉地消失了，当最后一片疮痂被剥除，他们发现把这种流行病归罪于化工厂和食用水不免牵强，或许人跟树木一样也需要蜕皮换叶的，再说老皮蜕除新皮成长又有什么不好？于是人们对这个街区环境的怨恨再次消释，他们的心情也像暮色的天空一样明朗而美好了。

东风中学的高音喇叭在放学以后反复播送着一支歌，是一个嘹亮而浑厚的女高音，反复颂唱着香椿树街人从来没见过的马。

马儿呀——

你慢些走呀慢些走啊

放学的孩子列队走过香椿树街时，齐声合唱这首歌：马儿呀，你慢些走呀慢些走啊……孩子们回家告诉父母，他们将在六一儿童节登台合唱这首歌。一支优美动听的歌在香椿树街是很容易被普及的，后来大人们便也在上班途中哼唱起这首歌来。

鸡鸣弄里的几户人家对于他们的邻居老朱夫妇一直是特别关注的，因此他们对老朱金兰反目成仇的过程也一清二楚。据说金兰初为人母时，还是像以前一样过着受宠的日子。金兰白白胖胖的，终日抱着儿子在鸡鸣弄里徜徉，她家门口放着一只脚盆，婴儿的尿布潮了就被金兰扔进那只盆里。邻居说，那么一大盆尿布等老朱回来洗？金兰嫣然一笑，一边逗孩子一边说，当然是他洗，他不洗谁洗？

邻居们说，老朱是受了他母亲挑唆后拒绝洗尿布的。老朱把他母亲从乡下接来，原来是让她伺候产妇和婴儿的，但那个乡下老妇不知从哪儿听说了婴儿的来历，从此天天唉声叹气的。金兰起初对老朱的母亲视若无睹，不跟她说话，要说也是这么说，喂，水开了。喂，饭烧焦了，那一锅饭给谁吃？我最不要看那种寡妇脸，金兰对邻居们说，人嘛，开开心心的好，何苦天天阴沉着脸？脸上的皮都要绷坏的。邻居们对这种婆媳纠纷向来持有公正的态度，她们说，你婆婆对你还不错，她人很老实的。但金兰冷笑着说，老实个屁，你们不知道她整天跟在老朱身后喊喊喳喳的，金兰说着脸上又露出一种骄矜之色。哼，乡下女人就是蠢，她说，她以为老朱会听她嚼舌头？我跟老朱做了多少年夫妻，我要是拿不住他，还做什么夫妻？

金兰无疑是对家里的现状过于乐观了。老朱的母亲开始对男婴表露出各种厌恶和仇视，有一次金兰亲耳听到她在老朱面前嘀咕，做牛做马的图个什么？你辛辛苦苦地养一只猫，养的却是只野猫，这算哪一出呢？老朱佯装没有入耳，但金兰在旁边恨得直咬牙。到了夜里，金兰就在床枕上发威，她说，我再也不要看她的冬瓜脸，玻璃瓶厂那些冬瓜脸够我受的了，在家里还要看那种脸？不要看，让她回乡下去。老朱为他母亲辩护道，她是看不惯你，喜欢说些闲话，不过你也别太逞凶了，夹着点尾巴做人吧。这句话立刻把金兰激怒了，金兰几乎把老朱推到了床下。让我在她面前夹着尾巴？金兰尖叫起来，是我养她还是她养我？凭什么让我夹着尾巴？老朱那时明显地生气了，但他还是朝金兰做了个放低音量的手势，谁也别夹尾巴了，你们和平共处，老朱最后悻悻地说，苏修和美帝都在搞和谈了，你们为什么就不能和平共处？

老朱的母亲也许偷听了儿子媳妇的私房话，那个矮小而健康的乡下妇人第二天就拂袖而去，临走给老朱丢下一番话，这样的女人不如不要，这样的儿子不如不要。老朱的母亲告别儿子时，热泪纵横，她把儿子的钥匙从老式荷包里一把把地掏出来，交到老朱手上。看住你的钱，看住你这个家，她说，你家里有黄鼠狼。

鸡鸣弄的邻居们看见老朱和他母亲拉拉扯扯地走，母亲要走，儿子欲留，那种场面使旁观者看得几近落泪。他们听见金兰正在窗后为男婴唱着即兴编排的摇篮曲，金兰对窗外的一幕似乎无动于衷。那些素来歧视金兰的邻居便想到一个冷酷的现实，坏女人就是坏女人，一个坏女人会让你瞠目结舌，一个坏女人的典范就是骚货金兰，她总是在勾引诱惑一些人，也总是在嘲弄伤害另一些人。于是有一个仗义执言的男人在鸡鸣弄口拦住老朱说，老朱，你那手除了理发还会干什么？你他妈的不会握拳头吗？

老朱送走了母亲，邻居们注意到他的脚步有点飘忽，他的枯瘦的面容阴郁如铁。谁都知道老朱是个讨厌暴力的男人，他会对金兰干点什么？邻居们心中无数，但是当天中午，他们就听见从老朱家里传来惊雷似的一声怒吼，不洗，让你的姘头来洗！紧接着一只木盆沉闷地从他家门内飞出来，各种颜色质地的尿布纷纷扑倒在地上。

多少年来终于看见老朱向骚货金兰发怒了，鸡鸣弄的邻居们竟然有一种如释重负的感觉。

星期天叙德独自在家。金兰来敲门的时候，他正在翻看一本《赤脚医生手册》，书中有一页婴儿钻出母亲子宫的图画。叙德盯着这一页胡思乱想，一个孩子，一个孩子就这么出来了。叙德想这件事情其实是很容易的，其实他早就知道那是怎么回事，只是书上的图画比他的想象更加精确，更加具有说服力。急促的敲门声突然响起来，他以为是父母从医院回来了，他记得母亲说过要在星期天把父亲接回家。叙德匆匆把书塞到枕头下面，去开门，他没想到是怀抱男婴的金兰站在门外。

你来干什么？

狼心狗肺的东西，你就这么跟我说话？

你不好好在家带孩子，窜东窜西地干什么？

我要出门了，到青岛去。我外婆和姨妈在那儿，她们都很疼我的。

你到青岛去关我什么事？去吧，你这种人在这里也只会制造混乱。

狼心狗肺的东西。你就不能让我进去说话？你现在是跟我划清界限了？

界限是划清了，不过你还是进来吧，我又不怕你强奸我，说，你慌慌张张的到底想干什么？

我有两个箱子寄放在码头装卸队，你帮我拎一下，拎到火车站就行了。

怎么不让老朱拎箱子？他是你的长工，我不是。

让他知道，我就走不成了。告诉你吧，我这次去了就不回来了。

到底怎么回事？老朱把你打出家门了？老朱敢打你了？要不是

派出所准备抓你了？

别跟我嬉皮笑脸的，我讨厌你这副嘴脸，我讨厌这条街上的每一个人。我要离开这条该死的街，离得远远的，再也不回来。

不回来能吓住谁？谁也没想留你呀。

好了，跟你这种狼心狗肺的东西说什么都是白说。其实我金兰要找拎箱子的人还是能找一大把的，我让你送我是让你多看几眼这个孩子，你沈叙德不是傻瓜，你该知道我的用心。

这么说你让我做了搬夫还要我感谢你？不就是拎两只箱子吗？说那么多废话，别说两只箱子，就是八只箱子我照样拎着走。走，走，送你去青岛。

午后艳丽的阳光照耀着星期天的街道。叙德跟在金兰身后，始终保持着五米左右的距离，街上人多眼杂，金兰怀里的孩子又不合时宜地啼哭起来。叙德前后左右观察着行人的眼色和表情，觉得浑身别扭。他疾走几步超过了金兰，说，我在前面走，你别让孩子哭，再哭堵住他的嘴。他不知道金兰在出逃途中何以悠然至此。金兰说，狼心狗肺的东西，你想把他呛死呀？

他们从护城河边抄了小路朝火车站走。金兰去装卸队取箱子的时候，叙德抱了一会儿男婴，叙德的脑袋几乎俯在男婴粉红色的小脸蛋上，他像是研究一件瓷器那样研究着男婴的外貌。没有什么惊人的发现，但叙德觉得男婴憨态可掬的样子与他幼年时的照片非常相似。金兰在旁边看着他，嫣然一笑道，大狗嗅小狗，嗅出什么名堂啦？叙德就把孩子塞给她，提起了两只皮箱，说，孩子的身上有一股香味。

远远地看见了火车站笨重的建于旧时代的青灰色建筑，那团杂乱的嗡嗡之声现在也听得清楚了，是一个女播音员预报车讯和另一只喇叭播送歌曲混淆后的声音。火车站的特殊气息使叙德莫名地感伤起来。他记得小时候常常与达生红旗他们溜到火车站来玩，其实也不是玩，是靠在月台的铁栅栏外，看人上火车，看火车启动。那是小时候的事了，叙德没想到火车站至今仍然给他以这种言语不清的悲哀和失落。当他把两只皮箱放在候车室的长椅上，一句脏话脱口而出，火车站，操你妈的。金兰白了他一眼，火车站怎么惹你了？叙德笑着叹了口气说，怎么没惹我？老子从小到大没坐过一次火车。

叙德不知道这句话是否成为后来事情变化的契机，或者那是金兰蓄意策划安排的结果。他记得他在身上到处搜寻半盒香烟时，金兰在一旁窃笑，金兰的笑容诡秘而意味深长。你没有烟了，我有烟。她一边摇着孩子，一边伸手拉开提包的拉链，亮出里面的三盒前门牌香烟，别动，她拍掉了叙德伸过来的那只手，她说，现在不给你抽，给你在火车上抽，够你抽到青岛了。

你让我送你到青岛？叙德大吃一惊，他说，你让我一起上火车？

眼睛别瞪那么大，你不是说从来没坐过火车吗？这回就坐上一天一夜，一起去青岛，我保证你不会后悔的。金兰的目光直直地盯着叙德的脸，她说，你别担心车票，火车站我很熟，检票员和车上的列车员都是老熟人，跟他们打个招呼就上车了。

你疯了。你去青岛走亲戚，我去干什么？

干什么？傻瓜，你跟我一起住我外婆家，带着孩子一直住下去。他们没见过老朱，我就说你是我男人。

你疯了。冒名顶替？我要冒名也不冒他的名。

我保证你不会后悔，你不知道青岛有多美，就在海边上，夏天可以在海里游泳，你不是喜欢游泳吗？金兰说着把孩子塞给叙德，再次拉开提包的拉链，从里面拽出一件没有袖子的毛衣。她说，这毛衣快织好了，不准备给老朱那杂种穿了，给你穿，你不用担心没衣服穿，到了青岛什么都会有的，我在那里有很多亲戚很多朋友。

你让我这么说走就走。叙德沉吟了一会儿，突然咧开嘴笑了，他说，我们三个人坐火车，弄得真像是一家子了，别人会说，沈叙德跟金兰私奔了。

就是私奔，胆小鬼，你到底敢不敢？给我一句话，你要是做缩头乌龟，我也不勉强你，我什么时候勉强过男人？别说是你，就是美男子王心刚我也不会勉强他。

你别吵，现在是革命的紧急关头，让我考虑一下，不，让我掷分币来决定。叙德从裤袋里挖出一个分币，放在手心里旋转着。国徽朝天我就上火车，叙德说，要是看见稻穗我就回家。

分币落在候车室肮脏的水泥地上，蹦弹了几下，两个人的脑袋都急切地俯下去，是金兰先失声叫起来，国徽，国徽，我就猜到是国徽。

候车室里的人都注意到了掷分币的一男一女和他们的婴儿。受惊的婴儿哇哇地哭了，怀抱婴儿的女人却满面喜色，她一下一下地推搡着那个衣冠不整的青年。最令人迷惑的是那个青年，他瞪大眼睛望着窗外的月台，嘴里发出一种呜呜的声音，人们猜测他是在模仿火车汽笛，可是那么大的人为什么还要学火车叫？因此那些人特别留意他的一举一动，他们发现那个青年动作莽撞，他的神色一半是欣喜另一半却是迷茫。

叙德上火车的时候仍然趿着一双人字拖鞋。

去北方的火车轰隆隆地驶过铁路桥，铁路桥横跨在香椿树街上空，多少年来香椿树街的人已经习惯于让火车在他们头顶上通过。穿越铁路桥桥洞时，他们小心地躲避着火车头喷溅的水雾，他们能看见货车运载的坦克、汽车、煤炭以及那些被油布包裹的货物，但他们难以看清客车车窗边的人脸，那些人的脸总是像飞一样地稍纵即逝。有一天，人们熟识的叙德和金兰也从他们头顶上飞过去了，但谁也没看见那对私奔的男女。

寄居在铁路桥桥洞里的异乡人夫妇在桥下捡到了一把铜质钥

匙，他们估计钥匙是被火车上的人扔下来的。火车上的人会扔下各种乱七八糟的东西，譬如水果核、糖纸、烟盒、酒瓶和塑料片，但扔钥匙似乎是第一次。异乡人夫妇看见钥匙上粘着一小块胶布，胶布上写了个字：沈。男的认识字，他说，丢钥匙的人姓沈。他猜那是一把房门钥匙，也有可能是工具箱的钥匙。异乡人夫妇随手把钥匙扔在煤渣堆里，他们对姓沈的人从火车上扔下钥匙的原因不感兴趣。

二十二

朋友们不知不觉地分道扬镳了，男孩与女孩不同，女孩之间好得形影不离，如果突然不好了，那肯定是拌嘴赌气的缘故，男孩却不是这样，就像达生那天在城东皮匠巷一带闲荡时，突然想起了叙德和小拐，还有身陷牢狱的红旗，他们的脸那么熟悉而生动，却又是那么遥远。达生摸着前额追索他与朋友们分手的原因，脑子里竟然是一片空白。

整条香椿树街都是死气沉沉的，没有一个大人物，没有一处热闹有趣的地方，没有任何一种令人心动的事物。达生每次走到北门大桥上回首一望，心中便泛出一些酸楚和失意。他想打鱼弄红海那番话是对的，而城东斧头帮那些人对香椿树街的轻侮也是合情合理的，他们说，你们那条街是烂屎街。

达生吹着口哨沿城墙往城东走，也不总是去城东，有时他也搭公共汽车去城南。春天的时候，达生常常漫无目的地游逛，期望在路途上遇到某件有意思的事情。有一次，在汽车上他看见一个瘦小的穿解放鞋的男人被人们揪住，他的手伸到一个妇女的提包里去了。那个男人像一件木器似的被车上的人推来推去，到处磕磕碰碰的。撞到达生面前时，达生飞起一脚踢在小偷的胸部，这叫追心脚。达生咧嘴一笑，他看见那小偷捂住胸，痛苦地滚在车厢地板上。旁边有人说，送他去派出所，教训几下就行了，你不能这么踢他，踢死了他怎么办？达生说，踢死了也是白死，偷东西？什么坏事都比偷东西好，这种人才是烂屎。公共汽车停在城北派出所的门前，有人把木器般的小偷架下汽车。达生看见小偷脚上的解放鞋脱落在车门口，他弯腰捡起了那只鞋子，猛地一扔，那只解放鞋落在派出所的屋顶上。达生搓了搓手说，派出所有什么了不起？派出所里的人也是烂屎。

但是汽车上的插曲改变不了达生孤独而焦躁的心情，在皮匠巷里，他差点和一对年轻的情侣动手。他们擦肩而过时，达生发现那个男孩在瞪他。达生就站住了说，喂，我脸上有字呀？那男孩一边走一边说，谁这么欠揍，跑到皮匠巷来吹口哨？达生一下子想起了上次在十步街屈辱的遭遇，血往头顶冲溅，达生一个箭步冲上去抓住了男孩的衣领，说，烂屎，你这样烂屎也敢跟我叫场？那个男孩显然无所防范，他的头艰难地转了一个小角度，看不见达生的脸，便看着身边的女孩问，谁呀，谁这么欠揍？那个女孩慌乱的目光朝达生匆匆一瞥，突然尖声大叫起来，快跑，他是城西黑阎王，他从草篮街越狱逃出来了！

达生没有料到女孩会把他当成黑阎王，他看着那对情侣像惊兔一样跑过街口，过了很久才嘻地笑出声来。他想他只是摆了一个架势，他们居然就把他当成了城西黑阎王，可见皮匠巷的人也是烂屎。城西黑阎王在一次群架中手刃八条人命，那是三年前的事了。达生听说过那人的威名，却无缘一睹其风采。他不知道皮匠巷的女孩为什么把他错认成黑阎王，或许他的相貌酷似黑阎王？或许黑阎王的架势也是像他一样首先抓住别人的衣领？

我是越狱的黑阎王，黑阎王光临皮匠巷了。达生后来怀着这种有趣的臆想朝猪头家走去。猪头家在皮匠巷的桃花弄的丰收里，这就意味着达生需要走过一些羊肠般弯弯曲曲的小道。达生虽然只去过一次猪头家，但他记住了猪头那次对他的激赏。猪头说，我们不跟香椿树街的人玩，但对你李达生例外，你还是有一点级别的，跟我们玩的人都有点级别。达生因此也记住了猪头家扑朔迷离的方位。达生没想到在丰收里门口被一根绳子堵住了去路。

绳子的一头拴在石库门门框上，另一头捏在一个十二三岁的小男孩手中。小男孩很黑很脏，他的腭骨则很明显地向前突出，达生一眼就认出那是猪头的弟弟小猪头。

小猪头，放下绳子。达生说，让我进去，我要去找你哥哥。

通行证。小猪头向达生伸出手说。

什么通行证？小猪头，你他妈的不认识我了？

我不认识你。通行证。小猪头仍然向达生伸着手。

嘿，到这里来要通行证？嘿嘿，你们家成了什么司令部啦？

我们家就是司令部，他们正在开会，我哥哥说陌生人没有通行证不准进来。小猪头说，你到底有没有通行证？没有就给我退后三米。

小猪头，你也不问问我是谁，我想进就进，别说是小小丰收里，就是市委大院我也照闯不误，把绳子拿走，放下，你不放别怪我不客气啰。

胆敢闯入司令部？你到底是谁？

你连我都不认识，还在这里站什么岗？达生拧了一把小猪头的耳朵，他迟疑了一下，突然响亮地说，城西黑阎王，黑阎王，你听清了吗？快去通报你哥哥，就说黑阎王越狱出来了。

小猪头怀疑地扫视着达生，一只手把绳子熟练地扣在门框上。我去报告，他说，你现在别进来，否则你要吃拳头的。

达生看见小猪头飞快地奔向夹弄深处，他用脚踢着丰收里的石库门，嘴里嘀咕道，通行证？从电影里学的，小孩才喜欢搞这一套。很快地达生看见一群人出现在光线阴暗的夹弄里，他们慢慢地鱼贯而来，步态显出几分犹豫，为首的就是猪头，达生看清楚猪头裸着上身，肚腹和双臂各刺了一条青龙，猪头的脸上是一种如临大敌的紧张的表情。达生不由得笑了一声，他大声说，开个玩笑，是我，是城北李达生。

猪头现在就站在达生面前，还有五六个人站在猪头身后，他们之间仍然隔着那根绳子。猪头用一种古怪的富于变化的目光审视着不速之客，先是释然，而后是惊愕和愠怒，最后便是轻蔑了。猪头的手按在绳子上，让达生意外的是他并没有拉绳放人的意思。

你来干什么？我们有事。猪头的手指沿着腹部青龙的图形滑动了一圈，他说，什么狗屁黑阎王，别说是假的，就是真的黑阎王越狱出来，我这里不让进就是不让进。

开个玩笑，你怎么认真了？达生说，哈哈，把你们吓了一跳吧？

黑阎王，那是三年前的人物了，我这里没人怕他。猪头的手指离开了他的腹部，开始在那根绳子上滑动，你们香椿树街的人怕他，你们谁都怕，猪头突然目光炯炯地盯着达生说，你们谁都怕，我们谁都不怕。

你们现在都有刺青啦？达生一直扫视着那群人身上的青龙图案，他难以抑制内心的嫉妒，刺得不好，龙头刺得太小了。达生这么挑剔着，转念一想，现在不宜提及这个话题，于是他瞪了一下拦在面前的绳子说，猪头，你就这么让我站在门外？

对，你就站在门外。猪头的回答非常生硬和冷淡，他环视了一圈身边的朋友，我说过了，我们今天有事，猪头说，我们今天不和别人玩。

你们搞得真像那么回事了。达生脸上的笑意突然凝固，他有点窘迫地咳嗽了一声，怀疑猪头会不会忘记他了，会不会把他当成别人了，于是达生又重复了一遍，我是香椿树街李达生，我是李达生呀。

我知道你是李达生，猪头鼻孔里哼了一声，香椿树街？香椿树街的人全是烂屎。

达生起初呆呆地站在绳子外面，他没有预料到猪头对自己会突然抱有如此深厚的敌意和藐视，士别三日刮目相看？他看见猪头的人马哄一声朝丰收里深处散去，一个沙哑的声音模仿着猪头的腔调说，什么狗屁黑阎王，原来是香椿树街的烂屎。达生的头顶再次噗噗地响起来，是血再次冲溅上来了。回来，把话说清楚了，达生猫腰钻过那条绳子，冲着那些背影喊道，你们骂我是烂屎？

那些人在幽暗的夹弄里站住了，他们明显地觉得达生此时此刻的挑衅是滑稽而可笑的。有人哂笑着说，呵，他不服气？不服气就收拾他，走，把他摆平。但猪头拦住了他的蠢蠢欲动的朋友，他独自走过来，与达生进行了一番颇具风度的谈话。

别这么叫场，猪头说，你一个人，你再怎么叫场，我们也不会碰你。

一个人就一个人，我怕个 ×，你骂谁是狗屎？我也是狗屎？

香椿树街的人全是狗屎，不是我一个人说，全城的人都这么说。猪头用一种冷峻的目光打量着达生，说，你现在一个人，我不会碰你，你要是不服气，就到你们街上拉些桩子出来，十根二十根随便，时间地点也随你挑，我们奉陪。

我也奉陪，我怕个 ×。达生说，时间地点你挑吧，反正我奉陪。

那就今天晚上吧，晚上八点怎么样？

八点就八点，我奉陪。

去煤场上，就是护城河边那个煤场，那儿没有人看见，去煤场怎么样？

煤场就煤场，我奉陪。

达生看见猪头往手心里吐了口唾沫，又往腹肌上一擦，猪头丑陋的脸上浮出一丝豪迈的微笑，似乎他们已经得胜回朝。别失约，你们千万别失约。猪头丢下最后这句话扭脸就走。达生看着他的背影离去，木然地站了一会儿，忽然想起什么，拉大嗓门朝丰收里那群人吼道，谁失约谁是烂屎！

滕凤记得儿子出事前夕的表现就像一只无头苍蝇。她准备淘米蒸晚饭的时候，达生一头撞进家门，滕凤说，又死哪儿去了？让你煮饭你不煮，这么大的人了，天天要吃现成的。达生把母亲从水池边挤走，嘴凑到自来水龙头上咕咚咚地喝了好多冷水。滕凤叫起来，茶壶里有冷开水。但达生抹了抹嘴说，来不及了。滕凤说，什么来得及来不及？你要泻肚子的。达生没再搭理母亲，他冲进小房间乒乒乓乓地翻找着什么，很快像一阵风似的奔出家门。你又要死哪儿去？滕凤在后面嚷着，她知道怎么嚷嚷儿子也不会告诉她他的行踪，儿子果然就没有告诉她。

滕凤记得儿子离家时，裤子口袋里鼓鼓囊囊的，不知揣了什么东西。她没有问，她知道怎么问儿子都是懒于回答她的问题的。

那天许多香椿树街人看见达生在街上东奔西走，人们都注意到了他的鼓凸的裤袋，谁也想不到那是一只双猫牌闹钟。即使他们知道是闹钟，也不会知道达生为什么在裤袋里揣一只闹钟。

与达生熟识的那些青年知道闹钟的用途，他们知道达生那天特别需要一只手表，达生没有手表，以闹钟替代手表虽然有点可笑，却不失为一种简单的救急的办法。

八点钟。达生指着双猫牌闹钟对那些充满朝气的青年说，八点钟，香椿树街人是不是烂屎，八点钟在煤场见分晓。

跟皮匠巷那帮小孩去赌气？工农浴室里的那群青年耐心地听了达生的煽动，但他们不为所动，甚至有人爱惜刚刚洗干净的身体，去煤场？他们说，怎么想起来的？那这把澡不是白洗了吗？

猪头他们说香椿树街的人全是烂屎。达生不断地重复着同一句话，他的眼睛焦灼地巡视着浴室里每一个精壮魁梧的身体，你们就愿意这样被人糟蹋下去？达生说，你们是不是狗屎在煤场上见分晓，八点钟，你们到底去不去？

我们不跟他们赌这口气，跟皮匠巷的小孩？喊，见了分晓也没有名气。有人说。

你们到底去不去？达生说。

不去。又有人说，你不是烂屎，你一个人去吧。

达生走出工农浴室时，瞥了眼手里的闹钟，已经五点多了，街上的阳光已经无情地向红黄的夕照演变。达生受挫的心隐隐作痛，他有点心灰意懒的。假如浴室里那帮人可以对今晚八点钟的约会无动于衷，那么香椿树街便没有几个人会赴约捍卫自己的名誉了。他们害怕，他们真的是烂屎。五点多钟，香椿树街上人来人往。达生留心观察了视线里的每一个人，一个人是不是烂屎你朝他多瞪几眼就知道了。达生一边走一边凶狠地瞪着那些过路的青年，他注意到那些人的目光最后都下滑到他的裤袋上，那里揣着一只闹钟。他们不敢正视自己，他们以为裤袋里揣着什么东西？达生一边走着，几乎克制不住心里的叱骂，这条街怎么搞的？一个个怎么全是烂屎，真的全是烂屎。

达生那天没去找小拐，因为他觉得小拐跟自己已经疏远了，即使小拐跟着自己也是累赘，小拐是瘸了腿的烂屎。达生怀着最后一点希望去了从前的风云人物癞子家。癞子正在煤炉上炒青菜。在油烟、煤烟和孩子的啼叫声中，达生花费了很长时间才让癞子明白了他的意思，但是癞子爆发的笑声使达生受到又一次打击。烂屎就烂屎吧，癞子嘿嘿地笑着说，我是快奔四十岁的人了，一身力气让老婆孩子掏光了，我早就是烂屎了。达生说，你要是不去街上就不会有人去了。癞子仍然快乐地笑着，他说会有几个人的，谁的火气大你找谁，谁没脑子你找谁。我看三霸和金龙银龙他们没脑子，你去找他们试试吧。

癞子提及的几个人，达生也去找了。三霸不在家，金龙和银龙在杂货店门口和女营业员聊天。银龙很容易地被煽动起来，他说皮匠巷的人才是狗屎，身上刺了几条龙就不知天高地厚了，去，怎么不去？出一口恶气去。银龙说着在金龙屁股上踢了一脚，金龙你去不去。金龙正在为女营业员修理一只塑料发卡，他回头瞟了瞟达生，说，你找到了几个人？达生说，没找到人，他们情愿做烂屎。金龙立即做出一种无能为力的姿态，他一边对女营业员挤眉弄眼一边说，那你找我们去干什么？给人做标靶呀？好汉不吃眼前亏，我们不去，谁去谁是傻 ×。达生眼睛里的火花倏地又暗淡下去，他望着银龙，想说什么却已经懒得再说。银龙的表情有点负疚，他说，你看我是不怕的，但是没人去我也只好不去，然后他又鹦鹉学舌地为自己申辩道，好汉不吃眼前亏，谁去谁是傻×。

香椿树街长廊似的天空一点一点地黑下来。达生的心也一点一点地黑下来。裤兜里的双猫牌闹钟越来越粗重地磕碰着他的右腿，那是一条绑过石膏的伤腿。现在那儿的每根骨头都在吮吸他的血和肉，酸胀而疼痛。达生想明天肯定要下雨了，可是明天下不下雨又有何妨，重要的是今晚八点。达生现在清晰地听见双猫牌闹钟在裤兜里的嘀嗒之声，两只猫的眼睛左右闪动着，时间就这样过去了，今晚八点就要来临了。

路过打鱼弄口时，达生收住了匆忙的脚步。他起初想去红海家试试，他想对香椿树街的现状痛心疾首的人就剩下红海了，红海如果不去，他就无脸再发牢骚了。可是红海去了又能怎么样？达生想无论如何他也找不到十个人了，与其两个人去不如一个人去。一个人，一个人去煤场让猪头他们见识一下，我李达生是不是烂屎？我李达生不是烂屎，香椿树街的人全是烂屎，可我李达生不是烂屎。一种绝望而悲壮的心情使达生的眼睛湿润起来，他想，今晚八点，今晚八点，本市最具爆炸性的新闻就要产生了。

据皮匠巷那群少年后来在拘留所交代，他们绝对没有想到李达生会孤身一人去护城河边的煤场赴约。他们赶到那里时，大约是八点整，看见达生独自站在高高的煤山上，达生把手里的什么东西放在煤堆上。与此同时，猪头他们听见了一只闹钟尖锐而冗长的鸣叫声。

煤场的灯光剪出了香椿树街的孤胆英雄达生的身影，达生骄傲坦然的神色使猪头大惑不解，他怀疑香椿树街的人在煤堆后面埋有伏兵。猪头派了人去察看，但煤场四周静若坟墓，没有一个伏兵的影子。

你们的人都躲在哪儿？猪头大叫道，又不是古代打仗，搞什么埋伏？把你的人都叫出来。

就我一个人。达生说。

你开什么玩笑？快把他们叫出来，有几根桩子全部钉出来，怎么一点规矩都不懂？

谁跟你开玩笑？达生说，就我一个人，他们是烂屎，他们不肯来，那也没关系，我一个人就够了。

这玩笑太大了。猪头环顾着他的人马说，烂屎街就是烂屎街，他们不敢来，他们不来我们就走吧。

猪头后来告诉审讯者们说，他已经准备带人走了，他们绝对不会做十对一的事，那样十对一是被所有人所耻笑的孩子式游戏，但是达生像一个疯子一样从煤山上冲下来，达生不让他们离开煤场。

别走，达生冲过来抓住了猪头的衣领，说，是你把我约到这里的，你怎么能先溜？

你说我溜，你是说我们十个人怕你一个人？猪头哂笑着伸手摸摸达生的前额，你在发高烧吧？猪头说，李达生，我看你的大脑烧坏了。

少说废话，你们一个一个上，看我把你们一个一个地摆平。达生说，谁是烂屎今天会见分晓的。

猪头说他本来真的想撤人的，但达生像吃了豹胆一样凶猛，达生出口伤人，而且死死地抓住他的衣领，猪头说他实在压不下怒气才跟达生动手的。

皮匠巷的另外九个人起初袖手旁观，他们看见达生和猪头在煤堆上扭着打着滚着。达生的嘴里念念有词，谁是烂屎，谁是烂屎？另外九个人承认达生和猪头旗鼓相当难分伯仲，他们看看两个粘满煤粉的身体渐渐地松软了，皮匠巷的猪头最后坐在城北李达生的身上，猪头抽拳击打达生的脸部。旁边的观战者鼓起掌来，因为他们羞于在第二轮应战。谁也没想到达生会捞起那块煤矸石，猪头，小心脑袋，他们话音未落，达生手里的煤矸石已经敲击在猪头的后脑勺上。

另外九个人后来在拘留所里无一例外地强调了这个细节，他们说本来是一对一，谁也不会插手，但香椿树街的李达生似乎疯了，他的疯狗般的举动激怒了皮匠街的另外九个人。他们听见达生气喘吁吁地说，烂屎，你他妈才是烂屎，皮匠街的烂屎，你们再来呀。九个皮匠街的少年就这样一拥而上，他们毫无秩序地拳打脚踢。在短短的两分钟内，把达生真正地摆平了。达生终于安静地躺在煤堆上，一动不动，就像一个坦桑尼亚或赞比亚的黑人躺在他们的脚下，他好像再也跳不起来了。

会不会死了？有个少年摸了摸达生的鼻息说。

把他埋在煤山里，死了别人也不会发现。另一个少年往达生身上盖了一层煤石，他对伙伴们说，埋呀，一齐动手，把他埋起来。

达生正在这时候睁开了眼睛，他似乎想伸手扒去胸前的煤块，但两只手都已经无力动弹。别埋我，达生说，烂屎才埋人，你们是烂屎，我要跟猪头说话。

猪头捂着后脑的创口来到达生面前，猪头当时觉得天旋地转的，但他还是不失幽默地与达生开了玩笑，你要跟我说什么？猪头向他的伙伴挤了挤眼睛，说，你不会让我替你缴党费吧？

一只闹钟。达生说，闹钟在煤山上，请你帮我带回去，我母亲每天上班要听闹钟的。

闹钟？好吧，我帮你带回去。

我运气太差，一直没有拜到好师傅。达生说，如果我拜到了好师傅，你们十个人一齐上也不在话下。

别嘴硬了，你都快要死了，还要嘴硬。猪头笑了笑说。

他们都是烂屎，我不是，你也不是。达生说，我们可以交个朋友，我还想做两件事，看来做不了啦，你能不能再帮我个忙？

帮什么忙你说吧，你快死了，这忙不帮也要帮了。

你帮我去踏平十步街，十步街那帮人太嚣张了。你别怕严三郎，严三郎已经死了，十步街已经没什么可怕的了。

我知道十步街没什么可怕的，本市三百条大街小巷，我都要踏平它，你放心吧，你还要帮什么忙?

香椿树街的户籍警小马你认识吗?找个机会收拾他，让他记住我李达生的裤子不是随便扒的。

猪头答应了对手的所有嘱托，他说因为他是侠义之士，他说达生那时候还没咽气，他准备把达生往护城河对岸的医院送的，但几辆卡车突然向煤场这边驶来，车灯强烈的灯光照亮了煤场，也使皮匠巷的十个少年感到了某种危险。他们沿着护城河河岸向东逃逸，猪头忘了去煤山上找回达生家的那只闹钟。

大约在夜里十点钟，加夜班的装卸工人发现翻斗车的铲头铲到了异样的物体，爬下去一看，便惊呼起来，一个人，是一个人!

确实是一个人，是城北香椿树街的少年达生。乌黑的煤粉遮盖了死者衣服和球鞋的颜色，也遮盖了他满脸的血污和临终表情。装卸工人不认识死者，他们只是凭着阅历和经验猜想，一个死在煤场的人，其原因大概也是不伦不类乌黑难辨的。

二十三

香椿树街的户籍警小马一年来在街上疲于奔命，他的职责范围不算宽泛，但要管的事情层出不穷。小马骑着一辆破旧的公车在街上来来往往，自行车只要在路边停放时间长一些，车胎免不了要遭到一次袭击，铁钉、碎玻璃和刀片，甚至有人用一根火柴棍便轻易地戳破了轮胎。小马不知道香椿树街人有什么理由仇视他，他决定要查个水落石出。有一天，他躲在化工厂的传达室里埋下诱饵，他看见水泥厂老陆的女儿在他的自行车前东张西望，那是个梳羊角辫的美丽可爱的小女孩。小马看见她摘下头上的细发夹时，仍然不敢相信自己的眼睛，但他的身体愤怒地跳起来向现场冲了过去。

撞到鬼了，怎么会是你？小马抓住小女孩的手，抢下那根细发夹。撞到鬼了，小马说，挺漂亮的小女孩也做这种坏事，你跟我有什么仇？快说，你跟我有什么仇？

没有，没有仇。受惊的小女孩瞪大眼睛望着小马。

没有仇为什么要戳我的车胎？快说，你不说我送你到派出所去。

我不知道。小女孩摇着头突然大哭起来，说，警察叔叔求求你，放了我，我以后再也不干坏事了。

小女孩哭得厉害，小马只好松开了手。

小马想一个八岁的小女孩跟他不存在任何积怨，她肯定没有理由。真是撞到鬼了，小马想罪恶的细菌已经在整条香椿树街传染扩散，连一个美丽可爱的小女孩也不能幸免。

小马那天推着自行车，一路思索着回到城北派出所。同事们发现小马神色严峻而忧郁，他们问小马有什么心事。小马心里默念的顺口溜便脱口而出，城东蛮，城西恶，城南杀人又放火，城北是个烂屎坑。

小马创造的顺口溜后来是被广泛流传的，它与许多人对本城各个区域的印象不谋而合。

一年一度的雨季无声地在南方制造着云和水，香椿树街的空气一天比一天湿润黏滞起来。当一堆灰色的云絮从化工厂的三只大烟囱间轻柔地挤过来，街道两旁所有房屋的地面开始洇出水渍。竹榻上的老人手中已经握着蒲扇，老人说，天怎么这样闷呀，要来梅雨了。

这么说着，雨点已经纷纷打在屋顶青瓦和窗户玻璃上，雨点和阳光一齐落在香椿树街上，梅雨真的开始落下来啦。

梅雨在城市上空紊乱地倾斜，它像一个愚笨的人拨弄一种失灵的乐器，突然响了，突然又沉寂了。太阳朗朗地挂在空中，石子路上的水洼却在悄悄增长，护城河里的水位也在一寸一寸地涨高。没有人喜欢这种讨厌的雨，你在太阳地里走，却不得不带上雨伞和雨衣，还要穿上既笨重又捂脚的胶鞋或雨靴，因此雨季里的人们往往显得行色匆匆，每个人看上去都心烦意乱。

而香椿树街头的所有植物花卉在雨季里遍尝甘霖，那些凤仙、鸡冠、太阳花以及刚刚爆出花芽的夜饭花，它们在雨水和阳光的混合作用下生机勃勃。假如养花的人在那些花草旁侧耳倾听，他们甚至可以听见枝叶生长和花朵开怀大笑的声音。

雨点在香椿树街的石子路上激溅着，今年的梅雨与往年没有太大的差别，雨点这样忽疾忽轻地打在人们的头上，把人们丰饶多变的日常生活也打湿了。

据说在七月的雨夜里又有鬼魂在街上出没。香椿树街人所熟悉的一个鬼魂是打鱼弄的美琪，有人描述了幽灵美琪在雨季里崭新的形象，说她的头发越来越长，已经披垂过膝，说她手里的蜡纸红心大概已经扔完，她的双手现在环抱着一只黑白黄三色相杂的花猫。更令人难以置信的是关于幽灵美琪在北门大桥上唱歌的传说，有人说他在凌晨两点看见美琪抱着那只花猫站在桥头唱歌，唱的竟然是人间流行的那支歌——马儿哟，你慢些走慢些走呀。目击者说因为当时下着雨，幽灵美琪的歌声时断时续，听来似乎十分遥远，音色也显得凄婉低回，与原唱者的风格大相径庭，但他指天发誓说美琪唱的是那支歌，马儿哟你慢些走慢些走。

有关鬼魂的传说总是会发展到令人难以置信的程度。迷信的人常常看见鬼魂，而更多的破除了迷信的人从来没看见过任何鬼魂，他们习惯于把街坊邻居中那些行踪不定的目光阴郁的人比喻成鬼魂，譬如从前拾废纸的老康，老康或许真的是一个妄图复辟的鬼魂。老康的鬼魂被逮捕了，现在街上又冒出一个鬼魂式的人物，那就是名噪一时的孤胆英雄李达生的母亲，住在化工厂隔壁的寡妇滕凤。

滕凤在雨季里徘徊街头的身影确实酷似一个鬼魂，她撑着一顶黄油布雨伞突然出现在你的面前，她的眼睛直直地盯着你，喂，你看见我家的闹钟了吗？一只双猫牌闹钟，你看见了吗？

雨点打在滕凤的黄油布雨伞上，打在我们的香椿树街上，城北一带的气候暂时是凉爽的，但谁都知道雨季是匆匆而来匆匆而去的。下那么多雨有什么用？雨季一过，炎热的夏天又将来临，年复一年，炎热的令人烦躁的夏天总是会来临的。

图书在版编目(CIP) 数据

城北地带 / 苏童著. -- 杭州 : 浙江人民出版社, 2019.6（2019.9重印）
ISBN 978-7-213-09129-2

Ⅰ. ①城… Ⅱ. ①苏… Ⅲ. ①长篇小说－中国－当代 Ⅳ. ①I247.5

中国版本图书馆CIP数据核字（2018）第293490号

城北地带
CHENGBEI DIDAI
苏童 著

出版发行 浙江人民出版社（杭州市体育场路347号 邮编 310006）
责任编辑 钱 丛
责任校对 陈 春
封面设计 所以设计馆
电脑制版 刘 宽
印 刷 河北鹏润印刷有限公司
开 本 880毫米×1230毫米 1/32
印 张 8.75
字 数 162千字
版 次 2019年6月第1版
印 次 2019年9月第2次印刷
书 号 ISBN 978-7-213-09129-2
定 价 48.00元